AF450944

Impressum:

Besuchen Sie uns im Internet:
www.papierfresserchen.de

© 2021 – Papierfresserchens MTM-Verlag
Mühlstraße 10 – 88085 Langenargen
info@papierfresserchen.de
Alle Rechte vorbehalten.
Erstauflage 2021

Lektorat + Gestaltung: CAT creativ - www.cat-creativ.at

Coverbild: © Solano - Adobe Stock lizenziert

Gedruckt in Polen / Bookpress

ISBN: 978-3-96074-420-7 - Taschenbuch
ISBN: 978-3-96074-421-4 - E-Book

Udo Ingenbrand

… weil Hunde wahre Helden sind

Geschichten, die das Leben schrieb

Inhalt

Inhalt

Ich bat Gott um einen Freund und er schickte mir einen Hund ...

Diesen ersten Satz habe ich bewusst gewählt, um Sie, liebe Leserinnen und Leser, direkt an dieses Buch, das Sie gerade in Ihren Händen halten, zu fesseln. Ich wollte nicht, dass Sie auf die Idee kommen, es direkt wieder auf die Seite zu legen, nur weil es mit etwas Langweiligem wie *Vorwort* oder *Wie ist dieses Buch entstanden?* beginnt.

Wisst ihr noch, als wir uns das erste Mal gesehen haben? Gut kann ich mich noch daran erinnern, gerade so, als ob es erst gestern gewesen wäre. Vom ersten Moment an hatte ich euch ins Herz geschlossen. Und als ihr mich mit euren großen, braunen Augen angestrahlt habt, war es jedes Mal um mich geschehen. Ich wusste sofort, dass wir uns verstehen würden, ohne viele Worte, und genauso ist es auch immer gewesen, all die Zeit, die wir schon zusammen verbringen. Nie seid ihr böse mit mir, immer seid ihr mir voller Freude begegnet, ganz gleich, wie lange ich weg war. Ihr schaut mich nie schief an, wenn ich morgens aussehe, als hätte ich mit beiden Händen in die Steckdose gefasst, weil meine Haare in alle Richtungen abstehen, wenn ich verschlafen die Treppe herunter komme. Und wenn ich wirklich mal schlecht gelaunt bin, habt ihr immer irgendeinen Einfall, der mich dann doch wieder zum Lachen bringt. Es gibt niemand, der anspruchsloser wäre als ihr. Euch genügt es, wenn ich mir einfach Zeit für euch nehme. Wenn wir zusammen durch die Wälder ziehen und die herrliche Landschaft genießen, in der wir leben dürfen. Und wenn wir dann wieder zu Hause sind und ich euch etwas Gutes zu essen gebe, ist das für euch der schönste Abschluss eines gelungenen Tages.

Was ich so besonders an euch schätze, ist euer Feingefühl. Euch entgeht kein Augenblick, an dem ich vielleicht einmal traurig bin. Dann kommt ihr ganz nah zu mir, legt euren Kopf auf meine Beine und versucht, mich zu trösten. Niemals hat einer von euch irgendetwas weitererzählt, das ich einem von euch anvertraut habe. Von wem kann man das schon behaupten? Und ich habe euch viel anvertraut in einer meiner schwersten Zeiten, die ich durchlebte. Auch wenn ich das Gefühl hatte, alles und jeder verlässt mich gerade, war einer von euch immer an meiner Seite. Ob das die Scheidung meiner Ehe war und somit auch die Trennung von meinem Sohn, der plötzliche Tod eines nahen Verwandten, der Verlust meines ersten eigenen Hundes Lucky, den ihr leider nicht mehr kennenlernen konntet. Nicht zuletzt meine Selbstzweifel, ob ich es tatsächlich schaffe, mein erstes Buch auf den Markt zu bringen.

Die Aufgabe meiner angesehenen ehrenamtlichen Arbeit als Hundetrainer, die ein großes Loch in mein Leben riss. Selbst wenn ich in dieser harten Zeit manchmal etwas ungerecht zu euch war, habt ihr mir das nie übel genommen, und nachtragend war keiner von euch. Es gibt, wenn ich das so betrachte, nichts an euch, das man kritisieren müsste. Umgekehrt könnt ihr das von mir sicher nicht behaupten. Aber ihr habt nie auch nur einen Ton gesagt, nein, ganz im Gegenteil, ihr nehmt mich immer so, wie ich gerade bin. Es reicht euch völlig und dabei geht euch gut, wenn ich mich neben euch setzte, meine Hand auf euren Kopf lege und euch hinter euren Ohren kraule. Dann seufzt ihr ganz zufrieden, macht eure Augen zu und träumt einfach vor euch hin.

Jedem wünsche ich solch einen Freund, so einen treuen Hund, wie ihr es seid. Und ich darf gar nicht an den Tag denken, an dem ihr einmal nicht mehr bei mir seid, weil der liebe Gott die Hunde nun mal nicht so alt werden lässt wie uns Menschen. Am liebsten wäre es mir, wenn ihr einfach abends in euer Körbchen zum Schlafen geht und euch ganz friedlich auf den Weg über die Regenbogenbrücke in den Hundehimmel macht. Ich wünsche es mir für euch, für Gladys und Lotte, meine beiden Labradore, weil ihr das verdient hättet. Und, ehrlich gesagt, auch für mich, weil ich ein alter Feigling bin und die Vorstellung, dass ich euch beim Tierarzt eine Spritze geben lassen muss, damit ihr sterben könnt, mir den Magen umdreht und schon heute die Tränen in die Augen treibt.

Aber noch hab ich euch ja, und ich wünsche mir noch viele schöne Jahre mit euch. Wenn euch eines Tages manches nicht mehr so leicht fällt und ihr schneller aus der Puste kommt. Wenn ihr die Stöckchen, die ich euch werfe, eigentlich nur noch holt, weil ihr der Meinung seid, dass ihr mir damit eine Freude bereitet. Aber gerade dann, wenn ihr in die Jahre kommt, hab ich euch noch lieber, als es ohnehin schon der

Fall ist. Vielleicht deshalb, weil ich euch jetzt ein bisschen was von dem zurückgeben kann, was ihr mir geschenkt habt, und euch meine Dankbarkeit zeige, indem ich euch pflege und Rücksicht nehme auf eure Wehwehchen, die sich nach und nach einstellen werden.

Und wenn der Tag kommt, an dem wir voneinander Abschied nehmen müssen, dann hoffe ich, dass ihr dort oben auf mich wartet, denn ich bin sicher, dass unser Gott auch alle Tiere bei sich sein lässt, weil diese immer noch die besseren Menschen sind.

Im Geist sehe ich euch auf einer weißen Wattewolke stehen, wie ihr mit eurem Schwanz wedelt und darauf wartet, dass ich euch wieder ein Stöckchen werfe.

Dank meiner beiden Hunde und meiner jetzigen Frau Viola habe ich ins Leben zurückgefunden und kann wieder der Mensch sein, der ich eigentlich bin, auch wenn mich Vergangenes immer mal wieder einholt.

Es war am Geburtstag meines bereits erwachsenen Sohnes, als sich wieder einmal das Vergangene wie ein Film in meinen Kopf abspielte und plötzlich stellte ich mir die Frage: Welche Geschichten stehen hinter anderen Menschen und ihren Hunden? Wie sind sie auf den Hund gekommen? Hat vielleicht der Zufall eine Rolle gespielt? Wie hat sich das Leben mit Hund seitdem verändert? Was hätten diese Menschen zu erzählen? Vielleicht eine schöne, lustige Geschichte? Oder doch ein trauriges Schicksal?

Ich wollte alle diese Fragen und noch viele mehr beantwortet haben. Ich fing an, zu recherchieren und mich auf die Suche zu machen nach Menschen, die mir ihre Geschichte erzählten …

Udo Ingenbrand

Arkas erstes Jahr

Das Sauerland, ein Einfamilienhaus und viel Natur drum herum. Hier wohnen wir, Nina und Pascal und seit Januar 2018 auch Arkas, ein nunmehr 16 Monate alter Labrador, in dessen erstem Jahr im Sauerland einiges passiert ist.

Vorweg aber, wie sind wir auf den Hund gekommen?

Nun, eigentlich wollten wir beide schon immer einen Hund haben, aber erst ab Mitte 2017 konnten wir auch durch die gegebenen Umstände garantieren, dass immer mindestens einer von uns zu Hause sein kann – und damit war es dann so weit: Ein Hund sollte her!

Zuerst war natürlich zu klären, was für einen Hund? Wichtig war, dass es ein mehr oder weniger großer Hund werden sollte. Dann sollte es ein Familienhund sein, der auch gut mit dem geplanten Familiennachwuchs klarkommen würde. Eine umgängliche, soziale und zutrauliche, auch gerne mal kuschelige, herzliche Rasse, die auch mal spielt und mit der *was los* ist! Eben ein freundlicher, familiärer Hund, der im Notfall auch mal durch seine Statur und sein Auftreten Respekt einflößen kann, wenn es sein muss. Wenn man also alles berücksichtigen wollte, blieb eigentlich – abgesehen vom Labrador – nicht mehr viel Auswahl … Also fiel die Entscheidung: ein Labrador!

Nach dem Lesen vieler Anzeigen im Internet, welche zum Teil auch recht zwielichtig erschienen, fanden wir im Internet eine Annonce von Udo Ingenbrand und nach kurzer Korrespondenz fuhren wir einige Zeit später in Richtung Mainz – zum ersten *Beschnuppern*.

Hier fiel die Entscheidung nun recht schnell, als der liebe Arkas aus dem Wurf auf uns beide zuwatschelte, als wir im Raum standen und uns mit Herr Ingenbrand unterhielten. So gesehen entschied sich Arkas eigentlich für seine neue Familie. Wir nahmen ihn kurzerhand auf den Arm – und wer schon einmal einen Welpen im Arm hatte, wird nachvollziehen können, dass es Liebe auf den ersten Blick war! Gefühlt verging die Zeit, bis wir ihn abholen durften, gar nicht.

Anfang Januar war es endlich so weit. Noch schnell den Papierkram gemacht und als alles Wichtige erledigt war, durfte Arkas dann endlich bei uns einziehen!

Auf der Fahrt nach Hause, bedingt durch die Trennung von Mama und den Geschwistern, zeterte und quiekte Arkas am Anfang noch in seiner Box im Auto. Nach einer Weile aber schlief er dann selig ein und es ging für ihn in sein neues Zuhause nach Lüdenscheid.

Ich wurde wach und war nicht mehr bei Mama und meinem Rudel. Ich erinnere mich noch, dass ich von den Menschen in so eine komische Box gepackt wurde und sich alles bewegt hat. Nachdem alles Gefrage, was los ist, nichts brachte, bin ich irgendwann eingeschlafen und nun: ein neues Haus und eine ganz neue Umgebung. Erst mal hab ich Pipi in den großen Raum gemacht, als ich reinkam. Markieren muss ja sein. Und dann hab ich das große Kissen gesehen, ein so großes Kissen, ganz für mich alleine? Hier gefällt's mir!

Nach dem Aufwachen musste ich mein großes Geschäft erledigen, ich hatte wohl lange geschlafen, denn es war eilig, also da, wo Platz war! Aber meine neuen Menschen sagten, dass ich dafür rausgehen müsste. Seitdem bin ich immer brav zur Tür gegangen oder hab gesagt, wenn ich musste. Und es ist auch immer jemand gekommen, um mit mir nach draußen zu gehen. Sie nennen das Gassi gehen, aber egal, ich darf laufen und kann auch da machen, wo es mir passt. Das ist ok für mich! Ich geh dann sogar an die Seite und mache nicht mitten auf den Weg. So sind alle zufrieden.

Mittlerweile hat sich das so eingespielt, dass ich, wenn wir nicht vor der Haustür Gassi gehen, immer frei laufen darf. Ich bin froh, dass Herrchen und Frauchen mir so vertrauen. Aber sie haben mir auch verraten, dass es sie das erste Mal wohl eine ganz schöne Überwindung kostete, mich frei laufen zu lassen.

Wenn wir mit dem Auto fahren, ich musste am Anfang ein paar Mal schimpfen, weil man mich immer in die Box steckte, darf ich nun auf den Rücksitz, hier werde ich mit einem Brustgeschirr angeschnallt, aber das macht nichts. Auf dem Rücksitz mitfahren, gefällt mir viel besser als in der Box, hier hab ich nämlich mehr Platz und kann auch während der Fahrt aus dem Fenster gucken. Die Box hab ich zwar auch noch, aber die steht halt nur zu Hause rum, falls ich mich mal zurückziehen will. Ich hab eigentlich viele Boxen: zu Hause bei Herrchen und Frauchen hab ich zwei, eine unten und eine im oberen Stockwerk. Auch bei Oma und Opa steht eine Box für mich und bei meiner anderen Oma ist auch eine Box, so hab ich überall einen Rückzugsort.

Wenn ich mit Herrchen und Frauchen verreise, nehmen wir auch immer eine meiner Boxen mit, sodass ich überall was hab, wo ich hinkann und mich wohlfühle!

Wo wir grad beim Verreisen sind, ich verreise viel mit Frauchen und Herrchen. Da erste Mal groß verreist bin ich schon im März, da ging es nach Rügen. Rügen war schön, hier lag jede Menge Schnee! Schnee hatte ich zwar zu Hause auch schon kennengelernt, aber nicht so viel. Ich muss sagen, ich finde Schnee super, das macht immer so riesig Spaß, in dem weißen Zeug rumzutoben. Ich bin zwar dann auch immer nass und kalt, aber sobald wir dann zum Auto, nach Hause oder ins Hotel kommen, werde ich immer gut von Herrchen oder Frauchen abgetrocknet, sodass das kein Problem ist.

Aber Schnee gibt's nicht immer draußen! Wenn's keinen Schnee gibt, find ich auch Wasser super. Mittlerweile kann ich schon gut schwimmen und hole sogar Stöckchen oder Bälle aus dem Wasser. Herrchen und Frauchen sind aber irgendwie, was das angeht, komisch: Kaum bringe ich denen so ein Stöckchen, schmeißen die es wieder weg, sodass ich es erneut holen muss, aber egal, dann kann ich wieder ins Wasser, das macht total Laune!

Wobei ich sagen muss, ich war nicht immer so gerne im Wasser. Ganz früher bin ich nur bis zum Bauch ins Wasser gegangen. Bis Herrchen irgendwann mal in so ein ganz großes Wasser gegangen ist, da bin ich mitgekommen und zum ersten Mal geschwommen. Sie nannten das große Wasser *Meer* und es bewegte sich so ein bisschen, außerdem schmeckte es nicht so gut wie die anderen Wasser, die ich sonst so trinke, aber gut, dann trink ich es halt nicht. Man muss ja auch nicht alles trinken!

Wenn wir unterwegs sind, lerne ich immer mal neue Freunde kennen. Ich darf dann meistens mit den anderen spielen. Herrchen oder Frauchen müssen die anderen Menschen vorher wohl immer fragen, ob ich spielen darf, aber meistens darf ich dann mit den anderen rumtollen.

Ich kann mittlerweile auch schon viele Tricks, die ich zu Hause und in der Hundeschule gelernt habe: Sitz, Platz, Warte und Nein. Natürlich höre ich auch auf meinen Namen, wenn ich gerufen werde, oder auf die Pfeife.

Wenn ich etwas richtig gemacht habe, gibt es immer Leckerchen, die schmecken echt gut.

Blöd finde ich allerdings, wenn ich zum Tierarzt muss und da dann Spritzen oder so bekomme. Meine Menschen sagen zwar, das müsse sein und es sei gut für mich – und ich werde auch jedes Mal für meine Tapferkeit belohnt –, aber schön ist das trotzdem nie.

Apropos Tierarzt, einmal hab ich ziemlichen Mist gebaut, glaube ich. Meine menschliche Mama hat zumindest sehr besorgt reagiert. Ich war damals noch jünger und Mama war mit mir im Garten. Ich hab gespielt und Mama war irgendwie mit der Wäsche beschäftigt. Irgendwann habe ich mal eine so eine komische Blume probiert, weil ich wissen wollte, was das ist. Und dann war Mama plötzlich ganz aufgeregt und besorgt und hatte Angst um mich und ist sofort mit mir zum Tierarzt. Da hab ich irgendein Zeug bekommen, von dem mir schlecht wurde und dann musste ich mich in einen Eimer übergeben. Danach gab es noch was zur Stärkung.

Mama hatte Papa sogar auf der Arbeit angerufen und der ist dann auch sofort zum Tierarzt gekommen. Aber ich hab das alles gut überstanden! Und Frauchen und Herrchen haben mich ganz doll lieb, das hab ich da richtig gemerkt, es ist also doch nicht alles schlimm gewesen an diesem Erlebnis.

Es war spät abends und ich hatte urplötzlich Durchfall. Deswegen musste ich immer ganz schnell raus. Papa musste arbeiten, aber Mama war ja da. Mama hat dann mit mir im Wohnzimmer geschlafen, damit sie mich immer direkt raus in den Garten lassen konnte. Da hatte Mama damals auch ziemlich Angst um mich und hat zwischendurch sogar den Notdienst vom Tierarzt angerufen, weil sie befürchtete, dass ich dehydriere. Ich glaub, das ist, wenn man zu wenig Wasser im Körper hat. Aber auch da ist alles gut gegangen. Mama hat immer aufgepasst, dass ich in der Nacht brav regelmäßig etwas trinke …

Ja, ich glaube, ich habe meinen Menschen manchmal richtig Sorgen gemacht. Aber sie haben mich trotzdem lieb!

Alles in allem würde ich sagen, dass ich mir damals die richtige Familie ausgesucht habe. Und ich bin auch sehr gerne bei meinen Omas und Opas! Mir geht's super hier!

Wie sind wir auf den Hund gekommen?

Gute Frage ...

Meine Schwiegereltern hatten einen tollen Rottweiler, der wirklich eine Seele von Hund war. Ich glaube, mit der Begeisterung für diesen Hund fing alles an. Wir haben seitdem immer gesagt: „Hätten wir mehr Zeit, würden wir uns auch gerne einen Hund anschaffen." Mein Mann ist selbstständig und im Wort steckt es schon drin: selbst und ständig ... Ich hatte einen Ganztagsjob im Büro in der Lebensmittelbranche, also keine guten Voraussetzungen für einen Hund. Im Jahr 2007 kam dann unsere Tochter zur Welt, ich blieb drei Jahre zu Hause, aber ein Hund und ein kleines Kind kam für uns dann auch nicht infrage. Es dauerte dann doch weitere zehn Jahre, in dieser Zeit hatte sich einiges getan.

Unsere Tochter war zu einem Teenager herangewachsen und ich hatte meine Arbeitsstelle gewechselt, sodass ich nur noch an vier Vormittagen zur Arbeit fuhr. Unsere Tochter war es dann auch, die den Stein so richtig ins Rollen brachte, als sie sagte: „Ihr habt doch immer gesagt, wenn du nachmittags zu Hause wärst, könnten wir auch einen Hund haben."

Wir haben dann noch fast ein ganzes Jahr überlegt. Was hieß ein Hund für uns? Was war mit Hundehaaren? Was mit Urlaub? Wollten wir einen Welpen? Bekamen wir das hin? Und nicht zuletzt: Welcher Hund würde überhaupt zu uns passen?

Wir haben uns mit anderen Hundebesitzern ausgetauscht und uns natürlich auch im Internet informiert. Irgendwann stand dann fest: Ja, wir wollen einen Hund! Da wir unter anderem auf unseren Wanderungen und in unserem Bekanntenkreis so viele tolle Labradore kennengelernt hatten, legten wir uns auf diese Rasse fest.

Dann ging plötzlich alles ganz schnell. Eine Kleinanzeige weckte unser Interesse, der Text sprach uns gleich an. Besonders gefiel uns, dass die Welpen in eine Familie geboren wurden und im Familienkreis ihre ersten Wochen verbracht hatten. Ein Telefonat, einige Informationen ... und schon hatten wir eine Hündin reserviert.

Als ich den Hörer unseres Telefons auflegte, klopfte mir das Herz bis zum Hals und auch mein Mann und unsere Tochter waren aufgeregt und voller Vorfreude.

Als wir die ersten Fotos von den winzigen Welpen sahen, waren wir sofort verliebt und konnten die Zeit bis zum ersten Besuch kaum abwarten. Dann unseren kleinen Welpen im Arm zu halten, war wunderschön und die Zeit bis zum Abholtermin kam besonders unserer Tochter ewig vor.

Anfang Januar war es dann so weit, Kira zog bei uns ein. Nachdem sie die letzte Nacht beim Züchter viel geweint hatte, weil alle ihre Geschwister bereits abgeholt worden waren, war der erste Tag und die erste Nacht bei uns recht entspannt, denn Kira schlief viel.

Mit zahlreichen sehr guten Tipps starteten wir motiviert in die Erziehung. Von Anfang an super funktioniert hat das Warten im Sitz aufs Futter und erst fressen, wenn das Kommando kommt. Typisch Labrador halt, wenn es ums Futter geht.

Die Sauberkeitserziehung gestaltete sich da schon schwieriger. Irgendwie fand Kira es besser, draußen Spaß zu haben und dann zu machen, wenn wir gerade wieder ins Haus kamen. Mit viel Geduld und der ein oder anderen Belohnung, wenn es dann doch mal draußen klappte, bekamen wir das Ganze aber auch in den Griff. Seitdem sie es einmal richtig verstanden hatte, ging auch so gut wie nie mehr was ins Haus. Nachts waren wir tatsächlich nur die ersten beiden Nächte mit ihr draußen, dann reichte es, früh am Morgen mit ihr zu gehen.

Das allein Bleiben funktionierte erstaunlich schnell. Wir schickten sie anfangs in ihre Schlafbox und fingen mit ein paar Minuten an. Dies wurde immer weiter gesteigert, bis es dann auch den ganzen Vormittag und – das sogar auch ohne Box – funktionierte. Auch wenn anfangs der ein oder andere nicht weggeräumte Schuh dran glauben musste, bleibt sie mittlerweile ohne Probleme alleine zu Hause.

Wenn ich morgens meine Schuhe anziehe und meinen Schlüssel nehme, um zur Arbeit zu fahren, Kira kennt den Unterschied zwischen Schuhe zum Spazieren und Schuhe für die Arbeit ganz genau, rennt sie schon auf ihren Platz, denn sie weiß, wenn ich fahre, gibt es immer noch etwas Gutes zum Kauen.

Ab und an geht sie noch an den Papiermülleimer und wenn dann eine leere Brötchentüte oder ein Eierkarton drin ist, wird daraus schon einmal Konfetti gemacht. Das passiert aber auch, wenn wir zu Hause sind.

Fressen spielt bei Kira – wie wahrscheinlich bei jedem Labrador – eine große Rolle. Alles, was Essbares auf den Boden fällt, wird ganz schnell gefuttert, wenn es nicht schnell genug aufgehoben wird. Wenn besonders leckere Sachen zu nah an der Kante der Arbeitsfläche stehen, kommt auch schon einmal das ein oder andere weg. Einmal stand dort eine Pfanne mit gebratenem Hackfleisch, die fein säuberlich bis zur Mitte, also so weit wie Kira rankam, sauber geschleckt war. Ein kurz unbeobachteter Würstchenteller fiel auf wundersame Weise von der Arbeitsfläche. Als ich durch das Scheppern alarmiert in die Küche lief, waren zwei feine Bratwürstchen schon verputzt, die groben erschienen ihr scheinbar nicht so lecker, diese lagen noch da.

Wasser ist das zweite große Thema, bei dem Kira typisch Labbi ist. Unseren Miniteich nutzt sie regelmäßig als Badewanne. Ist in einem Garten, in dem wir zu Besuch sind, ein Teich, ist Kira sekundenschnell darin abgetaucht und wühlt schön Algen und Schmutz auf. Zum Glück durften wir bisher aber bei allen wieder zu Besuch kommen. Lustig wurde es auch, als ein solcher Teich zugefroren war und Kira sich als Eisprinzessin versuchte. Es war gar nicht so einfach, sie wieder vom Eis zu bekommen. Sie fand es scheinbar ziemlich lustig, dort herumzuschliddern, und ging immer wieder auf die Eisfläche zurück. Ebenso liebt sie es, im Schnee herumzutollen. Die Kinder mit den Schlitten fand sie zunächst scheinbar Furcht einflößend, hat sich aber nach und nach an den Anblick gewöhnt und stört sich heute nicht mehr daran.

Sie ist ein sehr geselliger Hund, freut sich wie verrückt über jeden Besucher, egal ob Hund oder Mensch, ist dabei oft sehr wild, aber erstaunlich vorsichtig bei kleineren Hunden und Kindern.

Nun ist Kira schon mehr als ein Jahr bei uns und wir könnten uns ein Leben ohne sie nicht mehr vorstellen. Ja, sie macht Dreck, ja, sie ist oft ungestüm, ja, sie verliert stellenweise unglaublich viele Haare. Jetzt im Frühjahr hatte ich schon die Theorie: Sie mag wohl unsere Fliesen nicht und versucht, einen Teppich aus ihren Haaren zu basteln. Ja, sie macht viel Blödsinn und auch immer mal wieder etwas kaputt, aber ... sie gibt uns unglaublich viel Freude und Spaß. Durch sie haben wir viel Bewegung an der frischen Luft, tolle Begegnungen mit anderen Hundebesitzern und oft ganz viel zu lachen.

Natürlich gibt es noch einiges, an dem wir noch arbeiten müssen, aber das bekommen wir auch noch hin. Und wenn alles perfekt wäre, wäre es doch nur halb so lustig und spannend.

Der Nachwuchs
meines Schwagers

Gaia ist gar nicht mein Hund, sondern der kleine Liebling meines Schwagers. Aber da mein Schwager berufstätig ist und viele Termine hat und Gaia nicht den ganzen Tag alleine bleiben soll, haben meine Kinder und ich den kleinen schwarzen Welpen kennen- und lieben gelernt. Ich habe von ihm auf eine sehr lustige Weise erfahren. Mein Schwager und seine Freundin wollten etwas Wichtiges bei einem Familienfest ankündigen, dann hörte ich etwas über Nachwuchs. Ich freute mich riesig, dass es bald schon noch ein Baby in unserer Familie geben würde. Ich sprang voller Freude von meinem Stuhl auf, um den beiden zu gratulieren, als sie sagten: „Ja, wir bekommen einen Hund! Eine französische Bulldogge."

Bitte! Den Hund als Nachwuchs ankündigen! Ich wusste erst einmal nicht, was ich dazu sagen sollte, und war sichtlich enttäuscht. Freute ich mich etwas später aber auch mit den beiden, da ich Tiere liebe, und lieber ein Hundenachwuchs als überhaupt kein Nachwuchs!

Wir besuchten Gaia daraufhin, als sie mit acht Wochen bei meinem Schwager eingezogen war. Als wir das Haus meines Schwagers betraten, sahen wir ein kleines schwarzes Hundebaby, das auf uns zugelaufen kam und uns mit dem Lecken unserer Hände und Gesichter freundlich begrüßte. Ich bemerkte aber sofort bei meinem Schwager, dass er etwas besorgt war. Ihm war wohl vonseiten des Züchters gesagt worden, dass die ersten Lebensmonate entscheidend im Leben eines Hundes seien. Seine Sorgen und Ängste waren aber völlig unbegründet, da er zu diesem Zeitpunkt noch nicht wusste, wie es zwischen mir und Gaia funktionieren würde. Ich hatte als Erwachsene noch nie einen Hund und mich natürlich bereit erklärt, auf den Familienzuwachs aufzupassen, wenn der *Hundepapa* Termine hätte. Ich selbst sah das völlig entspannt und freute mich schon jetzt auf diese gemeinsame Zeit.

Meine Kinder gingen sehr liebevoll mit dem Welpen um. Sie streichelten ihn, boten ihm das Hundespielzeug an und nach einer Weile fühlten wir uns als, ob wir den Hund schon immer gekannt hätten.

Gaia ist der Nachwuchs einer Bulldoggen-Familie. Ihr Vater ist schwarz-weiß und die Mutter klein, eigentlich sehr klein im Vergleich zum Vater, der übrigens eine schwarz-braune Fellfarbe hat. Gaia ist eines von vier Geschwisterchen, die alle einen römischen Namen bekamen. Gaia ist ganz schwarz, nur an ihrem Hals trägt sie eine kleine weiße Krawatte. Ihre dicken Pfoten sind mit den Beinchen eines Babys vergleichbar, das seine ersten Schritte macht.

Ganz süß ist sie, nein, zuckersüß. Besonders schön sind ihre Augen, schwarz und groß wie die eines Rehs. Bei diesem Anblick kann ich nur schwer Nein sagen, denn diese Augen gucken einen so liebevoll an ... schon ist es um mich geschehen!

Oje, die Erziehung eines Hundes ist keine leichte Sache! Meiner Meinung nach ist sie mit der Erziehung eines Kindes vergleichbar. Die Gefühle stehen uns im Weg. Ich muss wohl lernen, auch beim Hund konsequent zu sein. Als der kleine Welpe zum ersten Mal zu uns kam, war er noch sehr verspielt und ungehorsam. So versuchte der kleine Schlingel, unser Sofa mit seinen kleinen Zähnchen zu bearbeiten. Zum Glück hatten wir einen Früchtebaum im Hof stehen und gaben Gaia einen kleinen leckeren Ast davon – unsere Couch war erst einmal gerettet.

Ich war glücklich mit der neuen Situation und war von Anfang an jedes Mal voller Vorfreude, wenn ich auf diesen süßen Fratz aufpassen durfte. Jedes Mal, wenn die kleine Maus zu uns gebracht wurde, war sie ein Stück gewachsen und konnte immer wieder etwas Neues.

Zu Beginn war sie natürlich noch nicht stubenrein, sie erleichterte sich, wo sie gerade wollte, und machte da auch keinen Unterschied, ob es unser Parkettboden, der Teppich oder eine Wolldecke war, die meine Kinder auf dem Boden immer mal wieder einfach liegen ließen. So hatte ich die nächsten Wochen plötzlich nichts mehr anderes zu tun, als Gaia im Auge zu behalten, unter den Arm zu klemmen und schnell nach draußen zu bringen.

Für mein Gefühl dauerte das eine halbe Ewigkeit – und unser Parkett und der ein und andere Teppichboden litten ganz schön –, bis sich dann doch ihr Verhalten änderte und unser kleiner Freund vor mit bettelndem Blick vor der Tür stand: „Lass mich doch raus, ich glaube, ich muss mal." In unserem Garten konnte sich die Kleine wunderbar austoben. Am meisten gefiel mir, wie sie lernte, von der Couch zu springen und die Treppen hoch- und runterzulaufen. Wie ein Blitz! Beim Flug von unserer Couch kann ich sie nur mit einer Rakete vergleichen, die mit voller Kraft ins All schießt.

Jedes Mal, wenn sie zu uns kommt, wird auch aus dem dunkelsten ein sonniger Tag, unser Haus füllt sich mit Freude, wir lachen und spielen viel mit dem Hund. Heute kann ich viele einsame Menschen und einfach alle Tierfreunde verstehen – es ist so unbeschreiblich schön, neben sich eine kleine Fellnase zu haben!

Gaia hat übrigens immer Hunger. Sie würde, wenn man es zulassen würde, den ganzen Tag etwas in sich reinstopfen. Mein Schwager sagt immer, dass sie den gefüllten Futternapf in wenigen Sekunden *weginhallieren* würde und er das Gefühl habe, dass sie die Futterschüssel als Nachtisch gleich mit vertilgen wolle. Anschließend sage ihr Blick jedoch immer: „Oh, ich habe heute noch gar nichts im Magen gehabt. Gib doch noch ein bisschen … sonst verhungere ich.“

Ich führte einige Gespräche mit meinem Schwager, da ich der Meinung war, dass die Portionen viel zu klein wären und die kleine Dame tatsächlich immer Hunger habe. Er erklärte mir aber, dass inkonsequente Hundebesitzer, die viel zu viel Futter gäbe, ihrem Tier schaden würden, denn zu viel Liebe bedeute auch zu wenig Erziehung und wo zu wenig Disziplin sei, dort würde ein krankes Tier mit zu viel Speck am Körper aufwachsen. Wir wissen es ja aus eigener Erfahrung – dick wird man schnell, aber abzuspecken dauert sehr, sehr lange. Gaia hat zum Glück sehr konsequente, aber auch liebevolle Besitzer.

Schon nach wenigen Wochen konnte sie mehrere Kommandos ausführen. Zur großen Freude meiner Kinder! Nun muss der Hund liegen, stehen, Pfote geben. Wieder stehen, liegen, Pfote geben.

„Schluss damit“, sage ich nach einiger Zeit immer zu meinen Kindern. „Jetzt braucht Gaia ihre Ruhe.“ Wir gehen alle aus dem Zimmer. Und Gaia streckt sich auf ihrer Kuscheldecke und schläft ein. Ein Hundeleben kann wohl sehr schön sein!

Mittlerweile ist Gaia sieben Monate alt. Im Laufe der Zeit hat sie viel gelernt: Sie geht nur noch draußen ihr Geschäft verrichten. Sie führt einige Kommandos ohne Probleme aus und hört richtig gut auf ihr Herrchen. Spazieren gehen ist sehr entspannt und es macht uns allen eine riesen Freude, mit ihr die so große Welt zu entdecken. Aber am allerwichtigsten ist, dass sie sehr freundlich, lieb und vertrauensvoll ist. Wir genießen die Zeit mit ihr und hoffen, dass es noch viele schöne Momente geben wird, wenn Gaia mal wieder bei uns ist.

Voll aus dem Leben

In über fünfzig Jahren haben wir bisher mit sieben Hunden zusammengelebt, oft gehalten als Einzelhund und zweimal im Doppelpack. Meist haben wir älteren Vierbeinern ein Zuhause gegeben, bis auf zwei Ausnahmen, auch wenn diese schon mehr als fünf Jahre auf dem Buckel hatten, hat uns dies nicht davon abgehalten. Unser derzeitiger Begleiter war, da wir selbst auch nicht mehr die Jüngsten sind, bei der Übernahme zehn und ist jetzt mittlerweile dreizehn Jahre alt – und das bei einem Gewicht von fünfzig Kilogramm.

Alle unsere Hunde haben wir immer aus Tierheimen geholt, etwas anderes kam für uns nie infrage. Alle hatten ihre Macken, wurden aber immer zu Freunden und wunderbaren Familienhunden. Bei einigen mussten wir einen Hundetrainer zurate ziehen, aber das immer nur so lange, bis wir selbst unsere Lektion mal wieder gelernt hatten. Von den beiden Hunden, die uns am intensivsten in Erinnerung geblieben sind, möchte ich erzählen:

Da gab es den Riesenschnauzer Blanka, die rassige Schwarze aus dem Tierheim Frankfurt, damals ungefähr zwei- bis dreijährig, reinrassig, vom Tierschutz aus einem Trinkerhaushalt gerettet und dann zu uns gekommen.

Der Anfang war schon kurios. Im Auslauf befanden sich vier Hunde, dabei Blanka, eine Domina. Als ich am Zwinger vorbeiging, rührte sich keiner. Na ja. Als mein Mann am Auslauf vorbeikam, sprang Blanka von ihrem Hochsitz, ran ans Gitter, wedelte mit ihrem Stummelschwanz, als hätte sie einen alten Bekannten getroffen, und lief direkt zur Tür – sie wollte mit. War es Liebe auf den ersten Blick? Wir nahmen sie mit und haben es nie bereut, über zehn Jahre lang.

Zu Hause angekommen, wir wohnten damals in einem Bungalow mit offenem Wohnbereich, hatten wir für Blanka den Eingangsbereich als Schlafzone angedacht. Von wegen! Da ja Türen fehlten, hatten wir vor unser Schlafzimmer mit Decken und Kissen eine provisorische Absperrung gebaut. Kaum waren wir im Bett, hörten wir ein herzzerreißendes Winseln vor unserem Schlafzimmer, die gedachte, unüberwindbare Deckenhürde war genommen. Die nächste Barrikade war vermeintlich stabiler: Stühle, Tisch, Blumentöpfe und so weiter. Nach kurzem Krach und lautem Scheppern war auch diese Hürde überwunden. Die Domina legte sich sofort – und von da immer – in unser Schlafzimmer und war zufrieden. Sie hatte sich wohl zur Aufgabe gemacht, uns von nun an zu bewachen. So war unser erster Tag, wir haben diesen Tag nicht bereut.

Nach einigen Jahren, wir wohnten nun im ersten Stock einer Doppelhaushälfte, wurde der Balkon der Nachbarn renoviert. Plötzlich raste Blanka aus der Küche in Richtung Wohnzimmer, von dort kam ein lauter Hilfeschrei. Der Maler war in der Absicht, den Balkon zu streichen, wohl von dem einen Balkon auf unseren geklettert und stand jetzt mit den Pfoten von Blanka auf seiner Schulter eingekeilt in der Balkonecke, zitternd und totenbleich, aber sonst unversehrt. Auf Befehl ließ Blanka natürlich sofort von ihm ab. Ich bin noch heute davon überzeugt, dass der Maler nach dieser Begebenheit nie mehr zum *Einbrecher* wurde.

Blanka hat damals wiederum Rudelsorge bewiesen, besonders ausgeprägt zeigte sie diesen Zug bei unseren regelmäßigen Wanderungen im Pfälzer Wald. Blanka war da absolut in ihrem Element, egal wie groß die Gruppe auch war, und wenn sie Hunderte Meter auseinandergezogen war – Blanka lief Runde um Runde, zählte wohl unentwegt ihre Schäfchen. Als höfliche Hundedame brachte sie dabei jedes geworfene Stöckchen dem Werfer zurück, um sich jedes Mal bei mir ein Lob zu holend, und dann zur nächsten Runde losspurtend. Abends lag sie erschöpft auf ihrem Hundebett, selig und wahrscheinlich im Traum die abgelaufenen Runden zählend. So war Blanka – sportlich, zäh, um ihr Rudel immer besorgt, eine liebevolle Hundekameradin.

Wir haben sie geliebt. Wir haben sie vermisst.

Ihr Nachfolger war ein afghanischer Riesenschnauzer-Mix, hochbeinig, riesig, schnell wie der Wind und, wie sein Name Strolch schon sagt, ein wahrer Schelm. Ebenfalls aus dem Tierheim und damals bereits sechs Jahre alt. Er verlebte bei uns noch sehr rüstige weitere fünf Jahre.

Strolch liebte das Autofahren, aber nur, wenn er – und wenn es zweihundert Kilometer waren – ununterbrochen Bellen durfte bis zum Erbrechen. Einer Erlaubnis bedurfte es dazu selbstverständlich nicht.

Sonst war er lautlos, mit einer Ausnahme – und das war seine zweite Macke, über die das Tierheim informiert hatte: Er mochte keine roten Frauenkleider, auch nicht an Schaufensterpuppen. Bei roten Kleidern sah er sicher *rot,* setzte sich auf die Hinterläufe und heulte wie ein ganzes Wolfsrudel, sehr lange und lang anhaltend.

Interessant eine weitere Macke: Küssen verboten! Demonstrativ setzte er sich in solchen absehbaren Fällen zwischen meinen Mann und mich, harmlos zwar, aber aus war es.

Strolch konnte mit seiner Schnauze unsere Wasserhähne aufdrehen, aber nicht wieder zu. Um die Wasserrechnung nicht ins uferlose steigen zu lassen, konnten wir ihn nie lange alleine im Haus lassen.

Unsere Freunde beschwerten sich, dass unser Telefon des Öfteren, ein Apparat mit Hörer aus dem letzten Jahrhundert, beim Anrufen zwar abgenommen wurde, aber niemand sich meldete, sie hörten noch ein *Tapp … Tapp …* dann nur noch Stille. Zusätzlich meldete sich noch die Telefongesellschaft, um uns darauf aufmerksam zu machen, dass unser Telefon wiederholt ausgehängt blieb und somit auf Dauer das örtliche Netz gestört würde. Unsere Überprüfung ergab: Unser Schelm war ein höflicher Hund, beim ersten Klingelton hob er ab und reservierte schon Mal den Anruf für uns. Wir konnten nur Abhilfe schaffen, indem wir zukünftig das Telefon in gut zwei Meter Höhe deponierten. Der Schelm konnte alle nicht verschlossenen Türen öffnen und so auch ab und an Nachbarn alleine besuchen.

Ein Höhepunkt war eines Tages die eigene Futterversorgung. Den Futtereimer – mindestens fünf Kilogramm schwer – schleppte er per Schnauze vom Keller in die Küche, und zwar dorthin, wo er normalerweise gefüttert wurde, haute sich den Magen voll und wurde anschließend von uns so aufgefunden: voll, satt, schlafend, den Schlaf des Gesättigten. Man konnte ihm aber nicht böse sein, er lebte eben als unser Schelm auf dieser Erde. Für seine Größe erreichte er ein wackeres Alter, dem Schelm sei Dank. Wir lachen noch heute oft über seine Schelmereien.

Wir haben ihn geliebt. Wir haben ihn vermisst.

Der Abschied all unserer sechs Hunde war stets traurig für uns. Tröstung brachte in etwa die Verantwortung für den neuen Hund. Maggy, die ungarische Hirtenhündin, Blanka, unsere Domina, Strolch, unser Schelm und stolzer Afghane, Lady, die rabenschwarze Labrador-Dame und von keinem Wasser zu halten, Tinto, der fröhliche Flat Coated Retriever, Luzi, die blütenweiße, elegante irische Wolfshündin. Alle hatten ihre Macke. Alle waren makellos, beste Freunde, liebevolle Begleiter in unserem Leben. Wir haben sie geliebt, sie bleiben alle unvergessen.

Jetzt leben wir mit Simba, er ist ein polnischer Herdenschutzhund, glücklich zusammen, ein Bursche, eigensinnig von Rasse, massiv, immer besorgt um uns, dabei mit 13 Jahren selbst schon nicht mehr der Jüngste. Hunde sind glücksbringende und bis zum letzten Tag unendlich dankbare Gefährten.

Ein Geschenk der Götter

... oder in unserem Fall wohl eher ein Göttinnen-Geschenk. Denn bei unserem Hund Filou hatten sowohl Glücksgöttin Fortuna als auch Jagdgöttin Diana ihre Hand im Spiel. Zuerst durften wir uns glücklich schätzen nach einem alten, kranken Hund wieder einen quicklebendigen, temperamentvollen Welpen um uns zu haben, der schnell lernte und recht guten Gehorsam zeigte. Von seinem Niedlichkeitsfaktor, der uns viele bewundernde Blicke einbrachte, ganz zu schweigen. Die Tatsache, dass der kleine Kerl als Border Terrier ein lupenreiner Jagdhund war, haben wir fürs Erste auf die leichte Schulter genommen. Welcher Hund hat denn bitteschön keinen Jagdtrieb? Auch den leicht verdrucksten Hinweis der Züchterin, im Wald könne man diese Hunde wohl nur an der Leine halten, konterten wir im Geist auf Terrier-Art: „Red du mal ...“

Jagdgöttin Diana brachte sich ziemlich schnell ins Spiel. Filou befand Angebote zur Beschäftigung als zu langweilig, sprich kein Bordertainment, sorry, und verschwand lieber im Gebüsch oder tauchte im Dachs- und Karnickelbau ein, wo er ein umgebundenes Brustgeschirr erfolgreich versenken konnte. Der Abenteuerlustige brauchte hierbei kein Vorbild, sondern brachte sich alles selbst bei. Unser Hund ging nicht als Begleiter zum Latschen und Tratschen in den Wald, sondern um etwas zu erleben. In der Rüpelphase zwischen anderthalb und drei Jahren lief der Border dann total aus dem Ruder. Nach glorreichen Szenen im Wildschweindickicht und uns zugetriebenen Schwarzkitteln sowie einem besonders glanzvollen Weihnachtsfest, an dem wir in der Dämmerung des Heiligabends mithilfe der Feuerwehr einen Fuchs aus seinem Bau gesprengt hatten, sahen wir auch ein, dass ein bisschen Welpenschule bei unserem Hund nicht ausreicht.

Wir suchten uns fachliche Unterstützung und lernten dazu. Nicht zuletzt auch, dass man allzu oft unwissentlich die Triebe unterstützte, die man gar nicht so gern haben wollte. Siehe Weihnachtsabend: Den

Hund hatten wir dazu animiert, durch eine Röhre zu laufen, bis er nicht mehr zurückkam. Sein Fiepen hatten wir missdeutet und bei heftigen Wasserspülgeräuschen waren wir dann doch ein wenig in Panik geraten und hatten den Terrier zum Durchhalten ermutigt. Bei einbrechender Dunkelheit beschlossen wir, die Feuerwehr zu Hilfe zu rufen.

Aus Sicht der Jagdgöttin Diana also alles richtig gemacht mit diesem Traumhund für einen Jäger.

Aus Sicht der Trainerin für Menschen mit Hund eine bleibende Herausforderung für Leute, die eigentlich einen unkomplizierten Begleiter haben wollten, den man fast überallhin mitnehmen kann. Anstatt Laisser-faire trainieren wir nun unsere mentale Muskulatur, lernen unseren Hund besser zu lesen, versuchen, ihn nicht allzu sehr zu vermenschlichen, und leben gut und gern mit ihm – bessere Beschäftigungsangebote inklusive. Hundeprofi Martin Rütter befand bei einem kurzen Kennenlernen Filou als den einzigen ihm bekannten Border, der „nicht total daneben ist.“

Hunde können ihre Halter ganz schön aufs Kreuz legen.

Jetzt fragen sich bestimmt viele, warum tun sich immer mehr Menschen so etwas an?

Vielleicht, weil es sehr hilfreich im Leben ist, mehr Gelassenheit, Humor und eine gewisse Sturheit zu entwickeln? Bestimmt aber, weil die Freundschaft mit einem Hund eine der schönsten ist, die man im Leben haben kann. Auch wenn sie kein ganzes Menschenleben dauert. Verlieben kann man sich immer wieder in diese Lieblinge der Götter, die ganz einfach ein Gottesgeschenk sind.

Das Rudel

Das Rudel ist eine Gruppe von fünf Hunden, die gemeinsam mit ihren Besitzern Gassi gehen. Alle verstehen sich gut und freuen sich, regelmäßig einander abzuholen. Fast jeder dieser Hunde hat ein Leben vor der Zeit mit seinen jetzigen Besitzern hinter sich und hat es erst jetzt gut getroffen. Endlich haben sie eine Familie gefunden, bei denen sie ihr Hundeleben verbringen können, bis sie irgendwann einmal über die Regenbogenbrücke gehen müssen.

Angefangen hat es mit unserer Beaglehündin Eliza. Als mein Mann Eliza im Internet auf der Homepage einer Tierschutzorganisation entdeckte, die es sich zur Aufgabe gemacht hat, Tieren ein dauerhaftes Zuhause zu suchen, war noch nicht klar, ob überhaupt ein Hund bei uns einziehen würde. Denn mein Mann und mein Sohn waren eigentlich auf der Suche nach einer Katze. Mein Sohn wollte zwar im Sommer vor sechs Jahren aus unerfindlichen Gründen einen Beagle bei sich aufnehmen, aber nachdem wir uns kurz über die Rasse informiert hatten – Beagle sind sehr gute Jagdhunde –, stellten wir fest, dass das nicht zu den beiden anderen Haustieren passte: zwei Kaninchen, die den ganzen Garten schon als ihr Revier betrachteten. Also entscheiden sie sich für eine Katze. Da ich aber ein Hundemensch bin und wir in meiner Kindheit und Jugend immer einen Familienhund hatten, begann ich, zuerst meinen elfjährigen Sohn zu überzeugen und schließlich auch meinen Mann, dass ein Hund ein schönes neues Familienmitglied wäre.

Die dreijährige Eliza machte auf dem Foto keinen sehr glücklichen Eindruck und auch beim Besuch im Tierheim war sie sehr zurückhaltend. Mein Sohn verliebte sich jedoch gleich in sie. Als ich noch darüber nachdachte, ob ein Welpe einer Beaglezüchterin vielleicht als erster Hund die bessere Alternative wäre, anstatt einen Hund aus dem Tierschutz zu nehmen, war für meinen Sohn schon klar, dass es Eliza sein musste. Nach drei Spaziergängen hatte auch mich ihr entspanntes, gelassenes Wesen überzeugt. Sie ging brav, ohne zu ziehen, an der

Leine und war verträglich mit allen Hunden und Kindern, denen wir begegneten. Nichts brachte sie aus der Ruhe. Sie wedelte nur fröhlich mit dem Schwanz.

„Wer hat denn so einen tollen Hund im Tierheim abgegeben?", fragte ich nach. Ich erfuhr: Eliza war in Ungarn aus einer Hundezucht gerettet worden. Dort sind die Hunde in Kellern an Rohre gekettet oder in kleinen Boxen untergebracht. Sie fiel schon bei der Rettung durch ihr freundliches Wesen auf.

„Die neuen Besitzer ihrer Mutter sind auch sehr begeistert", bekam ich zur Antwort.

„Na, wenn die Mutter so ein Superhund ist, kann ja die Tochter nicht verkehrt sein", dachte ich mir. So beschlossen wir, Eliza aus dem Tierheim zu holen.

Sie war gar nicht dafür, in unser Auto gehoben zu werden. Es glich eher einer Entführung. Auf der Fahrt beruhigte sie sich aber recht schnell und kuschelte sich an meinen Sohn. Sie zeigte schon bei der ersten Autofahrt, dass sie entspannt im Auto mitfahren konnte.

Zu Hause lief sie erst stundenlang im Kreis, bis sie endlich im neuen Körbchen einschlafen konnte. Gerochen hat sie anfangs nicht so gut und nach dem Baden und einigen Wochen mit kleinen Infekten kam sie dann bei uns an, fühlte sich immer wohler und wollte uns nicht mehr verlieren. Die Kaninchen beobachtete sie respektvoll und dachte wohl: „Die wohnen halt hier." Getan hat sie ihnen nie etwas.

Eliza ist ein Beagle und das sind ganz spezielle Hunde. Die Nase ist immer auf dem Boden und Fressbares, selbst ein vertrocknetes Reiskorn, entgeht ihr nicht. Sobald im Erdgeschoss nur eine Tüte knistert, saust sie sofort von oben nach unten und steht erwartungsvoll bereit. Ihr Jagdtrieb ist nicht ausgeprägt, das heißt, sie kann frei laufen. Sie ist gelehrig und für Leckerlis macht sie alles. Zum Glück ist sie selten stur und eigenwillig, wie man es dem Beagle nachsagt. Zu Beginn kannte sie außer *Stopp* kein Kommando.

Wir versuchten, mithilfe eines ungarisch sprechenden Schulfreundes unseres Sohnes zu testen, ob sie etwas Ungarisch versteht, aber ohne Erfolg. Sie hatte also keine Hundeerziehung nach unseren Maßstäben kennengelernt.

Kurz nachdem sie eingezogen war, gingen wir mit unserer Nachbarin und ihrem alten Jagdhund spazieren. Eliza liebte deren Leckerli mehr als den Hund, aber sie freute sich, wenn andere Hunde beim Spazierengehen mitgingen. Dieser Jagdhund ist leider mittlerweile verstorben und an seine Stelle ist ein temperamentvoller junger englischer Setter namens Bertie getreten. Eliza ist er etwas zu ungestüm und sie sucht Schutz zwischen den Menschen, wenn er mit vollem Schwung vor dem Stehenbleiben eine Runde um die Gruppe dreht. Aber er gehört eben zu ihrer Freundin, unserer Nachbarin, die immer freundliche Worte und einen kleinen Hundekeks für sie hat, und so hat sie ihn akzeptiert.

Der dreijährige Bertie stammt von Mallorca, wo er aus einer Tötungsstation gerettet wurde. Er hält sich selbst noch für einen Welpen und ist sehr aufmerksam. Es entgeht ihm kein Vögelchen, wenn er auf zwei Beinen Ausschau hält. So hält er seine Leute auf Trab. Dazu hat er ein sehr liebes verträgliches Wesen und jetzt auch ein schönes Zuhause, wo er schon viel gelernt hat.

Zum Rudel gehören noch die Hündinnen Orelia und Saphi. Die weiße Orelia gehört einem Ehepaar aus unserer Straße. Sie wurde in Spanien als Welpe gefunden und lebte verlassen mit ihrer Mutter und den Geschwistern auf einem Bauernhof. Sie hat das weichste Fell, das ich je gefühlt habe, ist gut erzogen und die Vornehmste von allen. Doch sie hat es faustdick hinter ihren zarten Öhrchen. Sie ist eine große Katzenjägerin und verteidigt ihr Grundstück gegen diese mit großer Begeisterung.

Saphi gehört zu Orelia, nachdem ihre Besitzer sie aus Altersgründen nicht mehr versorgen konnten. Saphi freut sich über alle Menschen und Hunde und begrüßt jeden immer freundlich. Leider versteht das nicht jeder gleich richtig, denn durch ihre Größe und ihr zotteliges braunes Fell sieht sie erst einmal ein bisschen wild und bedrohlich aus. Im Wald wurde sie von einer älteren Dame schon einmal für ein wildes Tier gehalten.

Seit kurzer Zeit gehört noch der schwarze Pudel Salty zum Rudel. Er wohnt bei Orelia und Saphi. Seine Besitzerin ist immer wieder sehr schwer krank und so kommt er immer öfter für ein paar Wochen zu Besuch. Er ist ein echt lustiger Kerl. Er ist der kleinste, aber lauteste Hund und kann prima mithalten, wenn gerannt wird. Zur großen Freude der männlichen Gassigeher, der beiden Ehemänner, kann Salty Bälle holen und apportieren. Dann rennt er, sodass seine Beine durch die Luft zu fliegen scheinen.

Bevor der gemeinsame Rudelspaziergang beginnt, kündigen sich alle schon durch lebhaftes Gebell und fröhliche Stimmen an. Eliza hebt den Kopf, ich hole die Leine, ziehe Schuhe und Jacke an. Vor dem Tor winseln Saphi und Orelia – und Bertie und Salty bellen. Dann geht es durch die Straße ins Feld, wo alle energiegeladen ausströmen. Die gemütliche Eliza ist dabei eher darauf bedacht, den Futterbeutel unserer Nachbarin nicht ganz aus den Augen zu verlieren. Denn wenn Bertie zurückgerufen und anschließend belohnt wird, bekommen alle etwas. Danach nimmt das Rudel wieder Witterung auf. Mal werden Nachbarhunde begrüßt oder auf dem Weg ist etwas Interessantes zu entdecken. Für den Heimweg werden alle wieder angeleint, auf Bertie warten wir immer etwas länger, da er noch eine Extrarunde dreht. Zufrieden kommt jeder Hund wieder in seinem Zuhause an. Unser Rudel besteht aus prima Hunden, die alle aus dem Tierschutz kommen. Wir können nur empfehlen, Tierschutzhunden eine zweite Chance zu geben.

Meine Jahre mit Emma

Einen Hund zu besitzen, war schon immer mein Traum. Dass er schließlich 2014 wahr wurde, hätte ich nie für möglich gehalten. Doch wie kam es dazu? Das Internet machte es möglich. Auf einer Geschäftsplattform entdeckte ich das Profil eines Mannes, den ich vor dreißig Jahren zum letzten Mal gesehen hatte. Binnen kurzer Zeit bahnte sich zwischen uns ein enger Kontakt an. Ein Besuch bei ihm in Berlin im Jahr 2013 sollte meine zukünftige Lebensweise stark verändern. Er stellte mir seine Hundedame Emma vor, ein Schäferhund-Labrador-Mix. Emma besaß eine respektvolle Größe, wog rund 30 Kilogramm und zeigte sich bei unserer ersten Begegnung sehr zugänglich. Die Folge: Sowohl Emma als auch ihr Herrchen eroberten mein Herz. Eine Geschichte wie aus einer Fernsehserie. Doch gleichzeitig auch eine Geschichte, wie sie das Leben schreibt.

Denn mit meinem neu gewonnenen Freund entwickelte sich eine Fernbeziehung. Und Emma mitten dabei. Ein Hundeumzug von Berlin nach Rheinhessen. Das Problem von damals ist schnell beschrieben. Mein Freund ist beruflich viel in der Welt unterwegs. Daher stand er stets schweren Herzens vor der Wahl, das Tier wegzugeben oder es oft wochenlang in eine Hundepension einzubuchen. Nun überlegte ich, wie ich Emma in mein Leben integrieren könnte. Ich war bereit, Emma mit allen Verpflichtungen zu übernehmen. Ich hatte viel Glück, dass einige Parameter passten. Mein Arbeitgeber akzeptierte auf Nachfrage flexiblere Arbeitszeiten und auch meine Wohnungsnachbarn äußerten keinerlei Einwände. Und so geschah es, dass Emma von Berlin zu mir nach Rheinhessen umzog. Für ihr Herrchen war dieser Schritt eine geniale Lösung.

Emma, inzwischen zehn Jahre alt, war sehr gut erzogen, sozusagen in sich ruhend und eine Sympathieträgerin. Sie machte mir die Eingewöhnung sehr leicht und ihre Körpersprache war für mich bald gut zu verstehen. Es war erstaunlich, wie viele unterschiedliche *Gesichtsaus-*

drücke sie zeigen konnte. Manchmal herzzerreißend, dann wieder liebevoll schauend bis hin zu fordernden, auch skeptischen Blicken. Emma besaß einen sehr freundlichen Charakter Menschen und ihren Artgenossen gegenüber. Wenn andere Hunde aufdringlich wurden, ertönte zunächst ein unmissverständliches Bellen, dann wandte sie sich ab. Die Hunde in unserer Umgebung waren in der Mehrheit gut verträglich und es gab nur wenige Hunde, von denen sich Emma fernhielt. Die gemeinsamen, oft stundenlangen Spaziergänge gestalteten sich stressfrei. Aggressionen waren Emma fremd. Kinder mochte sie besonders, zumal sie als Welpe zusammen mit Kindern aufgewachsen war.

Emma muss es in Rheinhessen von Anfang an gut gefallen haben. Auch die Anpassung an das neue Frauchen, eine andere Bezugsperson, hat sie locker hingekriegt. Die Hündin veränderte offenbar ganz einfach die Rangfolge in ihrem häuslichen Rudel. Denn nach einer Eingewöhnungszeit von nur drei Monaten war sie mein Hund geworden und ich rutschte in ihrem Verhalten an die erste Stelle, ihr ehemaliger Hundehalter, der inzwischen mein Partner war, rückte auf den zweiten Platz. Damit war für sie alles geregelt und auch mit den häufigen Besuchen ihres ehemaligen Herrchens kam sie bestens klar. Etwa alle drei Wochen kam mein Partner von Berlin nach Rheinhessen. Ich packte Emma kurzerhand ins Auto, für sie eine tolle Sache, denn sie fuhr leidenschaftlich gerne Auto. Bei den Autotypen war sie wenig wählerisch. Obwohl ich nur einen kleinen Fiat fuhr und sie darin die komplette Rückbank füllte, hopste sie jedes Mal mit freudigem Schwanzwedeln aufs Polster. Irgendwann war ihr klar, dass da bald jemand ins Auto steigen würde. Als dann die Heckklappe nach oben schwang und mein Freund seinen Koffer verstaute, freute sie sich immer sehr. Ihr Rudel war wieder komplett.

Wenn jedoch nach einer Woche die Zeit des Abschieds nahte, konnten wir an ihrem Verhalten ablesen, dass sie diese Situation nicht witzig fand. Schon beim Kofferpacken kam bei Emma Unruhe auf. Ich nahm sie daher zur Verabschiedung immer wieder im Auto mit. Jedes Mal, wenn dann mein Partner das Auto verließ, legte sie sich mit beleidigter Miene auf der Rückbank ab und schmollte. Ein immer gleiches Ritual. Ich fuhr meist dann zügig nach Hause und unternahm stets gleich einen Spaziergang. Oft richtete ich mir den Tag schon vorab so ein, dass ich meinen Job von zu Hause aus erledigen und den restlichen Tag mit ihr verbringen konnte. Auf diese Weise fand Emma recht schnell wieder ihre Routine und ihren inneren Frieden. Ein Hund ist ja schließlich auch nur ein Mensch!

Bisweilen kam Emma auf schräge Ideen, insbesondere dann, wenn sie ihrer Neugierde nachgab. Vor wenigen Jahren verbrachten wir unseren Urlaub auf einem Reiterhof an der holländischen Nordseeküste. Emma genoss die langen Spaziergänge ohne Leine am Strand, fraternisierte mit allen Hunden und freute sich des Lebens.

Unmittelbar neben unserer Ferienwohnung führte ein Flur zu den Privaträumen der Vermieter. Wie verlockend! Irgendwann hatten wir Emma aus den Augen verloren. Zielstrebig entwischte sie uns durch die geöffnete Wohnungstür unserer Vermieter und nahm die Innenausstattung der noch reichlich unbekannten Räume sorgfältig in Augenschein. Ein Fehler! Denn dort residierte bereits eine recht resolute Hauskatze, allerdings alt und zahnlos. Plötzlich stürzte die Katze sich zur Verteidigung ihres Terrains auf den Eindringling der Gattung Hund und schlug ihre nicht vorhandenen Zähne in den dicken Fellhintern unserer Emma.

Geschmerzt hat sie der Katzenbiss ganz sicher nicht, aber unsere Hundedame hat doch einen gewaltigen Schreck davongetragen. Die nächsten Tage jedenfalls hielt sie von der Katze deutlichen Abstand. Der Dachtiger war ihr offenbar nicht ganz geheuer.

Emma kann im Rückblick übrigens als hoffnungslos korrupt bezeichnet werden. Wer auch immer ihr eine Scheibe Schinken oder ein Stück Fleischwurst vor die Nase hielt, war sofort ihr allerbester Freund. Auch eine gewisse Experimentierfreudigkeit bei allerlei Spezialitäten konnte man ihr nicht absprechen. Stichwort Weihnachtszeit! Irgendwann hatte ich passend zum abendlichen Fernsehgenuss in einer Glasschale leckere Schokolade auf den Couchtisch gestellt. Bisweilen naschte ich davon und bot sie auch meinem Freund an.

Der wiederum schüttelte den Kopf. „Nee, danke! Ich mach mir nichts daraus. Iss du mal!"

Ich ließ die Gebäckschale stehen. An diesem Abend verließen wir das Haus noch zu einer Veranstaltung, Emma indessen musste alleine zu Hause bleiben. Nach drei Stunden kamen wir zurück. Erst fiel es mir nicht auf, doch einige Zeit später traute ich meinen Augen nicht. Das Tellerchen mit der Schokolade war leer!

In Kürze war ich ausgesprochen sauer und nahm meinen Freund fest in den Blick: „Also, das ist ja ein dickes Ding! Mir flunkerst du vor, keine Süßigkeiten zu mögen. Aber kaum drehe ich mich um, fällst du über die Schokolade her."

„Wie bitte? Was soll ich getan haben?" Seine Entrüstung machte sich lautstark Luft. „Wahrscheinlich hast du zwischendurch davon genascht und hast es nur vergessen!"

In der Folge entwickelte sich ein heftiger Disput. Und als unsere Stimmen lauter wurden, zog sich Emma zurück und verkroch sich im Schlafzimmer unters Bett. Alle Versuch, sie wieder hervorzulocken, scheiterten. Da hellte sich die Miene meines Freundes plötzlich auf. Er lief ins Wohnzimmer zurück und begutachtete die gläserne Gebäckschale. „Aha, die Ordnungswidrigkeit ist aufgeklärt, jedes Leugnen ist zwecklos!"

Kein Zweifel! Unter dem Licht waren eindeutig die Spuren von Emmas Schlabberzunge zu sehen. Als weiteren Beweis der Untat hatte unsere Hündin sogar noch Pfotenabdrücke auf dem Sofa hinterlassen. Sie muss die Schokolade wirklich genossen haben! Bei allem Gelächter waren wir doch etwas besorgt um ihre Gesundheit, aber wir hatten Glück. Sie hatte die Nascherei gut überstanden, bis auf etwas Verstopfung.

Mit Emma habe ich unzählige Spaziergänge unternommen und durch ihre offene, freundliche Art unglaublich schnell Kontakt zu wildfremden Menschen bekommen. Ich erinnere mich an zahlreiche Momente im Dorf, als völlig unbekannte Menschen bei der Straßenüberquerung spontan stehen blieben und uns zuschauten oder mir zuriefen, was das für ein hübscher Hund sei.

Da passte auch eine andere Begegnung in einem Landgasthof gut ins Bild. Mein Freund und ich saßen an einem Ecktisch, unter dem sich Emma gemütlich ablegen und den Rest des Schankraums hervorragend beäugen konnte. Im Laufe des Abends nahm am Tisch gegenüber Claus Klever, ein bundesweit bekannter TV-Moderator und Journalist, mit seiner Begleitung Platz.

Als wir bezahlten und gehen wollten, stand Emma auf und stellte sich demonstrativ vor den Moderator, als ob sie ihn erkannt hätte. Claus Klever, selbst Hundebesitzer, stand mitten während des Essens auf, kam auf unsere Hündin zu, kraulte sie stürmisch und eröffnete ein Gespräch mit uns. Es war schon erstaunlich, welche Aufmerksamkeit Emma auf sich zog.

So war es dann irgendwann für mich klar, dass ich diese schöne Zeit in professionell gemachten Fotos festhalten wollte. Ich unterzog Emma einer Fellreinigung, bürstete sie und fuhr zu einer Fotografin. Das Shooting bereitete uns riesigen Spaß, zumal sich Emma anfangs grundsätzlich mit ihrem Hinterteil zur Kamera präsentierte. Doch nach einiger Zeit ließ sie sich mit einigen Tricks sehr gut in Szene setzen. Dabei sind tolle Bilder entstanden.

Emma zeigte am Abend beim Zubettgehen immer das gleiche Verhalten. Wenn sie beobachtete, dass ich ins Bad ging, blieb sie meist noch kurze Zeit auf ihrem Hundeplatz im Wohnzimmer liegen. Ertönte aber das Gesumme der elektrischen Zahnbürste, kam sie langsam angetappt, blieb einige Sekunden an der Badezimmertür stehen und drehte dann den Kopf zu mir.

„Geh schon vor, ich komme auch gleich!“

Kaum ausgesprochen, ging sie weiter und legte sich auf ihre Hundematte, die direkt auf dem Fußboden vor meinem Bett platziert war. Emma brauchte also immer eine solche Aufforderung, ohne die sie nicht aktiv wurde.

Vor dem Napf wartete sie auch häufig auf ein: „Guten Appetit!“, bevor sie sich mit großer Inbrunst über ihr Futter hermachte.

Leider stürzte Emma im September 2018 in der Wohnung so unglücklich, dass mein Freund und ich beschlossen, sie einschläfern zu lassen. Wir hatten schon etliche Monate zuvor beobachtet, dass sie sich bei jedem Spaziergang quälte, sehr unregelmäßig fraß und auch ihre inneren Organe immer öfter versagten. Wir wussten auch, dass sie Schmerzen in ihren Hüftgelenken hatte. Wir wollten die treue Seele nicht weiter leiden lassen. Für uns beide ein sehr schwerer Entschluss.

Ich erinnere mich immer wieder gerne an die bereichernde Zeit mit Emma. Alles hat seine Zeit! Noch immer werde ich beim Spaziergang auf Emma angesprochen. Ja, sie fehlt mir, sie fehlt uns! Es hat einige Zeit gedauert, bis ich verinnerlichte, dass mein Tagesablauf jetzt wieder ohne sie geplant werden kann.

Zum Abschluss meiner Geschichte sei verraten, dass mein Partner und ich nun einige Reisen planen können, auf die wir früher – Emma zuliebe! – verzichtet haben. Wer weiß, vielleicht haben wir irgendwann wieder Interesse, erneut einen Hund in unser Leben zu integrieren.

Wir sind überzeugt davon, dass alles im Leben zum richtigen Zeitpunkt geschieht. Daher können wir auch jetzt den neuen Lebensabschnitt genießen.

Was ist denn das für ein Ding?

„Nein, es gibt keinen Hund! Jeder will einen, aber wer kümmert sich dann drum? Die Mutti! Da hab ich keinen Bock drauf, es bleibt dann eh alles an mir hängen!"

O-Ton jeder zweiten Mutter, die diese Aussage trifft, nachdem sie von den riesengroßen, bettelnden Augen ihrer Kinder hypnotisiert wurde. Dies waren Anfang des letzten Jahres auch noch meine Worte. Ich – glücklich verheiratet und Mutter eines 16-jährigen Sohnes namens Marcio und einer 14-jährigen Tochter namens Marijana.

Marijana verbringt fast ihre komplette Freizeit mit ihrem Pflegepony, einem Mini-Shetty, und dem dazugehörigen Kleintierzoo: Hunde, Katzen und so weiter. Wie viele andere Mädels auf dem Land auch.

So viel zu uns. Als sie dann aber im Herbst 2017 mit einem – ich nenne es mal, spitzgedackeltem kleinen Mops, unser Pseudonym für einen gut gemixten Straßenhund – in unserem Esszimmer stand und das kleine, etwa dreijährige, schwarze Etwas da an der Leine hatte, war die erste Aussage meines Mannes und mir: „Was ist das denn für ein Ding?" Und: „Gibt es das auch in schön?" Ich weiß, das war wirklich nicht nett!

Zur Erklärung: Sehr liebe Bekannte von uns sind die Ponybesitzer unseres Pflegeponys – und auch Hunde- und Katzenbesitzer. Sie hatten sich tierisch noch mal vergrößert, eben genau um dieses kleine, schwarze Ding, was jetzt bei uns im Esszimmer stand, Lumpi hieß und uns anwedelte. Aus Ungarn importiert, quasi eine Rettungsaktion für Straßenhunde.

Unsere Tochter nahm sich nach Schulschluss dieses kleinen Hundes an, um manchmal mit ihm Gassi zu gehen und ihm auch erste kleine Kommandos beizubringen. Wir bekamen davon, ehrlich gesagt, wenig mit. Bis uns der kleine Lumpi wirklich alle überraschte!

Zeitsprung in ein Wochenende im April 2018: Mein Mann und ich befanden uns mit Freunden im Urlaub im Allgäu und ließen es uns bei strahlendem Sonnenschein gut gehen. Unsere Kinder wurden zu Hause von Opa, welcher direkt gegenüber wohnt, gut versorgt. Bis eines Morgens beim Frühstück in der Ferienwohnung mein Handy klingelte und ich unsere Mieterin am Telefon hatte. Da denkt man zuerst an einen Wasserrohrbruch im Haus und sonstige Katastrophen, aber bestimmt nicht an die Aussage: „Da sitzt ein Hund vor eurer Tür!"

„Hä? Welcher Hund?"

„Na, der, mit dem eure Tochter immer mal spazieren geht! Der kleine Schwarze."

„Oookayyyy?!? Ich sage Opa Bescheid, er soll ihn erst mal zu sich holen. Und wenn die Kids aus der Schule kommen, bringt Marijana ihn dann nach Hause zu den Besitzern zurück."

Dazu muss man wissen, dass der Wohnort von Lumpi von unserem schon eine große Strecke entfernt liegt und nicht ganz ungefährlich ist: aus der Wohnung in einer alten Mühle raus, über die Hauptstraße rüber, ein paar Mal rechts und links abbiegen, dazu geht es noch bergauf und schließlich gibt es auf unserem Gelände nicht nur eine Haustür, sondern gleich vier! Aber Bingo: Lumpi hatte genau die richtige getroffen! Nur noch kurz eine Anmerkung zu seiner Ausbruchmöglichkeit: Lumpi wohnte unter anderem noch mit einer dreibeinigen roten Katze zusammen, welche durch eine ausgeklügelte und äußerst raffinierte Technik manchmal die Klinke der Haustüre so anspringt, dass die Tür sich öffnet.

Nachdem dann alles geklärt war und Lumpi am Abend wieder wohlbehalten bei seinen Besitzern abgeliefert war, dachten wir nur: „Alles gut! Thema erledigt!"

Dachten wir. Da hatten wir die Rechnung aber ohne das Fellknäuel gemacht. Ein paar Tage später, als wie wieder zu Hause und im Alltag zurück waren, kam erneuter ein Anruf. Lumpis Besitzer meldeten sich mit folgender Aussage: „Lumpi frisst und trinkt nicht mehr richtig und sitzt den ganzen Tag fiepend vor der Tür. Wir glauben, er vermisst euch. Wollt ihr ihn nicht adoptieren?"

So, und jetzt sag als Mutter mal: „NEIN!!!!!" Zumal Lumpi sich bis dahin vorzüglich in die Herzen der Kinder, in das von Opa und meinem Mann, der gesamten Verwandtschaft und sogar der Nachbarschaft geschlichen hatte. Clever, das Kerlchen! Ich will jetzt nicht als Spielverderberin dastehen, ich bezeichne mich eher als Realistin, daher lautete mein Vorschlag auch: „Lumpi auf Probe! Das heißt, wir binden ihn im Alltag mit ein, er wohnt bei uns, wir kümmern uns um alles und sehen dann in ein paar Monaten weiter."

Und, was soll ich sagen? Die sogenannte Probezeit ging von April bis September und Lumpi erhielt von mir ein 1a-Führungszeugnis! Er bellte so gut wie nie, vertrug sich mit allen Hunden, war gleichermaßen kuschel- und spielfreudig, Seelentröster, lernte viel – und das auch noch schnell! Also war die Sache klar, Lumpi wurde adoptiert, fiderallala!

Dies geschah im Oktober 2018.

Seitdem ist er nicht mehr wegzudenken und bereitet uns jeden Tag viel Freude, bringt uns zum Lachen und versorgt uns quasi bei Spaziergängen mit viel frischer Luft. Er bekam von uns einen Hundepersonalausweis als Hundemarke, sogar mit Passbild ans Halsband, und wurde somit endgültig zum Familienmitglied.

Marijana besucht mit ihm regelmäßig einen Agility-Kurs, wo wir auch immer gerne zuschauen, da er dort oft der Kleinste ist, aber mit seinen Hüpfern die Hindernisse prima überwindet. Dabei fliegen ihm die Schlappohren nur so um die Ohren und er praktiziert den Grashüpferstyle, was zum Schießen aussieht!

Mein Mann nannte ihn nach den ersten Hindernissen sogar Lumpi, die schwarze Gazelle, was für viele Lacher sorgte. Unser Sohn Marcio bringt ihm zwar sinnlose, aber witzige Tricks bei, wie bei *Peng* auf die Seite zu fallen und sich einmal rumzurollen.

Des Weiteren haben wir uns vor ein paar Tagen gewundert, welcher Hundebesitzer denn da wieder sein Tier nicht im Griff hat, so lautes Gebell war draußen zu hören! Und da wir nicht wirklich wissen, wie Lumpi sich anhört, wenn er bellt, sahen wir auch keinen Grund, um mal nachzusehen. Bis wir mitbekamen, dass er mit unserem Sohn zur Tür raus war und – Achtung Klischee – den armen Postmann fast gefressen hätte, so wild hatte er gebellt und Haus und Hof bewacht. Nur damit mal sich das mal optisch vorstellen kann: Lumpi ist eine Mischung aus Dackel und Cocker Spaniel. Von uns auch manchmal liebevoll als *Lebberwoscht* bezeichnet. Also schwarz, klein, langer Körper, kurze Beine und nicht wirklich Furcht einflößend. Als er nach seinem Wachhundangriff wieder zurückkam, sah er aus wie implodiert: fast rund und doppelt so dick, so sehr hatte er die Nackenhaare gestellt. Ich sage nur: LUMPINATOR!

Ach ja, aktuell hat er einem Vertreter vor die Füße gekübelt, der gerade vor unserer Haustür stand und klingeln wollte, als ich den würgenden Lumpi nach draußen schickte. Der gute Mann war sichtlich irritiert, so etwas wäre ihm ja noch nie passiert. Aber was soll ich sagen: Lumpi fand ihn wohl zum Kotzen und, ehrlich gesagt, hab ich Lumpi danach sogar noch belohnt. Aber *Pssst*, bitte nicht weitersagen!

Bei uns hat sich der Spruch *Der Hund hat sich seine Familie ausgesucht!* ganz klar bewahrheitet! Wir genießen jede Minute mit dem kleinen, süßen Kerl und wünschen allen Tierbesitzern ebenso viel Freude und Spaß mit ihren Tieren, denn dann gewinnt jeder, ob Mensch oder Tier. Und natürlich bin ich diejenige, die am meisten mit Lumpi spazieren geht.

Aber wissen Sie was? Es macht sogar Spaß.

Männerfreundschaft

Max, der Golden Retriever, war sieben Jahre alt, als er über Umwege von einem spanischen Tierheim und einer Tötungsstation nach Deutschland zu uns kam. Er war ein Traum von einem Hund. Sein Charakter ließ nichts zu wünschen übrig. Er wollte es uns immer recht machen, er war bildschön, freundlich, gehorsam, leise, kinder- und katzenlieb, nicht wählerisch im Essen. Er war uns von Anfang zugetan, kurzum, er war ein gewichtiger, 42 Kilogramm schwerer Hundeschatz. Er war ein Hund, wie es ihn nicht oft gibt. Ich hätte ein Neugeborenes zu ihm auf seine Decke gelegt. Nicht einmal seine schwierige Vergangenheit hatte seinem guten Charakter geschadet.

Unsere Nachbarn, schon sechs Jahre stolze Besitzer eines quirligen Parson-Jack-Russel-Terriers namens Franz, von Beginn seines Lebens in Wohlstand behütet lebend, sehr genau wissend, wie man seine Familie um den kleinen Finger wickeln konnte, hatte eine andere Startposition in seinem Hundeleben. Sein Charakter war ebenso gut, er biss nicht, war nicht falsch. Auch er mochte Kinder und Katzen. Er hatte nur einen *Feind*, das war der Briefträger, der gehörigen Respekt vor dem kleinen Hund hatte und übertriebener Weise die Post beim Nachbarn auf der gegenüberliegenden Straßenseite deponierte. Mit den Nachbarn verbindet uns bis heute eine sehr freundschaftliche und vertraute Beziehung. Nachdem Max sich bei uns eingelebt hatte, beschlossen wir, dass nicht nur die Menschen in Freundschaft verbunden sein sollten, auch die Hunde sollten es sein. Mit Besuchen hin und her lernten sich die Vierbeiner kennen, respektieren, schätzen und lieben. Gemeinsam wurde beschlossen, dass eine Verbindungstür zwischen den Gärten, uns und den Hunden den Kontakt und das Besuchen erleichtern sollte. Nach vollendetem Einbau war es dann so weit. Der behäbige Max wartete auf der einen Seite, der flinke Franz auf der anderen Seite des Gartentors. Beide Ruten wedelten erwartungsvoll. Und dann wurde das Tor geöffnet!

Ohne sich eines Blickes zu würdigen, rannte Franz zu uns in die Küche, um diese nach Leckereien zu überprüfen. Max machte sich zielsicher auf zu Franz Spielsachen, um sein Lieblingsspielzeug, eine große Giraffe, zu uns in den Garten zu tragen. Abends brachte ich die Giraffe zurück, denn Franz überprüfte seine Spielsachen gewissenhaft. Ein Fehlen hätte er sofort bemerkt und um den Schlaf gebracht.

Dieses liebenswerte Spiel wiederholte sich Morgen für Morgen. Im Laufe des Tages, wenn es die jeweiligen familiären Gegebenheiten zuließen, blieb das Tor geöffnet und die Hunde konnten nach Belieben ihren Aufenthaltsort wählen. Meistens blieben sie zusammen.

Es war für Hunde und Menschen eine wundervolle Zeit, ein wundervolles Abkommen. Ein Dream-Team hatte sich nicht gesucht, aber gefunden. Eine echte Männerfreundschaft war entstanden.

Eines Tages, es war Winter und der Schnee lag für unsere geografischen Verhältnisse außerordentlich hoch, war es erforderlich, dass mein Mann und ich das Haus verlassen mussten. Da es durch die Wetterbedingungen unklar war, wann wir wieder zu Hause sein würden, baten wir die Nachbarn um Tagesasyl für unseren Max. Dieser Bitte wurde gerne entsprochen. Max' Futter wurde abgefüllt, Halsband und Leine bereitgelegt und schon durfte er seinen Hundefreund besuchen. Den Vormittag verbrachten die Hunde in Harmonie und schlafend. Am Nachmittag, der Schneefall hatte mittlerweile aufgehört und die Sonne strahlte vom Himmel, entschloss sich die Nachbarin, mit beiden Hunden gleichzeitig einen Schneespaziergang zu machen.

Das Führen der beiden sollte nicht problematisch werden, sie waren leinenführig und krakelten nicht mit anderen Hunden. Franz trug bei schlechtem Wetter ein entsprechendes Hundemäntelchen. Max als Golden Retriever war vom lieben Gott mit ausreichend Fell ausgestattet und war daher ganzjährig unbekleidet.

Auf einem ruhigen Feldweg, zwischen Wiesen und Feldern, ließ die Nachbarin beide Hunde von der Leine. Franz lief etwas vor, er versank fast im Schnee und hatte richtig viel Spaß. Er wälzte sich von einer zur anderen Seite und genoss den Winter. Nur sein weißer Kopf war noch zu sehen. Die Nachbarin hielt sich in der Mitte auf und Max bildete die Nachhut.

Dieser blieb nach einer Weile zurück und stöberte im Schnee. Rufe ignorierte er, völlig untypisch für ihn. Dann trug er, den Kopf stolz im Nacken, die Rute wehend in der Winterluft, etwas Dunkles in seinem

Maul. Die Nachbarin bekam einen Schreck, sie dachte, Max hätte eine Krähe oder einen anderen Vogel gefangen. Sie wartet und bemerkte, dass Max auf sie zukam. Er hatte sie fixiert und nichts schien ihn von seinem Weg zu ihr von seinem Vorhaben abzubringen. Er lief, als wäre er an einer Schnur gezogen. Beim Näherkommen erkannte sie, was Max im Maul trug. Es war der Wintermantel von seinem Hundefreund Franz. Max, diese treue Seele, hatte den Mantel gefunden, den Franz beim Wälzen verloren hatte.

Max, dem selten klar war, dass ihm als Retriever das Apportieren im Blut lag, konnte nicht zulassen, dass der Geruch, der ihn so intensiv an seinen Freund erinnerte, in einem weißen Grab von Schnee liegen blieb. Eine echte Männerfreundschaft eben. Die Nachbarin, ganz gerührt von so viel Feingefühl, lobte Max überschwänglich. Als ich später davon erfuhr, platze ich fast vor Stolz.

Mittlerweile gibt es das Dream-Team nicht mehr. Franz hat uns ein Jahr vor Max verlassen. In einigen Tagen jährt es sich zum fünften Mal. Franz' letzte Ruhestätte ist direkt neben der Verbindungstür. Ein anderer Platz wäre für beide Familien nicht infrage gekommen. 13 Monate, nachdem Franz gestorben ist, ging auch Max seinen letzten Weg, nachdem er unser Leben fast sechs Jahre unendlich bereichert hatte. Er liegt auf der anderen Seite der Tür, seine Blickrichtung geht zu Franz.

Sie sind sich nach wie vor ganz nah.

Patchworkfamilie

Ich bin Ronja, eine hübsche hellbraune Schäferhund-Eurasier-Mischlingsdame von mittlerweile fast zehn Jahren. Als ich gerade mal zwei Jahre jung war, muss wohl mein Herrchen eine Frau kennengelernt haben. Warum ich das nicht mitbekommen habe, kann ich bis heute noch nicht verstehen. Ehrlich gesagt: Gepasst hat mir das überhaupt nicht. Wir waren doch ein gutes Team. Also ich hätte niemanden gebraucht. Na ja, auf jeden Fall hatte mir mein Herr von seiner großen Liebe vorgeschwärmt. Aha! Die große Liebe, eigentlich dachte ich bis dahin immer, dass ich das wäre! Da musste ich mich anscheinend getäuscht haben.

Ich würde mich wohl damit abfinden müssen und tröstete mich mit dem Gedanken, dass mich dann in Zukunft ja vier Hände streicheln könnten, was ich auch bei der ganzen Sache noch am besten fand. Bis Herrchen mir dann noch so im Vorbeigehen mitteilte, dass zu seiner großen Liebe ein sechsjähriges Husky-Mädchen mit dem Namen Kalina gehörte. Das hatte mir gerade noch gefehlt! Nichts mit doppelt so vielen Streicheleinheiten, ganz im Gegenteil, wenn es jetzt ganz blöd lief, gab es davon ab sofort nur noch die Hälfte.

Meine erste Begegnung mit Kalina war für mich ein Albtraum. Wir fuhren mit dem Auto zu diesem neuen Frauchen und Kalina stand sofort total begeistert vor unserem Auto. Oh Gott, wie kam ich da jetzt heil raus? Nach einer Weile und viel gutem Zureden von meinem Herrchen fasste ich mir dann doch ein Herz und sprang aus dem Kofferraum. Und siehe da, ich wurde von der Husky-Dame freundlich begrüßt und durfte ausgiebig an ihr schnuppern. Ich selber mag es eigentlich gar nicht so sehr, beschnüffelt zu werden, liebe es aber, andere Hunde ausgiebig zu untersuchen!

Kalina und ich, wir verstanden uns dann doch auf Anhieb gut. Und so, wie ich beobachten konnte, mein Herrchen und seine große Liebe auch.

Uns hat man von nun an immer zu viert angetroffen – und bei unseren gemeinsamen Spaziergängen haben wir uns besonders gut verstanden. Wenn einer von uns beiden Hunden einen Hasen entdeckte, dann hat er wortlos dem anderen Bescheid gegeben und wir haben dem Hasen mal ein paar schnellere Beine gemacht. Das war immer ein Riesenspaß! Herrchen und Frauchen konnten da gar nicht schnell genug reagieren, schon waren wir weg. Aber klar, sind wir nach kurzer Zeit natürlich wieder zurückgekommen, damit Herrchen und Frauchen sich nicht ängstigten. Und dem Hasen wollten wir nie wirklich ans Fell. Trotzdem war die erste gemeinsame Zeit ganz schön anstrengend für mich.

Kalina war ein Husky und liebte es, am Fahrrad zu laufen. Spaziergänge zu Fuß waren ihr viel zu langsam. Mein Herrchen fing dann auch an, mit dem Fahrrad zu fahren, und ich musste gemeinsam mit Kalina in einem Gespann laufen. Lust dazu hatte ich zu Anfang eigentlich nicht, ich fand es eher langweilig, aber nach einiger Zeit war das kein Problem mehr. Wir haben Frauchen dann oft locker durch die Gegend gezogen und ich entwickelte dafür immer mehr Begeisterung.

Mit der Zeit stellte ich fest, dass Kalina eine seltsame Vorliebe hatte: Sie liebte es, draußen zu sein, ja, sie schlief sogar am liebsten draußen in unserem Hof, da hatte sie sogar einen Sessel stehen, auf dem sie immer thronte. Ich selbst bevorzuge dagegen das Wohnzimmer, da ist es schön warm. Und nachts muss ich natürlich mit ins Schlafzimmer. Morgens muss mir dort Herrchen auch erst mal schön mein Gesicht waschen. Ich schlecke ihm dafür die Hand ganz nass und reibe anschließend mein Gesicht darin. Ach, ist das schön ...

Dann gibt es da noch Einstein, einen Labradoodle und zwei Jahre älter als ich, er war der beste Freund von Kalina. Wenn die zwei zusammen waren, dann ging ich ihnen besser aus dem Weg. Die rauften und bissen sich, man hätte meinen können, sie zerfleischten sich gleich, dabei spielten sie aber nur miteinander und schienen sich unsterblich zu lieben. Einstein und Kalina konnten stundenlang beisammen liegen und kuscheln – und sich selbst im Liegen noch raufen. Kalina versuchte auch immer wieder, Einstein aufs Kreuz zu legen, das sah vielleicht lustig aus. Sie kam dann von vorne und versuchte, Einstein mit dem Maul ein Hinterbein wegzuziehen. Zum Glück hat sich dabei nie einer verletzt.

Ich mag Einstein nicht besonders, er hat mehrfach versucht, an mir zu schnuffeln, besonders wenn ich heiß war. Da habe ich ihm ganz schön die Meinung gesagt und er hat richtig Angst vor mir bekommen und mich in Ruhe gelassen.

Eine besonders schöne Zeit waren unsere Urlaube auf Sylt. Kilometerweite Sandstrände! Auf Sand zu laufen, ist für mich eine wahre Freude, von der ich gar nicht genug bekommen kann. Kalina liebte es sogar, sich in das kalte nasse Wasser der Nordsee zu stürzen. Das ist allerdings gar nichts für mich, ich bin ziemlich wasserscheu. Selbst wenn Herrchen und Frauchen ins Wasser gehen, bleibe ich lieber draußen auf einer gemütlichen Decke und passe auf unsere Sachen auf. Ich bin ein guter Wachhund. Da wir immer in der Nachsaison auf Sylt sind, gingen wir morgens auch schon mal direkt in Westerland an der Strandpromenade ganz ohne Leine spazieren. Einmal haben wir den, glaube ich, einzigen Hasen von Westerland entdeckt. Ihn haben wir dann gleich mal zu einem morgendlichen Spurt über den Strand aufgefordert. Oh, war das Herrchen und Frauchen vielleicht peinlich, unsere Ohren hatten wir natürlich auf Durchzug gestellt. Na ja, der Hase hatte seinen Frühsport und wir unseren Spaß, ist ja keinem was passiert.

Unsere tägliche Gassirunde führte uns an einem Friedhof vorbei und da Kalina das Wasser liebte, sprang sie, sobald sie die Möglichkeit dazu hatte, in einen dieser Wassertröge. Das schien ihr wirklich gut zu gefallen. Anderen Friedhofsbesuchern gefiel das ebenfalls. Auf jeden Fall wurde mehrfach das Handy gezückt, um von Kalina im Wassertrog ein Foto zu machen.

Kalina war ein sehr geselliger Hund und mochte mit allen Hunden, die wir irgendwo trafen, immer Kontakt aufnehmen. Egal, ob die anderen Hunde groß oder klein waren. Sie passte sich auch bei kleinen Hunden wunderbar an. Ich brauche keine anderen Hunde zum Spielen. Wenn es mir zwischen Kalina und einem anderen Hund zu wild wurde, dann ging ich auch schon mal dazwischen. Ich musste meine Patchworkschwester ja schließlich beschützen. Ja, wir beide waren schon ein unschlagbares Team.

Dann kam leider die traurige Nachricht. An Kalinas Unterkiefer wurde ein Tumor festgestellt. Laut ärztlichem Rat war eine Operation nicht mehr sinnvoll. Mit Schmerzmittel war Kalina aber immer noch sehr gut drauf. In diesem letzten gemeinsamen Winter hatten wir noch superschöne Spaziergänge im stark verschneiten Taunus. Da konnte man sehen, dass Kalina ein echter Husky war und sich bei niedrigen Temperaturen sehr wohlfühlte. Ich glaube, das hat ihr gutgetan. In diesem letzten gemeinsamen Winter blühte sie noch einmal richtig auf. Nun ja, nach ungefähr drei Monaten wurden die Schmerzen bei Kalina dann leider doch so stark, dass sie von heute auf morgen überhaupt nicht mehr leben wollte. Selbst das beste Leckerchen verschmähte sie. Frauchen und Herrchen haben Kalina dann an ihrem zwölften Geburtstag von ihrem Leiden erlöst. Was für ein trauriger Tag für uns alle.

Von heute auf morgen wurden die Spaziergänge fast langweilig und es war nichts mehr, wie es war. Mir fehlte meine Patchworkschwester jeden Tag. Ich habe eine ganze Weile gebraucht, um mich mit dieser neuen Situation abzufinden. Eigentlich hatte ich ja überhaupt keine andere Wahl. Kalinas bester Freund Einstein ist heute mittlerweile ein guter Freund von mir geworden. Er kommt immer noch regelmäßig zu uns, da er es auch immer gern mit Frauchen zu tun hat. Wir spielen jetzt sogar zusammen. Auch einige andere Hunde, die früher immer nur mit Kalina gespielt haben, sind jetzt gute Freunde von mir geworden und wir spielen oft zusammen. Manchmal wünsche ich mir, das Kalina noch einmal, und wenn es nur für ein paar Minuten wäre, auf unsere Welt zurückkommen würde. Ein einziges Mal möchte ich noch mal an ihr schnuppern. Und wenn dann noch Zeit ist, mit ihr noch ein einziges Mal einen Hasen jagen …

Den Spaß am Wasser habe ich mittlerweile von Kalina übernommen. Zumindest wenn es so richtig heiß ist, gehe ich jetzt auch gerne mit meinen Pfoten mal ins Wasser, das kühlt ja richtig gut ab. Was habe ich all die Jahre nur verpasst! Wenn wir jetzt beim Spazierengehen am Friedhof vorbeikommen, sind die Wassertröge leer, aber in meinen Gedanken sehe ich meine Schwester immer noch darin baden.

Ich bin meinem Herrchen sehr dankbar, dass er damals seine große Liebe getroffen hat, denn durch ihn habe auch ich meine große Liebe getroffen. Ich bin mir sicher, dass wir uns hinter der Regenbogenbrücke wiedersehen werden.

Meine Beardies und ich

Angefangen hat eigentlich alles mit einem Schicksalsschlag. Vor zwölf Jahren erkrankte mein Mann Joschi plötzlich sehr schwer und verstarb innerhalb von kürzester Zeit im April 2007. Damals lebte noch mein alter und ziemlich grantiger Pon Moritz bei mir. Ich hatte mir schon lange einen zweiten Hund gewünscht, aber mein Mann hätte dem nie zugestimmt.

Als ich nun diese schwere Zeit durchstehen musste, reifte so langsam ein Entschluss in mir. Jetzt sollte ich wenigstens meinen zweiten Hund bekommen. Freundlich sollte er sein! Freundlich zu Menschen und verträglich mit Artgenossen. Es sollte eine Hündin sein – und zottelig sollte der Familienzuwachs auch noch sein. Ich liebe zottelige Hunde!

Die Entscheidung war schnell getroffen … ein Beardie sollte es werden. Also strapazierte ich das Internet, fand auch bald die Adresse einer Züchterin, die demnächst Welpen erwartete, und nahm Kontakt auf. Einige Tage später machte ich mich auf den Weg und sah mir die Zuchtstätte an. Mir gefiel, was ich zu sehen bekam. Die Züchterin war sehr nett und aufgeschlossen und ihre Beardies super freundlich und zutraulich. Ja, hier sollte mein heiß ersehnter Welpe geboren werden!

Nun begann die lange Wartezeit. Die Welpen sollten ja erst in einigen Wochen auf die Welt kommen. Aber irgendwann kam er dann doch, der so sehnsüchtig erwartete Anruf. Die kleinen Welpen waren da – und es war nur eine einzige Hündin dabei. Oh je, ich schwitzte Blut und Wasser, bis die Züchterin endlich damit rausrückte, dass ich diese Hündin bekommen sollte, wenn sie mir denn gefiele.

Überglücklich machte ich mich einige Tage später wieder auf den Weg. Und dann sah ich sie zum ersten Mal – meine kleine Pauline! Es war Liebe auf den ersten Blick! Fortan besuchte ich mein kleines Mädchen jede Woche und wir lernten uns immer besser kennen.

Mit neun Wochen zog Pauline endlich bei uns ein. Meine Kinder waren gleich begeistert von dem kleinen Neuzugang.

Nicht dagegen Moritz! Er fand Pauline mehr als überflüssig. Moritz mochte keine Artgenossen und schon gar nicht in seinem Zuhause. Es brauchte einiges an Geschick und Einfühlungsvermögen meinerseits, um den kleinen Grantler davon zu überzeugen, dass eine Hundekumpeline in der Familie gar nicht so schlecht war.

Pauline war von Anfang an sehr selbstsicher und unerschrocken, ohne aber nervig zu sein, und schlich sich so langsam in Moritz' Herz. Auch auf dem Hundeplatz fühlte sie sich direkt zu Hause. Pauline wuchs zu einer souveränen Beardiedame heran und wir hatten sehr viel Freude miteinander.

Einige Tage später erhielt ich den Anruf von einer Bekannten und wurde gefragt, ob ich nicht noch ein zweites Mädchen zu mir nehmen wolle? Eine kleine Zucht sollte aus familiären Gründen aufgelöst werden und eine zweijährige Hündin suchte ein neues Heim. Etwas verrückt fand ich mich ja selbst, trotzdem machte ich mich den Weg, um diese junge Hündin anzusehen.

Jill begrüßte uns gleich sehr herzlich. Sie war freundlich und, was für mich natürlich sehr wichtig war, sie verstand sich gut mit meiner Pauline. Wie nicht anders zu erwarten, fuhren wir zu dritt zurück nach Hause. Ich glaube, das war einer von vielen glücklichen Tagen in Paulines Leben. Eine Freundin, mit der sie nach Herzenslust herumtoben konnte. Von nun an machten wir alle gemeinsam den Hundeplatz unsicher.

Moritz ist im Alter von dreizehn Jahren an Altersschwäche gestorben. Ich werde ihn niemals vergessen! Heute gehören auch noch Lillith und Blossy, zwei Töchter von Jill, zu unserem kleinen Rudel. Ich liebe meine Beardies ...

Der Wunsch,
der mein Leben veränderte

Meine Hundegeschichte beginnt bereits im Kindesalter. Der Wunsch nach einem vierbeinigen Gefährten landete unermüdlich jedes Jahr wieder auf meiner Geburtstags- und Weihnachtswunschliste. Die Ansammlung an Stofftierhunden wuchs stetig, der lebendige Freund auf vier Pfoten blieb jedoch aus.

Je älter ich wurde, desto mehr festigte sich dieser Wunsch. Als ich während meiner Ausbildung über die Osterfeiertage auf den Hund einer Kollegin aufpassen durfte, erlebten meine Familie und ich, wie das Zusammenleben mit Hund aussehen könnte. Da ich zuvor natürlich sämtliche Kontraargumente zu hören bekommen hatte, um mich von meinem Wunsch abzubringen, war die Erfahrung für mich erstaunlich einfach, auch, weil es mich vollkommen erfüllte. Natürlich bedeutete ein Hund viel Arbeit, aber mir machte diese Arbeit Spaß. Weder das regelmäßige Spazierengehen noch das frühere Aufstehen machten mir etwas aus – und das als Langschläferin, was bis heute so geblieben ist.

Das war der Moment, in dem sich mein Wunsch in einen Plan und ein umsetzbares Vorhaben verwandelte. Ich war fast am Ende meiner Ausbildung angelangt und für mich stand fest, dass ich danach ein Vollzeitstudium beginnen würde, mir also meine Zeit relativ frei einteilen konnte. Einen besseren Zeitpunkt gab es nicht, wovon ich auch meine Eltern, insbesondere meine bis dahin skeptische Mutter, überzeugen konnte. Und so begann ich, mich umzusehen. Ich legte schon damals keinen besonderen Wert auf eine bestimmte Rasse, meiner Meinung nach muss das Gefühl einfach passen. Im September 2010, ich war damals zwanzig Jahre alt, ging es auf in den Taunus. Dort war ein Wurf von sieben Welpen zur Welt gekommen, die momentan mit beiden Elterntieren auf einem Hof lebten.

Da Welpen ohnehin für den absoluten Serotoninausstoß sorgen, war es sofort um mich geschehen, als ich das Tor aufmachte und ich die kleinen, tapsigen Würmchen dort herumpürzeln sah. Ich wusste einfach, dass er dabei war: mein Hund, von dem ich immer geträumt hatte. An den beiden Elterntieren ließ sich das spätere Aussehen der zu diesem Zeitpunkt sieben Wochen alten Welpen voraussehen. Komplett schwarz und ähnlich wie ein Labrador, nur kleiner und schlanker. Ich hatte nie ein konkretes Bild vor Augen, doch dies war der perfekte Hund für mich.

Nach diesem ersten Besuch musste ich meine Geduld noch eine Woche auf die Probe stellen, bis ich wiederkommen und mir einen von ihnen aussuchen durfte. Ich konnte mein Glück kaum fassen, dass dieses kleine Fellknäuel, welches ich auf meinem Schoß hatte, von nun an immer an meiner Seite sein würde. Noch während der Heimfahrt taufte ich den kleinen Rüden Nicci, und der sollte mein ganzes Leben ändern, in mehr Hinsichten, als ich jemals für möglich gehalten hätte.

Die Vorstellung, mit dem Tier direkt seelenverwandt zu sein und sich blind zu verstehen, ist zwar allzu romantisch, aber in den meisten Fällen nicht zutreffend. Wie ein Kind hatte auch Nicci keine Ahnung, wie unsere Welt funktionierte, was sich gehörte und was nicht. Man fängt bei null an, nur dass beim Hund im Gegensatz zu einem Kind alles viel schneller geht. Das Wachstum und die Entwicklungsphasen sind viel kürzer, aber dafür umso intensiver: ausprobieren, provozieren, weglaufen, zerstören, all das gehört dazu.

Gefühlsausbrüche helfen genauso wenig, wie enttäuscht oder wütend zu sein, was jedoch nicht immer ausbleibt. Ich lernte nicht nur viel über meinen Hund, sondern auch über und für sich selbst. Ich trainierte, selbst ruhig zu bleiben, durchzuatmen, geduldig zu sein und Verständnis zu haben. Diese Erfahrungen waren notwendig für die Erziehung und damit einhergehend für die Entwicklung der Beziehung zwischen Nicci und mir. Für mich als grundsätzlich sehr ungeduldigen Menschen war und ist dies eine der größten Herausforderungen.

Einige Maßnahmen der Erziehung schienen monatelang nichts zu bringen, doch dann, auf einmal kam der Umschwung und mein Hund schien verstanden zu haben, was ich von ihm wollte. Dieses Wissen motivierte mich immer wieder, nicht aufzugeben und Unarten nicht einfach hinzunehmen, nur weil sie nicht sofort beim ersten Trainingsversuch verschwanden.

So lernten wir uns langsam kennen, wuchsen zusammen und erlebten vieles zusammen. Der kleine schwarze Welpe wuchs zu dem – in meinen Augen – hübschesten jungen Hund der ganzen Welt heran. Er war immer an meiner Seite, genauso, wie ich es mir als junges Mädchen immer gewünscht hatte. Wir wurden ein unschlagbares Team und er ging mit mir durch Höhen und Tiefen, durchlebte mit mir sämtliche Lebensphasen. Es ging vom Elternhaus in die Großstadt, er lenkte mich bei Liebeskummer und Stress ab und war mein engster Vertrauter und mein bester Freund.

Die Beziehung zu einem Hund ist nicht vergleichbar mit der zu einem Menschen. Dieses hundertprozentige Vertrauen ist, zumindest mir, nur bei einem Hund möglich. Seine Gefühle ändern sich nicht plötzlich, die Liebe eines Hundes ist bedingungslos. Etwas, zu dem Menschen nur schwer in der Lage sind.

Meine Geschichte mit Nicci nimmt leider kein schönes Ende. Ich musste nach nur sechs gemeinsamen Jahren das Schlimmste durchmachen, was einem Hundebesitzer passieren kann. Ich musste mit meinen eigenen Augen ansehen, wie mein Hund überfahren wurde. Diese Sekunden fühlten sich so surreal an, dass ich glaubte, es sei ein schlimmer Albtraum. Als ich realisierte, dass es das nicht war, lähmte mich der Schock. Monatelang war ich gefangen in einer Trance. Der Verlust war unerträglich für mich. Vieles hatte für mich keine Bedeutung mehr und immer wieder riss mich die Erinnerung in ein Loch zurück. Es war, als hätte jemand einen Teil von mir herausgerissen, so sehr schmerzte es mich, dass er nicht mehr bei mir war. Ich fühlte mich schrecklich allein auf der Welt, eben weil diese Bindung zu ihm eine ganz besondere war. Da ich glücklicherweise noch nie den Verlust eines geliebten Menschen erleiden musste, war dies meine erste Konfrontation mit dem Tod überhaupt und ich war nicht im Geringsten darauf vorbereitet, wie sich das anfühlte. Noch heute bin ich den Menschen, die mir in dieser Situation so viel wie möglich abnahmen und beistanden, dankbar für ihre Unterstützung. Doch durch die Trauer musste ich selbst gehen und meinen Weg finden. In den ersten Wochen half mir Ablenkung, die Flucht davor, alleine mit meinen Gedanken und den Erinnerungen zu sein.

Irgendwann macht die Zeit den Schmerz erträglicher. Auch wenn man es anfangs nicht glaubt, gewöhnen sich Menschen erstaunlich schnell an neue Situationen. Ich lernte, damit zu leben, und heute gelingt es mir meistens gut, nur an die positiven Erlebnisse mit Nicci zurückzudenken. Ich bin unglaublich dankbar für die gemeinsame Zeit mit ihm. Er wird mir immer als mein erster Hund, als Erfüllung meines Lebenstraums, in meiner Erinnerung bleiben.

Während ich die ersten Monate absolut keinen Gedanken daran hatte, jemals wieder einen Hund zu haben, begann ich mit der Zeit, mehr zu vermissen, als *nur* meinen Nicci. Ich hatte realisiert, dass er nicht zurückkommen würde, und war in meinem Trauerprozess an dem Punkt angelangt, dass es *okay* für mich war. Gleichzeitig kam in mir der Wunsch nach einem anderen Hund auf. Mir war enorm wichtig, erst mit mir alleine klarzukommen und mit der Situation, so gut es geht, abzuschließen. Ich wollte unter keinen Umständen einen Ersatz, daher wartete ich ab und dachte viel nach. Doch die Sehnsucht nach einem Vierbeiner in meinem Leben wurde immer stärker. Meine Situation war nun allerdings nicht mehr so optimal wie damals zu Beginn meines Studiums.

Ich stand kurz davor, mein Masterstudium zu beenden, und dann folgt in den meisten Fällen erst einmal Karriere, ein Fulltime-Job, wenig Zeit und keine Nerven, einen Hund zu erziehen. Doch meine Lebenspläne unterschieden sich schon immer ein wenig von den klassischen und hier machte sich nun die erste Entwicklung deutlich, die Niccis Verlust mit sich gebracht hatte. Ich fühle mich ohne Hund über einen längeren Zeitraum einfach unvollständig.

In der Endphase meiner Bachelorarbeit hatte ich geplant, Nicci für eine Woche zu meiner Mutter zu geben, weil ich so viel zu tun hatte. Doch ich vermisste ihn bereits nach zwei Stunden dermaßen, dass ich die gewonnene Zeit überhaupt nicht sinnvoll nutzen konnte und mich seine Abwesenheit derart stresste, dass ich ihn am nächsten Tag schon wieder abholen musste. Das regelmäßige Spazierengehen war mein Ausgleich zum Alltag, das Kuscheln und Spielen gab mir neue Energie und Motivation.

Also würde ich meine Karriere an den Hund anpassen und im Zweifelsfall auch für ihn zurückstecken müssen. Ich entschied mich bewusst dafür, diese Hürde auf mich zu nehmen. Warum? Weil für mich an oberster Stelle steht, im Hier und Jetzt zufrieden und erfüllt zu sein, nicht erst irgendwann einmal. Ich vertraute auf meine Intuition, die mir sagte, dass ich es hinbekommen würde. Durch Niccis Verlust wurde erst deutlich, wie wichtig es für mich war, einen Hund an meiner Seite zu haben und diesen auch in mein Leben zu integrieren.

Ich entschied mich dazu, dieses Mal einen Hund aus dem Tierschutz zu adoptieren. Viel zu viele Tiere warten hier auf ein Zuhause und die gängige Vorstellung, im Tierheim oder in Auffangstationen im Ausland gebe es nur völlig gestörte Hunde, die schreckliche Erfahrungen hinter sich haben, ist so nicht korrekt. Ich bewundere Menschen, die sich gerade solchen Hunden annehmen und wünsche mir, dies eines Tages auch selbst umsetzen zu können. Ich verfolgte nun also wachsamer die sozialen Netzwerke, in denen regelmäßig Hunde vorgestellt wurden, die einen Besitzer suchen. Eines Tages entdeckte ich einer Hundedame, die in Griechenland von der Straße gerettet worden war und die im dortigen Tierheim sieben Welpen zur Welt gebracht hatte. Die kleine Familie wurde nach Deutschland geholt und alle suchten ein Zuhause. Ich sah die Fotocollage und verliebte mich sofort in den kleinen, schlappohrigen Rüden Griffin. Dazu muss ich sagen, dass alle Hunde inklusive der Mutterhündin wunderschöne Tiere waren.

Und so kam es, dass ich, kurz bevor sich Niccis Todestag zum ersten Mal jährte, den kleinen tapsigen Griffin aus dem Tierheim abholte. Er war zu diesem Zeitpunkt zwar bereits vier Monate alt, aber dennoch ein Welpe, der erst einmal lernen musste, wie das Zusammenleben mit Menschen funktioniert. Ich startete erneut bei null und hatte offenbar ganz vergessen, was die verschiedenen Entwicklungsstadien alles mit sich brachten: angeknabberte Wände, zerfetzte Hundekörbchen, zerbissene Fernsehkabel, kilometerweite Sprints im Feld hinter dem ausgebüxten Frechdachs her, Ohren auf Durchzug und alles Gelernte vergessen. All das gehört dazu. Ich bereute die Entscheidung aber keinen Tag lang – und das bis heute nicht. Griffin ist nun fast zwei Jahre alt und die Bindung zu ihm wird von Tag zu Tag enger. Wir lernen uns immer besser kennen und er gibt mir so viel Lebensfreude und Liebe.

Ein Sprichwort sagt: Man bekommt genau den Hund, den man braucht. Ein Hund ist nicht nur treuer Begleiter, Kuschelpartner oder Sportgefährte, er kann uns Menschen auch eine ganze Menge lehren. Hunde lehren uns auch, innezuhalten. Im Moment zu leben, das Hier und Jetzt zu genießen und Vergangenes ruhen zu lassen. Bei einem Hund zählen die wirklich wichtigen Dinge im Leben: innere Werte und Charakterstärke. Sie verschwenden keine Zeit mit Vergleichen, Neid oder Missgunst. Sie genießen den Moment und haben einfach Spaß am Leben. Ohne an morgen zu denken. Ein Hund stellt das Leben einerseits komplett auf den Kopf, andererseits auch gar nicht. Es gibt gewisse Einschränkungen und natürlich auch Verpflichtungen, aber als liebender Hundebesitzer will man es gar nicht mehr anders. Der Hund wird Teil des Lebens und man richtet sich automatisch danach aus.

Auch ich musste einige Dinge neu ausprobieren und versuche, ihn im Alltag bestmöglich einzubinden. Das Job-Problem habe ich aktuell mit einem Halbtagsjob gelöst. Mein Traum ist es, irgendwann Seite an Seite mit meinem Vierbeiner arbeiten zu können. Wer weiß, was die Zukunft bringen wird ...

Peer

Dezember 1964. Zwei Jahre zuvor hatten wir den einjährigen Peer bei uns aufgenommen. Sein Herrchen war ein amerikanischer GI, der in Skandinavien stationiert war und sich dort einen Welpen zugelegt hatte, dessen Name ausgesprochen wurde wie Peer Gynt. Der Soldat musste in seine Heimat zurück, durfte aber den Hund nicht mitnehmen. Auf irgendeinem Umweg kam er in meine Familie, als ich noch ein Kind war.

In einem Schulaufsatz beschrieb ich, wie dieser junge Schäferhund tapsig und durch Hin- und Herlaufen versuchte, eine Maus zu fangen, die sich hinter einer ausrangierten Glasscheibe versteckte, die gegen eine Mauer lehnte. Dafür bekam ich meine erste eins. Auch tippte ich zu Hause auf unserer Büroschreibmaschine Nonsensgedichte, so was wie:

Unser Peer läuft hin und her,
als wenn er ein Renner wär.
Den Kätzchen tut er gar nichts an,
weil er sie gut leiden kann.
Er ist ein liebevoller Hund,
ziemlich schlank und nicht zu rund.
Doch Knochen frisst er gar zu gern,
holt sie sich von nah und fern,
gräbt den ganzen Garten um –
unser Peer, der ist nicht dumm.
Gemüse lässt er einfach stehen,
das kann man immer wieder sehen.
Doch an die Schweineohren
hat er sein Herz verloren.
Im großen Garten hinterm Haus,
da tobt er sich so richtig aus.

Jeden Sonntag saß ich im Büro meines Vaters an der großen, schwarzen *Adler*, ein dickes Kissen zwischen mir und dem Stuhl und hämmerte meine Beobachtungen und Analysen der Familiensituation in Reimform in die Tasten. Vor dem Abendessen, es hatte auf Wunsch meines Vaters sonntags grundsätzlich Kartoffelsalat mit Bockwürstchen zu geben, mit selbst gerührter Mayonnaise natürlich, bis seiner von ihm wenig geschätzten Gattin der rechte Arm schmerzte, zeigte ich meine dichterischen Gehversuche dann stolz meiner beschäftigten Mutter, aber diese meinte nur: „Lass das doch sein! Du machst noch die Maschine kaputt!"

Aber eigentlich gefielen ihr meine Wahrheiten nicht, die sich dahinter verbargen. Meine Mutter war nicht nur unterwürfig und ziemlich feige, sondern auch naiv, gutgläubig und gutmütig. Deshalb fiel sie offensichtlich auch auf das Gejammer unseres schlesischen Arbeiters herein. Dieser Schlaumeier gab ihr zu verstehen, dass er kaum Geld zum Leben hätte, obwohl er gut verdiente wie jeder andere Mitarbeiter in Vaters Betrieb auch. Er würde kaum über die Runden kommen, es würde vorne und hinten nicht reichen.

Was tat also meine Mutter?

Sie unterstützte ihn hin und wieder, meinte, ihm hinter dem Rücken ihres Mannes etwas Gutes tun zu müssen, backte ihm heimlich einen Kuchen. Immerhin war bald Weihnachten, und der vermeintlich arme Mann konnte doch nicht leer ausgehen. Mein Vater war außer Haus und meine Mutter nutzte diese Gelegenheit, dem alten Arbeiter und dessen Frau den Kuchen vorbeizubringen. Da sie mich nicht allein zu Hause lassen wollte, nahm sie mich und Peer auf diesen weiten Spaziergang ans Ende des Dorfes mit. Leider hatte der Amerikaner versäumt, den Welpen an ein Halsband und eine Leine zu gewöhnen, und so lief der junge Hund übermütig vor uns her. Die Straßen waren vereist, es lag hoher Schnee. Wir kämpften uns durch die weißen Massen. Meine Mutter balancierte den frisch gebackenen Kuchen auf der Hand. Ich stiefelte neben ihr her. Fast waren wir am Ziel angekommen. Unkontrolliert rannte Peer plötzlich über die ruhige Dorfstraße der Arbeitersiedlung.

„Oh, nein!", dachte ich. „Wenn jetzt ein Auto kommt!" Ich rief ihn zu mir. Er hörte nicht. Meine Eltern hatten ihn nie erzogen. Auf dem riesigen Grundstück hinter unserem Wohnhaus konnte er sich immer frei bewegen. Noch einmal rief ich ihn zurück. Diesmal entschied er sich tatsächlich zur Umkehr. Genau in diesem Moment kam ein Pkw von hinten angefahren, den ich bis dahin gar nicht wahrgenommen hatte. Peer rannte über die Straße. Fast hatte er es auf unsere Seite geschafft. Dann ein dumpfer Aufprall, ein Aufjaulen. Der Fahrer bremste immer noch nicht ab, sondern ließ den Wagen ausrollen.

Peer hinkte zu uns an den Straßenrand, blutete am Kopf. Ich war entsetzt. Meine Mutter wollte den Kuchen loswerden, damit ihr Mann davon nichts mitbekam. Ich sollte auch nichts sagen. Sie überquerte die Straße, klingelte bei dem schlesischen Ehepaar und ließ Peer und mich in deren Vorgarten stehen. Passanten liefen zusammen, fragten, wo meine Eltern wären. Woher waren all diese Menschen so schnell gekommen? Ich konnte nur dastehen und schluchzen. Sie wunderten sich, wieso ich mit dem verletzten Hund allein im verschneiten, kalten Vorgarten stand, und wollten wissen, ob ich auch verletzt wäre. Nein, war ich nicht. Äußerlich jedenfalls nicht. Ich machte mir Sorgen um meinen geliebten Peer, der im kalten Schnee zusammengebrochen war. Ich wollte ihn trösten.

„Nicht anfassen!", sagte jemand. „Verletzte Hunde beißen!"

Die Umstehenden regten sich mehr und mehr darüber auf, wieso die Mutter nicht aus dem Haus kam. Irgendwann kam die Polizei in einem grün-weißen VW-Bus, vernahm meine Mutter und den Fahrer des Unfallwagens. Sie sahen sich den Schaden an Scheinwerfer und Kotflügel des Wagens an. Es war die äußerste rechte Ecke. Einen Schritt von Peer mehr oder schneller, und es wäre gar nichts passiert. Um den Hund kümmerten sich die Beamten nicht. Die Ehefrau des Fahrers war außer sich angesichts der Sturheit ihres Mannes.

„Natürlich hätte er bremsen können! Es wäre ein Leichtes gewesen." Sie sagte es so, dass ihr Mann es nicht hören konnte. Angeblich wollte er in der (tiefen) Spur bleiben und nicht ausbrechen. Also traf er lieber den Hund, als zu riskieren, gegen einen der Alleebäume zu prallen.

Ich stand immer noch zitternd vor Kälte und Verzweiflung im Vorgarten der Schlesier und starrte den armen Peer an, der blutend neben mir auf dem schneebedeckten Wiesenboden lag. Ihm musste doch schrecklich kalt sein. Seine Augen drückten Angst aus. Am Ende befahlen die Polizisten dem Köter, aufzustehen und in den Bus zu klettern. Peers rechter Oberschenkel war eingedellt. Da er vom Scheinwerfer am Bein getroffen und der Körper dadurch herumgeschleudert worden war, war Peers Kopf gegen den Kotflügel geprallt. Die Männer schlossen die Schiebetür.

„Vorsicht, der Schwanz!", schrie meine Mutter fassungslos.

Offensichtlich war es den Männern egal gewesen, ob der Schwanz in der Tür eingeklemmt wurde oder nicht. Es kam ja sowieso nicht mehr darauf an. Wir machten ihnen einfach nur Arbeit und hielten sie vom Feierabend ab. Auch wir mussten in den VW-Bus steigen. Meine Mutter schimpfte leise vor sich hin, weil sie sich über die rücksichtslosen Männer aufregte. Ihren Unmut laut zu äußern, traute sie sich aber nicht.

Zu Hause hatte Peer sich unter den Küchentisch geflüchtet. Da lag er nun und sah mich ängstlich und nichts Gutes ahnend an, als ich mich vor ihn hockte und beruhigend auf ihn einredete. Der Tierarzt würde ihm schon helfen. Offensichtlich hatte mein vierbeiniger Freund Schmerzen. Der Tierarzt wurde gerufen, Mutter und ich aus dem Zimmer geschickt. Mein Vater verhandelte allein mit ihm und informierte uns später, dass der Hund innere Verletzungen habe, da er aus dem Maul riechen und die Genesung des Beins mehrere Wochen dauern würde. Somit plädierte er fürs Einschläfern. Mutter versuchte, ihn umzustimmen, wozu sie schon allen Mut zusammennehmen musste, denn mein Vater war der Alleinherrscher im Haus.

„Er kann nicht laufen. Willst du ihn jedes Mal nach draußen tragen, wenn er mal muss?", herrschte er sie an.

Sie schlug vor, er könne doch in der Waschküche liegen. Dort gab es

einen Abfluss im Betonboden und einen direkten Zugang nach draußen. Kein Problem also. Auch ich bot meine Hilfe an, mich um den
Invaliden zu kümmern, solange es nötig wäre. Mein zwölf Jahre älterer
Bruder hätte ihn auch versorgt, denn er war immer anwesend, arbeitete
im elterlichen Betrieb und war schon immer ein Tierfreund gewesen.

Aber der Patriarch ließ sich nicht erweichen. Meine Mutter startete
noch einige verzweifelte Versuche, ihn zum Umdenken zu bewegen, die
aber wirkungslos blieben. Er war nicht nur ein Angeber, sondern auch
ein Geizhals. Auf die Tierarztkosten einer wochenlangen Behandlung
konnte er gut verzichten. Außerdem wollte er einen Hund zum Reprä-
sentieren, einen Angeberhund, ein Statussymbol: der Herr Betriebslei-
ter mit seinem majestätischen Schäferhund. Auf ein Hinkebein hatte er
keine Lust, denn der Tierarzt hatte im prophezeit, das Bein würde nie
wieder richtig verheilen. Also würden die Leute sich lustig machen über
den Boss mit diesem Krüppelhund. Das passte nicht zu Vaters Image.
Ein warmherziger, mitfühlender Mensch war mein Vater nie gewesen.

Es war ein Wochenende kurz vor Weihnachten, ein Samstag. Im
Fernsehen tobten sich gerade *Die Mädels vom Immenhof* aus, ritten sin-
gend auf ihren Ponys durch die schöne schleswig-holsteinische Landschaft. Außer meinem Bruder saß die ganze Familie vor dem Fernseh-
gerät. Meine Mutter wie immer im Korbstuhl ganz hinten in der Ecke
des Raumes, weit ab vom Bildschirm. Angeblich wegen ihrer Augen,
aber wahrscheinlich eher aus Angst vor der Strahlung, die ihr nicht
geheuer war. Vater saß ausgebreitet auf dem goldgelben Sofa, ich auf
dem gleichfarbigen Sessel daneben, als es an der Haustür klingelte. Ich
wusste nicht, dass es der Tierarzt war. Das hatte mir keiner gesagt. Der
verletzte Peer lag immer noch unter dem Küchentisch. Alle betraten wir
die Küche. Der arme Hund wurde unter dem Tisch hervorgezogen und
ihm die Schnauze zugehalten, dann abgebunden. Vater schickte meine
Mutter und mich wieder hinaus, verließ selbst auch die Küche. Der
arme, erst dreijährige Peer, bekam seine Todesspritze und starb einsam
und allein. Heute weiß ich, es wäre wichtig gewesen, seine geliebten
Menschen um sich zu haben in den letzten Minuten seines Lebens.
Der Blick sterbender Tiere geht suchend durch den Raum, wenn ihre
gewohnten Menschen nicht anwesend sind. Doch Vater lotste mich zurück ins Wohnzimmer. Ich setzte mich wieder in meinen – für mich viel
zu großen – Sessel, er sich aufs Sofa.

Meine Mutter war außer sich. „Wie kann man nur so kaltblütig sein und seelenruhig den Film weitergucken, als wenn nichts wäre! Nebenan stirbt gerade unser Peer, und ihr sitzt da und guckt einen Film! Was seid ihr nur für Menschen!"

Ich weiß nicht, was mein Vater empfand, aber ich war weder seelenruhig noch kaltblütig. Ich war erstarrt, innerlich wie äußerlich. Wie versteinert. Gelähmt. Ich starrte zwar auf den Bildschirm, bekam von der Handlung aber gar nichts mit. Ich war ein Kind – und ich fühlte mich hilflos. Ich wusste nicht, was ich tun sollte. Ich liebte diesen Hund sehr. Zu allem Überfluss gab mein Vater mir die Schuld an dem ganzen Vorfall und am Tod des Hundes, weil ich ihn zu mir gerufen hatte. Hätte ich ihn einfach auf der anderen Straßenseite laufen lassen, wäre wahrscheinlich gar nichts passiert. Nun, wer weiß das schon vorher? Hinterher ist man immer klüger. Heute glaube ich, dass ich ein Trauma davontrug, das bis in die Jetztzeit anhält, denn ich will immer alle Tiere retten, die einer Rettung bedürfen. Damals schnitt ich Stoffreste zu in Peers Farben, um ihn als Erinnerungspuppe zu nähen, in die seine Seele schlüpfen könnte, wenn diese nicht wusste, wohin. Es war mehr eine Verzweiflungstat. Ich war mit der ganzen Situation überfordert. Auch wunderte ich mich über meinen Vater, der schon wieder herzhaft mit einem Kumpel lachen und scherzen konnte und dieser sich wunderte, wieso ich so still sei.

„Ach, wir mussten gerade unseren Hund einschläfern lassen", polterte mein Vater drauflos, als wäre das die normalste Sache der Welt. Ich verstand sein Verhalten nicht.

Und dann kam Weihnachten. Ich konnte keine Freude empfinden. Zwei Monate später wurde mein Vater mit dem Verschwinden einer jungen Frau in Verbindung gebracht, die angeblich seine Geliebte gewesen sein sollte. Die junge Frau tauchte später wieder auf, aber für meinen Vater war der ganze Tumult um seine Person wohl zu viel gewesen und er beging Selbstmord. Immerhin wurde ich von diesem Zeitpunkt an nicht mehr geschlagen, dafür in der Schule aber gemobbt. So was nennt man dann wohl Sippenhaft. Auch wurde hinter vorgehaltener Hand im Dorf gemunkelt, er sei in der Freimaurergilde und nun in deren Kreisen nicht mehr tragbar gewesen. Der Pfarrer lehnte es ab, ihn innerhalb des Friedhofsgeländes zu bestatten. Auf der Suche nach der jungen Frau grub die Kripo zuvor das gesamte Firmengelände hinter der großen Halle um. Alles, was sie fanden, war Peer. Mein Vater hatte ihn dort von seinem schlesischen Arbeiter verscharren lassen.

Bumblebee –
Du tust mir einfach gut

Ein kleines, einem Meerschweinchen ähnliches Etwas versucht, mein Bein hochzuklettern, kaut mit seinen kleinen Milchzähnchen auf meiner Hand und schläft schließlich in meinem Schoß ein. Das war unser erstes Aufeinandertreffen.

Nun bist du eine langhaarige Schönheit mit federndem Gang, anmutig schaukelndem Hinterteil, glänzendem Fell und charmantem Lächeln. Damals warst du niedlich, heute bist du eine Augenweide. Oder wie neulich ein kleines Mädchen zu seiner Mama sagte: „Oh, ein schöner, kleiner Wolf!"

Inzwischen gehörst du zu meinem Leben und die Tatsache, dass ein Hundeleben schneller vergeht als ein Menschenleben, stimmt mich einerseits traurig und lässt mich andererseits jeden Tag mit dir auskosten.

Natürlich kann man auch ohne Hund gut leben. Aber wenn man aufwacht, sich reckt und streckt, dann ein Tapsen hört und gleich darauf eine feuchte Schnauze an den Füßen fühlt, macht das Aufstehen doch viel mehr Spaß! Du begrüßt jeden Tag – und somit auch mich – mit einer Begeisterung, der man sich gar nicht verschließen kann.

Die Sonne scheint! Prima, das Gras duftet, die Vögel sorgen für Unterhaltung. Es regnet? Oh, wie schön, alles ist frisch und nass und intensiv. Es schneit? Freude pur, wenn du in Zick-Zack-Sprüngen begeistert hin und her rennst und dabei versuchst, so viel wie möglich von dem frisch gefallenen Sorbet aufzuschlecken. Das steckt an. Okay, es ist mühsam, sich in Regenhose, Gummistiefel und Regenjacke zu werfen, und der Anblick eines wolkenverhangenen Himmels lässt Menschenherzen nicht unbedingt höherschlagen. Aber kaum sind wir ein paar Minuten draußen, ist das alles wie weggeblasen. Dann beginne ich, die Regentropfen zu bewundern, die an den Ästen glitzern. Und da hast wieder gewonnen mit der Einstellung, dass es schlechtes Wetter gar nicht gibt.

Ich sitze am Laptop und arbeite, du liegst zu meinen Füßen und schläfst. Pause gefällig? Plötzlich bist du der Meinung, dass jetzt aber genug gearbeitet wurde und ein kurzes Fang- und Zerrspiel doch eine tolle Pausenbeschäftigung sei, die überdies noch Muskelverspannungen vorbeugt. Du bist nie aufdringlich, das ist nicht deine Art. Aber du stupst mich sanft mit der Nase am Bein und verlässt dich auf die Wirkung deiner bettelnden Augen. „Wir könnten doch ein bisschen …?" Klar, können wir. Und siehe da: Innerhalb von Sekunden verwandele ich mich vom Stuhlhocker in ein Wesen, das spielknurrend auf allen vieren den Zerrstrick verteidigt und sich freut, wenn es dir gelingt, mich zu überlisten und ihn zu erhaschen. Natürlich geht nach der Pause die Arbeit wieder viel flotter von der Hand. Aber das hast du ja eh gewusst.

Du bist zärtlich und feinfühlig. Kein Hund zum Raufen. Du magst Grobheiten gar nicht, aber Spielfreude, Fantasie und Schnelligkeit. Rempelnden Hunden gehst du aus dem Weg, spielst lieber Fangen mit Gleichgesinnten.

Abends ziehst du mir die Socken so vorsichtig vom Fuß wie ein Uhrmacher, der mit Akribie ein Uhrwerk repariert. Genauso sachte behandelst du auch dein Bärchen, ein Geschenk von mir mit eingebautem Quietschkissen. Du hast nie vergessen, dass ein hoher Quietschton *Au!* heißt, so wie es dir deine Geschwister in der Wurfkiste beigebracht haben, und trägst seither das Bärchen supersanft in deinem Maul.

Vor ein paar Wochen hatten wir Besuch von ein paar Mädchen aus der Gegend, die mit dir spielten. Du warst begeistert. Als aber eine auf das Bärchen drückte, das natürlich ein vernehmliches Quietschen von sich gab, fandest du das gar nicht gut. Besorgt wurde das Spielzeug beschnüffelt, dann behutsam ins Maul genommen und in deine Hundehütte getragen. Offensichtlich waren diese tobenden Kids noch nicht reif genug … Intelligenzspiele, die dich zur Futtersuche animieren sollen, meisterst du in Sekunden. Am Anfang kaufte ich ein solches Spiel, das erklärte, man könne Hunden auch mit bestimmten Schritten bei der Suche helfen, wenn sie sich zu schwer damit tun. Nachdem du sämtliche Leckerlis innerhalb wenigen Sekunden gefunden und gefressen hattest, pensionierte ich das Spiel und seitdem improvisiere ich selbst gebaute Futterspiele. Feinmotorisch geschickt öffnest du Schachteln und Päckchen, ohne sie zu zerbeißen.

Besorgt wie eine Glucke kümmerst du dich um alle. Niest einer? Gehst du gleich mal checken, ob alles okay ist. Legt sich einer mitten am Tag hin? Schiebst du besser mal Wache.

Heult Frauchen bei einem traurigen Film? Dann tröstest du mich.

Wenn du heißen Kakao kochen könntest, stünde die Tasse schon da. Wenn wir in der Gruppe spazieren gehen, schaust du, dass das Rudel zusammenbleibt. Irgendwie verstehen Menschen ja die elementarsten Überlebensregeln nicht. Einer bleibt zurück, weil er seine Schuhe neu binden muss? Du stellst dich quer vorne auf den Weg und signalisierst: STOP! Erst mal wird gewartet.

Du siehst wie der absolute Knuddelhund aus, aber du bist nicht verschmust. Du liegst gerne in unserer Nähe, manchmal auch mit Körperkontakt, aber du magst es nicht, wenn man dir aufs Fell rückt. Dennoch bist du bei kleinen Kindern, die dich streicheln wollen, höchst geduldig, so als wüsstest du, dass man von ihnen nicht das gleiche Verständnis abverlangen kann. Und kurze Schmuseeinheiten genießt du schon, aber dann könnte man ja mal wieder Konstruktiveres tun.

Habe ich etwas von dir gelernt? Na, klar. Dass es geht, im Moment zu leben – nicht immer, aber immer wieder. Dass man während eines Spazierganges einfach mal eine Pause auf dem frischen Frühlingsgras einlegen kann, um die Sonne zu genießen. Dass es nicht überflüssig ist, jenen, an denen dein Herz hängt, immer wieder zu zeigen, wie sehr man sich freut, sie zu sehen. Und dass diese Freude ansteckend ist.

Du bist nicht der perfekte Hund. Aber wer ist schon perfekt? Und: Ist das überhaupt wünschenswert? Machen uns nicht gerade unsere kleinen Macken zu dem, wer wir sind? Du bellst die laut röhrenden Quads an, die jetzt auf den Straßen so beliebt sind, weil dir der Lärm auf den Zeiger geht. Auch mit Harleys hast du keinen Vertrag.

Hunden, die dich irgendwann am Gartenzaun blöd angemacht haben, vergibst du nicht, auch wenn sie an der Leine ganz friedlich daher kommen. Du lässt dich immer wieder von einzelnen Krähen zum Jagen verführen und es stört dich nicht, dass du natürlich nie eine fängst, da sie ja fliegen können – und du nicht. Du siehst das mehr als Spiel an – und die Krähen wahrscheinlich auch, während ich mit klopfendem Herzen warte, dass du ebenso schnell zu mir zurückkehrst, wie du im Rausch davongeflitzt bist.

Und wenn ich dann beim Anleinen meine Nase kurz in deinem Fell vergrabe und deinen Geruch einatme, bleibt die Welt für einen kleinen Moment stehen.

Blödmann

„Was'n Glück, dass mich keiner fragt, ob ich mitspielen will", denkt Alexander auf dem Heimweg nach der Schule. Die anderen Jungs sind am Nachmittag zum Fußball verabredet. Danach wollen sie gemeinsam für die anstehende Mathearbeit pauken.

„Nach Hause kann ich eh keinen mitbringen, der Vadder würd ausrasten! Wär' vielleicht auch'n bisschen blöd, wenn dann ausgerechnet der Köter wieder mal genau hinter die Tür geschissen hätt'." Alexander spuckt aus. Seit Wochen ist er erkältet. Der Rotzplacken trifft den Deckel des Ausgabefachs eines Zigarettenautomaten. Träge fließt der grünliche Schaum an der Metallklappe herunter.

„Heute nicht, Vadder, heut' holst du deine Kippen selbst, das schwör' ich!" Der Junge rennt nach Hause.

Klingeln ist zwecklos, Alexander versucht es erst gar nicht. Ganz unten in seinem schmutzigen blauen Schulrucksack findet er den Schlüssel, steckt ihn ins Schloss.

„Blödmann, wo bist du? Komm her und begrüß' mich!" Alexander schiebt vorsichtig die Tür auf zu einem dunklen, verrauchten Wohnungsflur. „Na, wenigstens haste nicht hingeschissen." In einer Wolke aus Zigarettenqualm und abgestandenem Essensdunst wedelt ein kleiner verzottelter Mischlingshund verunsichert mit dem Schwänzchen. Einerseits freut es den Hund, dass Alexander mit ihm spricht, andererseits weiß der kleine Kerl bei dem Jungen nie, was ihn erwartet. Manchmal ist Alexander freundlich, in der nächsten Sekunde kann das anders aussehen, ganz nach Stimmungslage des Buben.

Der Hund hat keinen Namen. Alle rufen *Blödmann*, wenn sie ihn meinen. „Steh' auf und nimm' Haltung an, Köter! Denk' an deine militärische Ausbildung!" Mit einem Ruck zieht Alexander den kleinen Kerl am Nackenfell aus seiner Ecke und blickt streng in unsicher rollende, dunkle Äugelein.

Aus dem Wohnzimmer tönt eine kratzige Stimme: „Ey, Sohnemann, biste da? Kommst grad' recht, Bier is' alle! Geh' zum Kiosk, Nachschub holen!"

Alexander steckt den Kopf in die Räucherhöhle. Um einen niedrigen wackligen Couchtisch hocken Henry, Alexanders Vater, und zwei seiner Kumpels beim Kartenspiel im dichten Zigarettenqualm. Hustend fragt er in die Runde: „Gibt's nix zu essen? Ich hab Hunger."

Mit zittriger Hand zieht Vater einen zerknüllten Geldschein aus der Hosentasche und hält ihn auffordernd hoch. „Bring dir 'ne Tüte Chips mit, Mutter is' nicht da. Beeil' dich. Wir ha'm Durst!" Henrys Kumpel nicken zustimmend, dann wenden die drei Erwachsenen sich wieder ihrem Spiel zu.

„Los, Blödmann, antreten!" Alexander knotet eine zottige Paketkordel um den Hals des kleinen Hundes und zieht ihn die Treppe hinunter. Der Hund kommt nicht so recht hinterher. Immer wieder rutscht er aus, fällt, kugelt, fängt sich und rennt weiter. Der Kleine ist ein echter Kämpfer. Alexander hat Wichtigeres zu tun, als auf den Hund zu achten.

Beim Kiosk legt der Junge den Geldschein auf die Theke. Die freundliche Verkäuferin schüttelt den Kopf: „Hallo, Alexander, hat dein Vater wieder mal keine Zeit, selbst herzukommen? Übrigens habe ich heute zwei Leberwurstbrote dabei. Möchtest du eines abhaben? Du hast sicher Hunger!"

„Nöö, danke, hab' grad gegessen" lügt Alexander. Er würde nie zugeben, dass es zu Hause oft nichts zu beißen gibt. „Eine Tüte Erdnussflips und sechs Flaschen Bier, bitte. Vadder hat Besuch, eine geschäftliche Sache." Wichtig mit dem Kopf nickend nimmt er die Flaschen entgegen und steckt sie in die Jackentasche, zwei rechts, zwei links und die restlichen zwei unter den linken Arm. Die Flips-Tüte balanciert er vorsichtig auf der rechten Hand.

Unterdessen kann der Hund nicht mehr warten. Da die Paketkordel viel zu kurz ist, um den nächsten Baum zu erreichen, hebt der kleine Kerl das Beinchen und pinkelt los. Es ging einfach nicht mehr anders. Den ganzen Vormittag waren seine Menschen mit Wichtigerem als dem Versorgen des Tieres beschäftigt.

„Hey, was soll das, du Drecksvieh!" Alexander kickt mit seinem Fuß nach dem Hund, der im hohen Bogen unsanft in den Straßendreck segelt. Wenigstens ist er das Pipi losgeworden, bei all den Qualen eine winzige Erleichterung für den Hund.

Alexander schüttelt wütend das nasse Hosenbein und macht sich dann eilig auf den Rückweg. Den humpelnden Hund zieht er achtlos hinter sich her.

An der Haustüre hat Alexander ein Problem: Beide Hände sind belegt, wie soll er an den Hausschlüssel kommen? Umständlich fischt er in seiner Hosentasche, dabei fällt die Tüte mit den Erdnussflips knisternd auf den Kopf des Hundes. Vor Schreck verheddert der sich in der Kordel, kippt zur Seite und fällt mit einem dumpfen Plumps auf die Tüte. Gleichzeitig rutschen die beiden Bierflaschen unter Alexanders Arm heraus. Das braune Glas zerspringt mit einem dumpfen *Plopp* und ein gelblicher Bierbach schäumt über den Scherbenhaufen die Stufen vor der Haustüre hinunter.

Nun ist auch Alexanders zweites Hosenbein nass. In einem Anfall von Wut, Verzweiflung und Angst vor Vaters Reaktion tritt der Junge wieder nach dem Hund. „Du Mistköter! Kannst du nicht aufpassen?"

Diesmal fliegt der Hund gemeinsam mit der platten Flipstüte und ein paar schaumigen Glasscherben und bleibt dann reglos liegen. Aus dem Schnäuzchen quillt dickflüssig etwas schwärzliches Blut.

„Ey, Alter, steh auf, Blödmann!", ruft Alexander erschrocken, als er das Blut sieht. „He, steh schon auf, was soll der Scheiß?" Mit dem Fuß versucht der Junge, den Hund zum Aufstehen zu bewegen. Keine Reaktion. „So war das jetzt auch nich' gemeint! Komm, Kumpel, mach schon!" Alexander sinkt neben dem Hund in den Dreck. Sein Unterarm stützt sich auf eine Glasscherbe, die sich tief in die Haut des Jungen bohrt. Blut rinnt aus der Wunde, netzt den gelben Pullover mit einem dicken Fleck, doch das registriert der Junge nicht. Mit beiden Händen fasst er das Köpfchen des Hundes und versucht, die geschlossenen Augenlider mit den Fingern hochzuschieben. Das Tier reagiert nicht. „Wach schon auf, Mensch, ich hab's nich' so gemeint! Is' ja gut jetzt!"

Der Hund ist schlaff und bewegungslos. Alexanders Kopf fällt nach vorne, der Rücken beugt sich, sein Kopf sinkt auf das struppige Hundefell. „Ich wollt' dir nich' wehtun, ehrlich!" Vorsichtig hebt Alexander das Tier auf seine Arme und steht auf.

Über ihm schaukelt mit suchendem Blick der Kopf des Vaters am Fenster. „Junge, wo bleibst du, wir ha'm Durst, mach, dass du hochkommst!" Der Türsummer ertönt.

Mit der Schulter drückt Alexander die Tür auf. „Ich komm' ja schon!" So schneller er kann, saust er mit dem reglosen Hund auf den Armen die Treppe hoch. Im Wohnungsflur bettet er das Tier vorsichtig auf sein Lager, bestehend aus einem total verdreckten Lumpen, und eilt zum Vater.

„Im Kiosk gab's nur noch vier Bier, den Rest hol' ich dir später", diese Ausrede ist Alexander gerade noch eingefallen. Umständlich klaubt er die Flaschen aus den Jackentaschen.

Die Erwachsenen haben Wichtigeres zu tun, als sich um den Jungen zu scheren, so bemerkt auch keiner, dass er blutet. „Gut. Aber nicht vergessen, Junge, du hast Geld für sechs Bier gekriegt, da will ich auch sechs Flaschen sehen!"

„Wenn der Vadder merkt, dass mir die Flaschen runtergefallen sind, prügelt er mich grün und blau. Ich werde im Keller bei den Nachbarn Leergut organisieren müssen, um an das Geld für die zwei Biere zu kommen. Aber das is' mir jetzt egal, zuerst muss ich nach meinem Kumpel sehen", denkt er. Eilig verschwindet der Junge aus dem Dunstkreis des Vaters.

Der Hund liegt noch so da, wie Alexander ihn verlassen hat. Niedergeschlagen sinkt der Junge neben dem Tier auf die Knie und streichelt mit ungewohnt zärtlicher Hand über das reglose Köpfchen, dabei rollen dicke Tränen über Alexanders Gesicht. Hier, im dunklen Flur, wo ihn niemand sehen kann, braucht der Bub nicht stark zu sein. Vorsichtig nimmt er das kleine Kerlchen hoch und drückt es an sein Herz.

„Das hab' ich nicht gewollt, Alter, das hab' ich nicht gewollt!" Verzweifeltes Schluchzen schüttelt den mageren Oberkörper des Jungen, Rotz und Tränen tropfen in das struppige Fell des Vierbeiners.

Nach einiger Zeit tönt die raue Stimme des Vaters aus dem Wohnzimmer: „Wo bleibt das restliche Bier, mach dich auf die Socken, Junge!"

Alexander richtet sich auf und wischt über das tränennasse, schmutzige Gesicht. Der Hund rutscht ein wenig zur Seite, dabei fährt ein kaum wahrnehmbares Zucken durch seinen Körper.

„Lebst du noch?" Alexander hebt den Hund nah zu seinem Gesicht. Der kleine Kerl blickt direkt in Alexanders Augen. Ein tiefer Atemzug fährt durch die geschundene Hundebrust, dann leckt eine feuchte Zunge vorsichtig über Alexanders Nase.

„Du lebst! Ich hab' geglaubt, du bist tot! Ich will nie mehr nach dir treten, das verspreche ich! Das hab' ich nicht so gemeint, weißt du. Nie mehr mache ich das, versprochen!" Vorsichtig bettet Alexander das verletzte Tier in seine Ecke und springt zur Türe. „Ich muss los, Leergut organisieren, Ersatz für die kaputten Flaschen besorgen, du weißt schon. Warte hier auf mich! Ich mach', so schnell ich kann, das versprech' ich dir. Danach bleib' ich bei dir. Wir sind doch Kumpels! Ich werde NIE mehr nach dir treten, das versprech' ich, großes Ehrenwort!"

Mit einem Satz ist Alexander aus der Tür. Ein tiefer Seufzer, dann sinkt der Kopf des kleinen Hundes erschöpft auf die schmutzigen Pfoten. Ergeben, erdulden, aushalten. So ist das Leben nun mal.

Das Leben des kleinen Jungen ebenso wie das des Hundes. Mitten unter uns ...

Balu –
heute hier, morgen dort ...

Balu ist unser absoluter Wunschhund, wenn man das so sagen darf, und es war ganz sicher auch Liebe auf den ersten Blick.

Als wir den Termin beim Züchter vereinbart hatten, waren wir doch ganz schön aufgeregt, bis wir die winzig kleinen Welpen zum ersten Mal besuchen durften. Sieben auf einen Streich waren es, die gerade einmal vier Wochen alt waren. Einer dieser sieben Zwerge würde vielleicht bald unserer sein. Der kleine Freund, der freundliche kleine Genießer mit dem blauen Welpenhalsband, der sofort wohlig in unseren Armen einschlief und dabei vor sich hin grunzte. Genau der kleine Kerl sollte es sein.

Unendlich lange vier Wochen mussten wir jetzt noch warten, bis unser kleiner Freund, so wurde er von der Züchterfamilie genannt, mit acht Wochen bei uns einziehen durfte. Wir, das sind zwei beste Freundinnen und der rote Kater Sammy, also ein Frauenhaushalt sozusagen. Nein, eigentlich zwei Haushalte, in denen Balu in Zukunft zu Hause sein sollte. Zu Anfang hatte der Züchter etwas Bedenken, ob das so gut wäre für einen seiner Welpen, und wir mussten ganz schön Überzeugungsarbeit leisten, bis er sich auf so ein Experiment eingelassen hat.

Balu, so haben wir ihn dann genannt, war ein sehr braver und ruhiger Welpe, natürlich gab es immer mal wieder Pipi auf dem Teppich, aber es dauerte nicht lange, da wussten alle Bescheid, seine Menschen, der Teppich und der Hund. Nach dem Schlafen muss er raus, nach dem Essen muss er raus und wenn er fiept, muss er erst recht raus. Erstaunlich schnell war der kleine Balu dann aber doch sauber und wir fit vom vielen Treppensteigen.

Zu jeder Tages- und Nachtzeit in komischen blauen Gummistiefeln und Nachthemden, bewaffnet mit Taschenlampen und Tütchen klemmten wir uns den kleinen Balu unter den Arm und liefen durch die nassen und oft kalten Nächten, bis der kleine Welpe nach einer gefühlten Ewigkeit seine Notdurft erledigt hatte. Der Teppich kam in die Reinigung und die kurzen Nächte waren vielleicht nicht vergessen, aber zumindest Geschichte. Denn wie sich auch recht bald zeigte, Balu schlief auch ganz gerne mal lange, viel länger, als wir alle gedacht hätten – und das war wirklich sehr angenehm.

Mit zwölf Wochen wurde Balu eingeschult, Welpenschule mit sechs anderen kleinen Kollegen. Das war ziemlich toll, denn da es gab Leckerlis ohne Ende und klar, dafür kann man dann auch mal kurz in ein Bällebad hüpfen, mal ein kurzes Stück neben Frauchen laufen, auf einem etwas wackeligen Brett balancieren oder durch einen Tunnel flitzen.

So ein Tunnel kenne ich schon von Sammy, dem Kater, der hier schon gewohnt hat, bevor ich eingezogen bin. Am Anfang war dieser rote Tiger mir nicht ganz geheuer und ich habe immer etwas Abstand gehalten. Schnell habe ich aber gemerkt, dass er ganz nett ist, und mittlerweile sind wir richtig gute Freunde geworden, eigentlich schon ein Herz und eine Seele.

Na ja, die Welpenschule war schon cool, ganz viel spielen und toben mit meinen Artgenossen, nebenbei habe ich aber auch noch ein bisschen was gelernt und ich durfte, weil ich das ganz toll gemacht habe, in die Junghund-Gruppe aufsteigen. Das war vielleicht anstrengend. Nun sollte ich ordentlich angeleint an meinen Spielkameraden vorbeilaufen, mit denen ich zuvor noch rennen durfte, das fand ich überhaupt nicht lustig. Und meine Kollegen, glaube ich, auch nicht. Da bin ich mehr als einmal in die Leine gesprungen, was wiederum Frauchen nicht toll fand, ich glaube, in dieser Zeit habe ich sie ganz schön geärgert.

Platz, Sitz, Bleib ... boah – gib mir Essen und ich mach alles – wirklich alles! Versprochen!

Ich esse für mein Leben gerne ... und so habe ich auch Dinge verschlungen, die man nicht unbedingt essen sollte. Dabei ging es mir einmal überhaupt nicht gut und ich habe meinen beiden Frauchen ganz viel Sorgen bereitet, sodass wir mitten in der Nacht noch in die Klinik fahren mussten. Die haben dann dort mit so einem Röntgengerät verfolgt, was da so alles durch mich durchwanderte. Ich habe eine Spritze bekommen, worauf mir so übel wurde, dass ich sogar erbrochen habe, aber danach ging es mir wieder super.

Ich ziehe seitdem die Leckerlis von Frauchen vor, so eine Aktion brauche ich nicht noch einmal.

In der Schule lief es dann auch immer besser. Anscheinend so gut, dass ich sogar in die Uni mit durfte. Mein Frauchen arbeitet dort und forscht da über Ameisen, na hoffentlich bleiben mir die Dinger vom Leib. Ist aber ansonsten ganz nach seinem Geschmack. Dort gibt jede Menge willige Streichler und Knuddler. Studenten sind echt cool – und sie liegen mir reihenweise zu Füßen. Ich genieße und schweige.

Wenn mal jemand gestresst zu Frauchen ins Büro kommt, lege ich mich schon freiwillig auf den Rücken und lasse mich durchknuddeln, das tut uns dann beiden gut. Für die Schule üben kann man mit den Studenten auch super, was natürlich Pluspunkte gibt, wenn ich dann im Unterricht wieder auftauche. Da kann ich mir mal eine Meute Bachelorkandidaten rauspicken und die freuen sich sogar, mit mir zu trainieren.

Auch um sich das Rauchen abzugewöhnen, bin ich wohl Mittel der Wahl, was mir den Spitznamen Balurette eingebracht hat. Statt zur Zigarette zu greifen, kam die eine Studentin immer vorbei, um mich zu knuddeln, und das war wohl eine ziemlich erfolgreiche Methode – zumindest für sie. Ich habe dazu beigetragen, dass sie jetzt nicht mehr zur Zigarette greifen muss. Ob ich mir das patentieren lassen kann, na mal gucken? Jedenfalls bin ich am Arbeitsplatz ein echter therapeutischer Faktor, der beruhigend und ausgleichend wirkt und auch auf eine ganz unkonventionelle Weise Vertrauen und Freude schafft.

Ich bin nicht der einzige Hund an dieser Uni. Da gibt es noch den Terrier Ragnar, nur ein bisschen älter und sofort ein toller Kumpel, zum Rennen, Raufen, Blödsinn machen. Und dann ist da noch die wunderschöne Straßenhündin Smilla aus Rumänien, um deren Gunst wir Herren ein wenig buhlen. Jeder von uns beiden hat da so seine Strategien. Während Ragnar zum wilden Spiel animiert, lege ich ihr ein paar Leckereien zu Füßen. Smilla findet beides toll und so lernen wir alle nebenbei ein gutes Sozialverhalten und haben auf jeden Fall unendlich viel Spaß zusammen.

Was ich neben dem Essen besonders liebe, ist Wasser. Das ist absolut mein Element. Als wir zum ersten Mal nach Holland gefahren sind, da war ich sieben Monate alt, das war die Freude pur. Jeden Tag Strand, Meer, Frisbee ... dösen, spielen, schwimmen. Und natürlich gibt es seitdem auch ein kleines Planschbecken zu Hause auf dem Balkon. Heißer Sommer – und ab ins kühle Nass. Am Rheinstrand, schwimmen, im Sand panieren und dem besten Kumpel Ragnar die Angst vorm

Wasser nehmen. Nachdem ich ja nun Schwimmerfahrung hatte, nahm ich kurzerhand die Schleppleine von Ragnar und begleitete ihn immer weiter ins Wasser, bis auch Ragnar den Boden unter den Füßen verlor und sicher an der Seite von mir schwimmen gelernt hat. Klar, unter Kumpels muss das so sein. Mal sehen, ob Ragnar und ich im nächsten Sommer auch Smilla das Schwimmen beibringen werden.

Außerdem find ich es super, dass ich mal in Wiesbaden und mal in Mainz wohne, mal mit dem einen Frauchen und ihrer Tochter, mal mit dem anderen Frauchen und dem Kater Sammy. Ich fühle mich überall wohl und ich mag sie alle. So wie ich meinen Schlosspark genauso schön finde wie den Grüngürtel in der Mainzer Oberstadt. Im Schlosspark, weiß ich, muss ich an der Leine laufen, während ich in Mainz mit meiner Hundegruppe wild toben darf.

Balu ist der freundliche Genießer geblieben und es ist unglaublich, wie viel er in diesem einen Jahr gelernt hat. Wie ausgeglichen und sozial er ist, wie gut er sich auf alle Hunde, Menschen und Umstände einlässt, der neue Partner vom Frauchen ist gar keine Konkurrenz, sondern ein super Kumpel. Wie sehr er ein richtiges Familienmitglied geworden ist und es unvorstellbar ist, dass er ja noch so jung ist. Balus Welt ist groß und spannend – er begleitet uns überall hin und durch seine sehr angenehme Art ist er auch überall gerne gesehen. Er liebt die Menschen und sie lieben ihn. Und er kann ganz klar unterscheiden und einordnen, wo er sich befindet, wer seine Menschen sind und dass er uns absolut vertrauen kann ... und wir ihm.

Auf der Suche nach Muckel

Ich erzähle eine Episode aus dem Leben unseres Muckels, der schon seit mehreren Jahren mit seinen honigfarbenen Augen aus dem Hundehimmel auf uns herunterblickt.

Muckel wurde in der Türkei von einer schwarzen, gelockten Mischlingshündin als Einzelkind zur Welt gebracht, sein Vater war unbekannt. Als Welpe hatte er ein kurzes schwarzes Fell, seine vier Pfoten und die Schwanzspitze waren weiß. Als Junghund zeigte er sich dann dreifarbig: weiß, grau und beige. Mit der Zeit wurde sein Fell länger und ganz seidig. Schön gleichmäßig waren die Farben verteilt und einige erkannten einen polnischen Hütehund in ihm. Oft liefen die Kinder aus unserer Nachbarschaft hinter meiner Mutter her, wenn sie mit ihm spazieren ging, und riefen: „Da kommt ja der Boomer!" Das war zu dieser Zeit ein bekannter Fernsehhund aus dem gleichnamigen Film.

Wie so oft war ich mit meiner Mutter und ihrem Muckel am Bahnhof in Mainz-Kastel um die Mittagszeit verabredet. Es war an einem Freitag und beide waren wie immer mit der S-Bahn zu mir unterwegs. Es war schon ein Ritual, aber diesmal stiegen meine Mutter und ihr Hund nicht zur vereinbarten Zeit aus. Ich fand es etwas ungewöhnlich, da meine Mutter immer sehr auf Pünktlichkeit geachtet hat, machte mir aber erst einmal keine so großen Sorgen und wartete einfach auf die nächste Bahn. Aber auch aus dieser stiegen die beiden nicht aus. Mittlerweile doch etwas besorgt, setzte ich mich in mein Auto und fuhr auf dem direkten Weg zu mir nach Hause.

Ich hörte schon im Treppenhaus das Telefon läuten und wusste sofort, dass etwas passiert sein musste. Am anderen Ende der Leitung war meine Mutter. Ganz aufgeregt und schon leicht panisch rief sie durch den Hörer: „Der Muckel ist weg! Komm bitte sofort! Ich befinde mich am Bahnhof Nied bei Frankfurt!", und legte auf.

Mittlerweile nicht weniger aufgewühlt, setzte ich mich wieder in mein Auto und fuhr direkt dorthin, denn die ersten drei Monate seines

Lebens hatte Muckel bei mir verbracht und er war mir in dieser kurzen Zeit auch unendlich ans Herz gewachsen. Am Bahnhof Nied angekommen, hörte ich aber erst einmal meiner Mutter zu, um zu erfahren, was geschehen war.

In der S-Bahn hatte sie sich durch die Zugluft, die durch ein gekipptes Fenster verursacht wurde, gestört gefühlt. Während der Fahrt wollte sie aber auch nicht aufstehen, um es zu schließen, aus Angst, vielleicht das Gleichgewicht zu verlieren und zu stürzen. Am Bahnhof Nied stand sie dennoch auf und schloss das Fenster. Nachdem der Zug rasch wieder abgefahren war, eröffnete ihr ein junger Mitreisender: „Ihr Hund ist gerade ausgestiegen!"

Das Aufstehen seines Frauchens war für Muckel wohl das Zeichen: „Wir steigen jetzt aus!", und er verschwand mitsamt seiner Hundeleine von meiner Mutter völlig unbemerkt aus der Bahn.

Am nächsten S-Bahn-Halt Frankfurt/Höchst verließ meine Mutter fassungslos und eilig den Zug und wollte sofort mit einer anderen Bahn schnellstmöglich zurück nach Nied. Nach der Abfahrt des Zugs, aus dem sie gerade ausgestiegen war, sah sie plötzlich Muckel auf dem Bahnsteig gegenüber sitzen und war darüber total erleichtert, aber auch sehr besorgt. Sie wollte ihn nicht rufen, damit er nicht auf die Gleise geriet. Und zu ihm hinüberlaufen, konnte sie auch nicht, da es für sie unmöglich war, das Gleisbett zu überqueren. Genau in diesem Moment fuhr die nächste S-Bahn auf dem gegenüberliegenden Gleis ein, also genau auf der Seite, auf der sich ihr Hund befand.

Nach deren Weiterfahrt der S-Bahn saß Muckel nicht mehr auf dem Bahnsteig. Vermutlich war er in dem Glauben eingestiegen, er träfe in dem Abteil, aus dem er ausgestiegen war, sein Frauchen wieder.

Von einem Bahnbeamten erfuhr meine Mutter dann, dass diese Bahn mit dem Ziel Niedernhausen unterwegs war. Er versprach ihr, den Zugführer davon zu informieren, dass ein herrenloser Hund als blinder Passagier mit an Bord sei.

Nun warteten wir beide auf eine positive Nachricht aus Niedernhausen, aber der Zugführer hatte nach seiner Ankunft keinen Hund entdecken können. Nach einem Moment des Schocks fuhr ich zusammen mit meiner Mutter zunächst zur Polizei und zum dort ansässigen Tierheim, um den Verlust unseres Hundes zu melden. Dann fragte ich noch an der Station Frankfurt/Höchst-Farbwerke per Gegensprechanlage an einem Turm in der Gleisanlage, ob von oben vielleicht ein

Hund gesehen worden war. Auch das Ergebnis war negativ! Wir waren vollkommen aufgelöst, weil wir uns vorstellten, dass unser Hund orientierungslos auf der Suche nach uns umherirrte, und hatten sehr große Angst, dass in diesem dichten Verkehrsnetz mit den unendlich viel Menschen und den ein-und ausfahrenden Zügen ihm etwas zustoßen könnte. Wir versuchten, uns etwas zu beruhigen. Ich dachte kurz nach und beschloss, alle Haltestellen nach Niedernhausen anzufahren, um möglicherweise dort noch etwas in Erfahrung zu bringen.

Nach Zeilsheim kamen wir in Kriftel an, dem vierten Halt nach dem Ort Nied, in dem das Unheil passiert war. Vom Parkplatz aus sahen wir etwas entfernt ein schmuckes Bahnhofsgebäude im Sonnenschein liegen. Gleich in der Nähe standen mehrere Herren mit ihren Hunden an einem Kiosk versammelt, zu denen meine Mutter eilte, während ich, so schnell ich konnte, auf das Bahnhofsgebäude zurannte.

Schon von Weitem sah ich, wie sich etwas Wuscheliges erhob und auf mich zuschoss. Mit einem wirklich lachenden Gesicht und unendlicher Freude sowie von heftigstem Schwanzwedeln begleitet, sprang unser Muckel weinend an mir hoch.

Meine Mutter brachte immer noch blass, aber überglücklich die Nachricht von den befragten Herren am Kiosk mit: Dass der Hund schon seit über einer Stunde hier gelegen und auf uns gewartet hatte.

Ausflug zum „Fressnapf"

Unser Hund heißt Hugo und er ist der beste Hund auf der ganzen Welt! Wir haben ihn als Welpen im Alter von 13 Wochen vom Tierschutz Wörrstadt erhalten. Seine Mutter, ein Labradachs, tatsächlich eine Mischung aus Labrador und Dackel, wurde trächtig dort abgegeben. Der Wurf bestand aus sechs Welpen und jeder sah anders aus. Einer wie die Mutter, ein anderer Welpe ähnlich, nur schlanker und größer. Einer wie eine Mischung aus den ersten beiden beschriebenen. Einer wie ein Flat Coatet Retriever, einer wie ein Golden Retriever. Und Hugo sah und sieht aus wie eine Mischung aus einem hellen Labrador und seine weißen Zeichnungen sehen aus wie die eines Beagles. Damit hatte er die wohl besten Voraussetzungen mitbekommen, der verfressenste Hund auf diesem Planeten zu sein.

Wir sind – oder besser gesagt – Hugo ist in unserem gesamten Viertel bekannt als der Hund, der alleine in den *Fressnapf* geht. Wir wohnen nur 300 Meter von diesem Zoofachhandel entfernt und sobald Hugo eine Gelegenheit sieht, abzuhauen, rennt er dorthin. Der Laden hat für ihn den Vorteil, dass er elektrische Türen hat, die automatisch geöffnet werden. Anfangs hat er sich immer über den Fressnapf mit Probefutter direkt am Eingang hergemacht. Jedes Mal, wenn wir angehetzt kamen, um ihn abzuholen, sah es so aus, als würde er seine Vorderpfoten dazu benutzen, um sich das Futter noch schneller reinzuschaufeln. Auf den Kopf gefallen ist unser Hund nämlich nicht, denn er weiß bis heute, dass ihm nur wenig Zeit bleibt, bis wir ihn aus dem Hundeparadies abholen kommen!

Nach einer Weile hat er sich aber noch gesteigert und geht nun immer direkt an die Theke mit den Leckerlis, die für Kunden zum selbst Abfüllen bereitstehen. Die Mitarbeiter dort kennen ihn schon alle und begrüßen uns immer sehr freundlich, wenn wir ihn abholen kommen. Wir stürmen ihm immer direkt hinterher, meistens mit dem Fahrrad, um etwas schneller zu sein als er, was uns nur sehr selten gelingt. Kommen dort abgehetzt und mit einem schlechten Gewissen an. Abgeholt wird er von uns jedes Mal im Büro des Marktes, wo er mit einem Mitarbeiter auf uns wartet. Ganz nach dem Motto: „Hugo kann im Hundeparadies abgeholt werden." Für den Nachhauseweg gibt es dann noch einen Kauknochen oder Ochsenziemer extra, als ob er nicht schon genug in sich reingestopft hätte! Die beste Art der Kundenbindung!

Seine Verfressenheit hat ihn wiederum auch einmal fast das Leben gekostet, nachdem er irgendwo Rattengift gefressen hatte und gerade noch rechtzeitig, mit aus seinem Maul fließenden Blut, gefunden wurde. Da war es echt kurz vor knapp. Er wurde glücklicherweise direkt in die Tierklinik gebracht und umgehend behandelt. Weitere drei Tage verbrachte er auf der Intensivstation und kämpfte um ein Leben. Das geschah in einer Hundepension, in der wir ihn unterbringen mussten, während wir gerade in Südfrankreich unterwegs waren. Bis heute sind wir der Frau dieser Pension unendlich dankbar, denn vermutlich hätte Hugo das nicht überlebt, wäre er von ihr nicht gefunden und so schnell in die Klinik gebracht worden.

Ende 2012 wurde unser erstes und im Sommer 2014 unser zweites Kind geboren. Hugo ist so ein toller Familienhund und hat unsere beiden Mädchen direkt liebevoll in unserer Familie aufgenommen. Er ist so geduldig mit ihnen und musste und muss bis heute so viel mitmachen. Sei es das Spielen eines Spaziergangs im Haus oder er muss sich verbinden lassen, weil er sich angeblich verletzt oder etwas gebrochen hat, oft alle vier Pfoten gleichzeitig. Manchmal schaut er dann Hilfe suchend in meine Richtung, wenn es ihm mit den beiden Kindern zu viel wird. Dann bitte ich meine beiden dann, Hugo in Ruhe zu lassen.

Natürlich hat er durch den Familienzuwachs an Aufmerksamkeit einbüßen müssen. Aber das hat er uns nie übel genommen. Wenn die Zeit einen ausgiebigen Spaziergang nicht zulässt, nimmt er das gelassen hin und tobt sich in unserem Garten aus. Und völlig egal, an welchen Körperteil unsere Mädchen ihn anfassten, hat er nie böse reagiert, nicht einmal auch nur den Ansatz eines Versuches unternommen, zu schnappen. Ich denke, das haben wir seiner Eigenschaft als Labrador zu verdanken. Auch, dass er so ein Familienhund ist. Wenn wir spazieren gehen und ein Teil vorausläuft, so bleibt er in der Mitte stehen und versucht, sein Rudel zusammenzuhalten. Von der Freude darüber, wenn sein Rudel komplett ist, ganz zu schweigen. Am meisten liebt er es, wenn wir alle zusammen im Bett liegen und er mit am Fußende im Bett liegen und kuscheln darf. Abgesehen davon hat er ein unfassbar freundliches Wesen. Nicht nur mit Menschen, sondern auch mit anderen Zeitgenossen. Als er noch klein war, konnten wir ihn, trotz Fleischwurst in beiden Händen, nicht zurückrufen, wenn er einen anderen Hund sah, da er jeden anderen Hund kennenlernen und zum Spielen animieren wollte. Bis heute ist er super umgänglich mit anderen Hunden. Das Interesse ist nicht mehr so hoch wie früher und zum Spielen lässt nun er sich nicht mehr so oft animieren, da er nun doch schon ein alter Mann ist. Aber freundlich ist er grundsätzlich immer mit jedem anderen Hund.

Inzwischen ist Hugo zehn Jahre alt und er geht immer noch in den Fressnapf, wenn er die Gelegenheit dazu sieht. Vor einem Jahr hat er Epilepsie bekommen und die erste Zeit mit der Krankheit war sehr schwer, da er in kurzen Zeitabständen Anfälle bekam und wir schon dachten, dass wir ihn bald verlieren würden. Zum Glück konnte er aber mit zwei Medikamenten gut eingestellt werden, sodass die Anfälle nicht nur seltener, sondern vor allem auch schwächer auftreten.

Es ist wie so oft im Leben. Manchmal muss etwas Schlimmes passieren, damit man eigentlich merkt, was man hat. Seit Hugo diese Krankheit hat, ist uns mal wieder bewusst geworden, wie schön das Leben ist und vor allem, wie schnell es vorbei sein kann. Hugo ist immer da, ist eine treue Seele und man neigt dazu, zu vergessen, ihn zu schätzen. Ich habe diesen Text angefangen mit: *Unser Hund heißt Hugo und er ist der beste Hund auf der ganzen Welt.* Und das ist er in der Tat. Aber so richtig gemerkt habe ich das erst, als er die Epilepsie bekam und ich mit der Angst konfrontiert wurde, ihn zu verlieren. Unser bester Hund auf der ganzen Welt.

Chinesische Rollbraten

Neulich brachte unser Regionalsender einen Fernsehbericht über Frauen, deren erwachsene Kinder das häusliche Nest verlassen haben. Traurige Gestalten beklagten den Verlust ihrer Berufung als Hotel Mama, Putz- und Waschfrauen, vergeblich wartend auf Hilferufe aus dem Universum ihrer ausgeflogenen Brut. Tränenreich berichteten diese niedergeschlagenen Wesen aus vergangenen, wunderschönen Zeiten. Ich rekelte mich genüsslich in meinem Fernsehsessel und musste lachen: Meinten diese Frauen etwa das Leben einer jungen Mutter zwischen Windeleimern, verdreckten Matschhosen, Rotznasen, Wäschebergen, verschlammten Fußböden und schmierigen Fensterscheiben, was zwar nach einigen Jahren Vergangenheit, dafür unweigerlich nahtlos in psychischen Dauerstress mit pubertierenden Jugendlichen übergeht und danach von nervtötend besserwisserischen Halbgaren abgelöst wird? Oder vermissten diese Supermuttis den Logistik-Stress mit schwergewichtigen und wenig wendigen Großfamilien-Einkaufskörben im Supermarkt? Hatten sie niemals die Nase voll von Mamas Taxifahrten, endlosen Elternabenden und nörgelnden Kunstlehrern?

Wieso nutzen diese Frauen nicht ihre neu gewonnene Freiheit?

Ich habe für derlei Probleme einen Lösungsvorschlag: Wenn am Ende der Mamazeit Kuschel-, Knuddel- und Bemutterungsbedarf besteht, ist ein HUND der perfekte Partner!

Mir bleibt oft nicht mal die Zeit zum Putzen meiner Brille. Verschmierte Gläser sind sozusagen mein Markenzeichen. Nachdem unsere drei Kinder das häusliche Nest verlassen haben, übe ich das Managen der Großfamilie im Nebenberuf aus und widme meine neu gewonnene Unabhängigkeit neben vielen anderen Hobbys einem Leben mit Hund. Konkret gesagt – meinem Leben mit dem chinesischen Rollbraten Rica einer Yorkshire-Terrier-Dame.

Zur Rollbratendefinition komme ich später, zunächst interessierte mich die Frage: Was läuft bei den Unglücklichen in der Fernsehdokumentation so anders als in meinem Leben? Tags zuvor war mein freier Tag gewesen. Für die gepeinigten Mütter im TV der perfekte Anlass, sich einer tiefen Depression hinzugeben. Dafür fehlte mir die Zeit!

In aller Frühe hatte ich unserem Hausmeister beim Aufräumen des spätherbstlichen Gartens geholfen. Rica natürlich mittendrin, die Blätterhaufen konnten nicht hoch genug sein, sie badete und wälzte sich, am Ende sah meine kleine Freundin aus wie ein geplatzter Laubsaugerfangsack. Gerade als ich den Hund von Blättern, Stöckchen und Schlammkugeln befreit und den Hausmeister mit ein paar freundlichen Worten Richtung Wertstoffhof entlassen hatte, kurvte meine Schwiegertochter bewaffnet mit Enkel Nummer drei um die Ecke. Der Weihnachtsmann brauchte Unterstützung.

Also schmiss ich die dreckigen Gartenhandschuhe in eine Ecke und verstaute Hund, Mutter, Baby und Opas Kreditkarte in meinem Auto. Mit einem Säugling in der Sitzschale benötigt man bei größerem Shoppingvorhaben mindestens zwei Einkaufswagen und darf das Fahrzeug-Zuladevolumen für den Nach-Hause-Transport nicht aus den Augen verlieren. Ansonsten könnte das Auto restlos überladen sein, während die mitgebrachten Kinder und der Hund noch außerhalb der Karre auf einen Sitzplatz warten ...

Nach erfolgreichen Runden mit Kind und Yorkie im Spielzeugparadies freuten wir Menschen uns auf einen gemütlichen Kaffeeplausch im Hause meiner Schwiegertochter – und meine Hündin sich auf ihre beiden Spielkameradinnen, ebenfalls Yorkshire-Terrier. Während der Abwesenheit ihres Frauchens hatten zwei gelangweilte jugendliche Hundemädels die Küchentapete gefrühstückt. Weiße Fetzchen am Boden zeugten neben Löchern im Putz von gutem Appetit, hündischer Kreativität und gesunden Zähnchen.

Meine Schwiegertochter wischte entnervt, aber mit geübtem Griff die Hinterlassenschaften beiseite. Ich grinste wissend. Seit mehr als vierzig Jahren besitze ich in wechselnder Besetzung einen oder auch mal zwei dieser langhaarigen Herzensbrecher, deren Haupt-Lebensinhalt in den ersten Lebensmonaten im Erfinden neuer Katastrophen besteht.

Schließlich fanden wir zur Ruhe. Ich genoss den zauberhaften Moment, als mein Enkelsohn am Busen seiner Mama wohlig schmatzte, und sinnierte über den Begriff *Stille*n: eine wunderbare Ableitung des Adjektivs *still*. Mein Mobiltelefon beendete die Stille mit einem schrillen Tröten.

„Müddern, wo bleibste denn? Wir warten auf dich!",
Die Stimme unserer Jüngsten plärrte aus dem Laberkasten. Den für heute angesetzten Weihnachtsmarkt-Besuch mit kleiner Familienbesetzung hatte ich völlig vergessen. Eilig packte ich meine Rica in ihre Reisetasche, verabschiedete mich von Mutter, Kind und Lumpenhündchen, um im Schweinsgalopp den Weg zur Innenstadt zu nehmen.

Der Vater meiner Kinder plauderte am Glühweinstand, unsere Tochter betüttelte nebenan gemeinsam mit ihrem Freund liebevoll den mitgebrachten Kleinhund, ebenfalls ein Yorkshire-Terrier. In unserer Familie lebten zeitweise bis zu fünf Yorkies, dazu noch ein Mops, Kumpel unseres ältesten Sohnes, sowie in grauer Vorzeit eine großartige Labrador-Hündin.

Ich genehmigte mir einen Eierpunsch mit Sahne und vertiefte mich wohlig in eine angeregte Unterhaltung. Plötzlich tropfte etwas Klebriges auf meinen Handrücken. Mein Terrier entzog sich dem kontrollierenden Blick durch flinkes Verschwinden in den Tiefen seiner Kuscheltasche. Dort, im Dunkel, blitzten zwei schokobraune Äuglein, eine glänzend rote Zunge leckte selbstzufrieden die verschmierte Schnauze, dann rülpste Rica ungeniert. Das Sahnehäubchen auf meinem Glas war verschwunden. „Was soll's", grinste meine Tochter, „die Sahne is' im Hund besser aufgehoben als auf deinen Hüften."
Recht so, Tochter, sage mir ungefragt deine Meinung. Ich musste wieder an die Frauen aus der Fernsehsendung denken …
Kann mein Hund von so etwas betrunken werden und Schaden nehmen oder ist ihr das zwanglos und ungeniert zu gönnen?
Wir schlenderten weiter durch ein Meer aus weihnachtlichen Melodien, glitzernden Lichtern und gut gelaunten Menschen zu einem prall gefüllten Verkaufsstand. Duftende Rauchschwaden aus Räucherkegeln im Inneren handgemachter Töpferfiguren waberten hinauf zu den Kuppeln des festlich beleuchteten Doms.
Während beide Hunde asthmatisch hustend nach Luft japsten, erweichte ein bunt glasierter Drache mit gekröntem Haupt Vaters Herz. Schnell wurde klar, dass Vaters Neuerwerb dringend ein sicheres Transportmittel für den Nachhauseweg benötigte. Kurzerhand wurde meine Rica aus ihrer Behausung geschmissen, um Platz für den königlichen Absonderling zu machen. Wie ein rohes Ei thronte der in der Hundetasche, die nun unter Vaters Arm baumelte, während die kleine Prinzessin äußerst beleidigt mit meinem Arm vorliebnehmen musste.

Jetzt waren unsere Füße kalt. Wir widerstanden den himmlischen Düften von Bratwurst, Spießbraten und süßen Leckereien – beim Chinesen war es warm und wesentlich gemütlicher.

Als die Menschenmassen sich lichteten, konnten unsere Yorkie-Damen endlich zurück auf die Erde. Glücklich und befreit hoppelten beide nebeneinander über das Altstadtpflaster. Das Hundeglück währte nicht lange. Eine kleine Kehrmaschine kreuzte lärmend unseren Weg. Die Kleine unserer Tochter, erst wenige Monate alt und noch nicht sonderlich erfahren in Sachen Stadtleben, verwandelte sich in ein starres Etwas von der Form eines fellbesetzten Pfeils. Zwei entsetzte Äuglein quollen förmlich aus dem spitzen Gesichtchen. Zitternd wich der Hund dem tosenden Ungetüm mit seinen zwei rotierenden Kehrtellern aus und versuchte, unsichtbar mit der nächsten Wand zu verschmelzen. Corinna zog den Herzensbrecher steif wie ein altes Werbeplakat vom Putz und versenkte die Hündin unter dem Gelächter aller Anwesenden in den Tiefen ihrer Jacke.

Im Restaurant angekommen, stürzten sich alle sogleich auf das Buffet. Ich blieb sitzen. Neben der Hundetasche. Legte meinen Arm schützend auf vier hellbraune Ohrenspitzen, die über den Rand der Luxusbehausung ragten. Die Küchentüre des Gastronomen, in dessen Heimat die beiden Terrier einen Festtagsbraten abgeben würden, war mir dann doch zu unsicher ...

Nachdem alle pappsatt waren, haben wir den Spieß umgedreht: Unauffällig durften die dem Schlachter entgangenen chinesischen Rollbraten ein paar feine Kleinigkeiten vom Buffet verkosten. Wir erfreuten uns an ihrem guten Appetit.

Auf dem Nachhauseweg schenkten wir den Terriern wegen des außergewöhnlichen Mageninhaltes besondere Aufmerksamkeit, was sich jedoch als unnötig erwies. Die Damen würdigten das exorbitante Mahl und behielten alles bei sich.

Meine Fernsehsendung erreichte ihren Höhepunkt: Eine Psychologin bot am live geschalteten Sorgentelefon Rat und Beistand an. Ich konnte nicht anders und schnappte kopfschüttelnd den Hörer.

Kurz darauf schallte meine Stimme aus dem Fernseher.

„Hallo, liebe Mütter, hier spricht eine von euch. Meine Kinder sind alle ausgezogen und ich finde das klasse! Ihr habt Zeit und wisst damit nichts anzufangen? Das finde ich sehr schade. Ganz sicher werdet ihr nicht lange genug auf der Welt sein, um alle diese wundervollen Dinge wie Spiel und Sport, Natur, Technik, Wissenschaft oder die unterschiedlichsten Hobbys kennenzulernen. Seid ihr gar nicht neugierig? Wie viel Zeit hattet ihr bisher für euch? Wart ihr schon mal bei einer Kosmetikbehandlung? Kennt ihr alle Wellnessangebote, Strickkreise oder wunderbare Spaziergänge, begleitet von einem Hund? Falls ihr helfen möchtet, schaut nach Menschen, die alt, bedürftig oder krank sind, rettet Kinder und Tiere, denen es an Liebe und Nahrung fehlt! Spätestens, wenn eure Kinder Nachwuchs produzieren, wird alles von vorn beginnen und ihr dürft kochen, waschen, bügeln und Windeln wechseln, bis der Arzt kommt, während eure Brut sich vom Geburtsstress erholt. Genießt eure freie Zeit mit einer Fellnase! Lasst euch begleiten auf vier Pfoten von einem Wesen, das euch die Treue hält und niemals auszieht. Sucht euch einen Begleiter, den es nicht interessiert, ob ihr beim Friseur wart oder toll gekleidet seid, der euch zuhört, wenn ihr reden wollt, und der euch auch liebt, wenn ihr euch total beschissen fühlt, frei nach dem Motto: Ein Leben ohne Hund ist möglich, aber sinnlos!“

Wo der Hund begraben liegt ...

Aaahhh, endlich Abkühlung, ich sag euch, legt euch im Sommer keinen schwarzen Pelz zu. Da hilft nur noch ein Sandvollbad!! Da kühlt man ab und kann prima ausruhen vom Stress. Aber ansonsten find ich schwarz ganz chic, so bin ich zu jedem Anlass bestens gekleidet.

Und der Glanzeffekt ist natürlich auch nicht zu verachten, ich nehme aber auch viel Joghurt und Quark zu mir, da bin ich sehr eigen. Ich muss ja auch auf meine Linie achten, bei der Konkurrenz heut zu Tage. Da kann ich auch mal ganz schön zickig werden und fackele dann auch nicht lange rum. Da steht der Pelz im Nacken wie eine Eins, runter bis zu meiner Schwanzspitze. Dann habe ich die Fronten schnell geklärt. Ihr denkt bestimmt, ich bin eine Diva ... oder wie das komische Wort heißt. Irgendwie ruft mich mein Rudelchef manchmal so, muss wohl mein Nachname sein. Ich tue ihm dann den Gefallen und komme trotzdem gerannt. Würde eine Diva gleich gerannt kommen? Nee, oder? Seht Ihr!

Eigentlich heiß ich Ronja. Jaja, ich weiß, jetzt kommt ihr direkt mit Räubertochter oder so. Den Namen versteh ich auch nicht. Dann muss mein Papa wohl ein Räuber gewesen sein? Was der wohl geklaut hat? Vielleicht meiner Mama das Herz? Wie sonst wäre ich wohl so herzig geworden. Leider weiß ich nicht mehr viel von früher, ist auch schon mittlerweile drei Jahre her, dass ich irgendwo in Rumänien geboren wurde. Aber es muss nicht sehr schön dort gewesen sein, denn irgendwie bin ich dort von ganz netten Zweibeinern weggeholt worden. Die Fahrt damals war wohl auch nicht sehr schön, viel weiß ich zum Glück nicht mehr davon, aber mit den lauten Kisten auf vier Rädern hatte ich es nicht so. Ich war echt froh, als ich nach der unendlich langen Fahrerei endlich bei meinem Rudel angekommen bin.

Das ist heute alles aber ganz anders geworden, ich bin immer als Erste in unserem Auto, wenn wir zusammen wegfahren. Das liegt auch an der tollen Transportbox mit Rundumsicht, die mein Rudelchef extra für mich gebaut hat. Der heißt eigentlich Herrchen und meine Chefin heißt Frauchen, sind auch komische Namen, findet ihr nicht? Aber wenn man nur auf zwei Beinen läuft, ist das wohl so. Da mache ich mir aber keinen Kopf drum, Hauptsache ist, dass die schwer in Ordnung sind.

Und die beiden jungen Zweibeiner, die auch zum Rudel gehören, mit denen mach ich immer viel Quatsch, da kann ich mal richtig ausgelassen sein. Wir drei bekommen dann auch mal von Frauchen gesagt, wann Feierabend ist, aber irgendwie verstehe ich das nicht. Feiern am Abend stell ich mir nämlich lustiger vor. Aber ich schweife ab, ich wollte euch doch erzählen, warum ich hier begraben liege ...

Die Zweibeiner nennen das jedenfalls kurz und knapp ... Urlaub. Jedenfalls ist das wohl eine Zeit, in der alle zusammen wegfahren und dann keiner alleine weggeht so wie sonst, sondern alles gemeinsam machen. Herrlich, sag ich euch. Das ist eigentlich das Tollste daran, denn sonst gehen alle aus meinem Rudel immer ohne mich weg, vor allem Herrchen und die beiden jungen Zweibeiner. Dann bin ich immer ein bisschen traurig, doch im Urlaub ist das anders, da kann ich auf alle gleichzeitig aufpassen. Das gehört zu meinem Job im Rudel dazu, da kenn ich nix, das nehme ich sehr ernst. Alles andere ginge auch gegen meine Hundeehre.

Wir sind also im Rudel mit dem Auto weggefahren, ich sag euch, das war anstrengend, puuh. Die Fahrt war ganz schön lang, erst bis an ein sehr großes Wasser, da war es noch dunkel, als wir ankamen. Dann mit dem Auto rein in den Bauch einer riesigen, schwimmenden Konservendose, und als wir da wieder rauskamen, lag das große Wasser plötzlich hinter uns und wir sind dann immer noch weitergefahren. Irgendwie muss das ein enges Land oder so gewesen sein. Was ich auch wieder nicht wirklich verstanden habe, so lange wie das gedauert hat. Als ich dann endlich aus meiner Hundebox raus durfte, hab ich wieder ein großes Wasser gesehen und viele Zweibeiner, die ganz verrückt nach Hunden waren und daher manchmal gleich mehrere von uns haben.

„Dog friendly nennen die das", sagte Frauchen. Da standen zum Beispiel überall Wassernäpfe für mich herum. Und es muss wohl eine oberste Rudelchefin geben, die selbst ein ganzes Rudel an kurzbeinigen Kumpels, die Corgis, großgezogen hat. Von denen gibt es mindestens genauso viele Fotos überall wie für mich Wassernäpfe. Mein Rudel war auf jeden Fall total begeistert von dem engen Land, die haben viel Tee getrunken, waren immer gut drauf und haben mich überall mit hingenommen. Das fand ich klasse. Aber das Beste kommt noch: An dem großen Wasser gab es Sand vom Feinsten! Das ist mein wahres Element. Ich buddele und grabe für mein Leben gern, dabei kann ich alles um mich herum vergessen.

Mit dem Wasser hab ich es nicht so. Das hab ich meinem Rudel gleich gezeigt, die wollten mich unbedingt mit da reinnehmen, nee, also mal ehrlich – man kann es auch übertreiben mit der Gemeinsamkeit, findet ihr nicht auch? Ist zwar schön kühl im Sommer, aber Nässe an meinem ganzen wunderbaren Körper – igitt, nee, das überlass ich lieber den anderen Kumpeln, den Pudeln und Labbis, die stehen da drauf. Ich muss ja wirklich auch nicht alles mitmachen. Ich belle lieber so lange die Wellen an.

Aber der Sand, ich sage es euch, ist ein Traum, kühl, weich, anschmiegsam und völlig ausreichend feucht, um meinen schwarzen Pelz zu umschmeicheln. Ich hab mich dann also ausgiebig mit dem Sand beschäftigt. Diesen hin und her befördert, dabei gejuchzt vor Freude, tief die Nase reingesteckt und hineingepustet, bis die Sandkörner bis in die letzte Pore geflogen sind. Mich ordentlich in der feuchten Kühle gewälzt und hineingebissen in die sandige Masse.

Und als ich so dabei war in meinem Element, da kamen Frauchen und einer der jungen Zweibeiner dazu und haben mitgemacht, denn es war ja Urlaubszeit und da wird alles zusammen gemacht und so, ihr wisst, was ich meine. Als ich dann endlich tief drin gesteckt habe, um mich auszuruhen, hat Herrchen so ein flaches, viereckiges, kleines Teil in der Hand, das alle Zweibeiner ständig mit sich rumtragen, und hat mir das vor die sandige Nase gehalten: *Klick!* Den Rest kennt Ihr. Und da ich ja eben keine Diva bin, war es mir ganz egal, wie ich aussehe, man muss da auch mal zu seinen peinlichen Vorlieben stehen. Nun wisst ihr endlich, wo der Hund begraben liegt!

Darf ich vorstellen: Lilly

Unsere Lilly bekamen wir im Juni 2003. Sie war gerade acht Wochen alt und wir wussten nicht, welcher Rasse sie wirklich angehörte, da verschiedene Hundeväter infrage kamen. Nun, wir einigten uns dann auf einen Cairn-Terrier. Die Größe stimmte etwa und da sie keine Haare verlor, was für diese Rasse typisch ist, passte es irgendwie.

Ihren Namen bekam Lilly von unserer Tochter. Saskia schwärmte da gerade von Prinzessin Lillyfee und *schwupps* ... hatten wir eine Lilly auf vier Beinen, die uns mit ihren schwarzen Knopfaugen und ihrem lieben Wesen gleich bezauberte. Lilly machte keine Kunststücke, mit denen wir angeben konnten. Sie holte keine Bällchen oder Stöckchen, wollte nie etwas fangen. Auch die neuen Hundesportarten wie Dog Frisbee oder Agility gingen an ihr emotionslos vorbei.

Eine Ausnahme machte sie! Lag etwas Fressbares auf dem Boden oder fiel aus dem Kühlschrank, war sie sofort zur Stelle. Das Öffnen der Kühlschranktür konnten wir ihr nie verheimlichen. Da halfen auch die beste Erziehung und die vielen Tipps aus der Hundeschule nichts. Einmal hatten wir eine Tasse Kaffee mit viel Milchschaum auf den Boden neben uns abgestellt und nur kurz nicht aufgepasst – schon nutze Lilly die Gelegenheit, sich still und – ihrer Meinung nach unsichtbar – leise an die Tasse zu schleichen und voller Genuss den Milchschaum zu schlecken. Ihr weißes, mit Schaum bedecktes Schnäuzchen sprach Bände. Sie notierte es bestimmt gleich auf ihrer Speisekarte ganz oben. Obwohl sie keine Kunststücke beherrschte, hat sie doch gerne all unsere sportlichen Aktivitäten mitgemacht. Sie saß im Paddelboot als Gewichtsjongleurin, im Rucksack beim Inliner fahren oder hat sich im Puppenwagen quer über Stock und Stein schieben lassen. Bei vielen Wanderungen und Ausflügen im In- und Ausland war sie dabei und würde es einen Ratgeber für hundefreundliche Campingplätze und Hotels geben, sie hätte bestimmt mit ihren Erfahrungen dazu beitragen können. Auch das Treppensteigen und schwierige Wege waren für unsere Lilly kein

Problem. Getestet wurde ebenso der Sessellift in Assmanshausen und die Seilbahn in Rüdesheim, eine Nacht im Schlafsack im Freien, Übernachtungen im Auto und Wege zu den verschiedensten Burgen.

Im Umgang mit Artgenossen war sie ebenfalls sehr verträglich. Ein gemeinsamer Urlaub mit Rüde Frosti verlief total problemlos. Beide verstanden sich super. Vor allem bei unserer Fahrt durch den Safari Park haben die beiden entspannt auf der Rückbank geschlummert und zeigten kein Interesse, uns vor den vielen wilden Tieren zu beschützen.

Eines Tages hatten wir die Idee, sie decken zu lassen. Als wir für Lilly einen lieben passenden Rüden gefunden hatten, um Nachwuchs zu bekommen, unterhielten wir uns am Frühstückstisch darüber, was wir wohl mit den Welpen machen würden. Wenn es drei wären, wollten wir einen behalten, einen würden die Besitzer vom Hunde-Papa bekommen und einen wollten wir in gute Hände abgeben, um die Unkosten zu decken.

Daraufhin sagte unsere Tochter Saskia, damals neun Jahre alt: „Na, hoffentlich sind die auch nett, die Familie Unkostens …“

Leider hat es nicht mit dem Nachwuchs geklappt. Nun, es sollte nicht sein. Lilly konnte auch super die ihr anvertrauten Geheimnisse unserer Kinder für sich behalten. Ob Geschichten aus der Schule, Ärger mit Lehrern und Mitschülern, Probleme mit uns als Eltern, Liebeskummer, Zoff mit Nachbarn. Sie hat stets tapfer geschwiegen und nicht ein Leckerli konnte ihr etwas entlocken. Gern lag sie auch auf dem Bett unserer Tochter, hat ihrer Musik von Gitarre und Cello gelauscht.

Ebenso hatte sie die Funktion einer Alarmanlage übernommen. Das Auto unseres Sohnes hörte sie mindestens schon fünf Minuten, bevor er auf den Parkplatz fuhr. Sie meldete es lautstark und wuselte quer durch die Wohnung. So hatten wir die Gelegenheit, uns auf seinen Besuch vorzubereiten, etwas vor ihm zu verstecken, schnell etwas wegzuräumen oder extra für ihn bereitzustellen. Wenn das Auto dann auf dem Parkplatz stand, gab es kein Halten mehr. Schnell die Tür auf und Lilly flitzte raus, umkreiste Sascha, sprang hoch in seine Arme und quietschte vor Freude. Ja, sie beherrschte wohl doch eine Sportart, das Hochspringen in seine Arme.

Sie bewachte ebenso das Grundstück des Hauses und auch bei unseren Campingurlauben den Wohnwagen. Ich hatte stets das Gefühl, vor einem steht ein großer hemmungsloser, zur Verteidigung stets bereiter Schäferhund … und nicht ein kleiner, blonder Terrier.

Nun, in unserem Haushalt lebt noch ein grau getigerter Kater. Moritz adoptierten wir 2004 aus einem Tierheim. Man hatte ihn in einem Müllcontainer gefunden und dann abgegeben.

„Ob das wohl gut geht? Hund und Katz in einem Haushalt? Man hörte ja so vieles", dachten wir.

Ja, es klappte super. Sie kuschelten sich auf der Couch zusammen und einer passte auf den anderen auf. Sie waren ein eingespieltes Team. Als ich einmal eine Hähnchenpfanne unbeobachtet zum Abkühlen auf dem Herd habe stehen lassen, fischte Moritz das Fleisch aus der Pfanne und sie schlugen sich ihre Bäuche voll. Für uns blieben nur noch die Kartoffeln und das Gemüse übrig.

Einig waren sich die beiden auch bei der Futterauswahl. Ich weiß, dass Hunde kein Katzenfutter fressen sollen, aber Lilly mochte das Hundefutter nicht. Egal ob Trockenfutter, Nassfutter, preiswerte oder teure Marken, Spezialfutter … sie stand auf das ganz einfache Katzenfutter aus dem Schälchen.

In den letzten Jahren hat Lilly eine Vorliebe für Taschen entwickelt. Ob Einkaufstaschen, Sporttasche, Koffer oder Rücksäcke, sobald sie eine Tasche gefunden hatte, war sie darin verschwunden. Man musste aufpassen, dass sie sich an den Griffen nicht verhedderte oder dass man sie nicht aus Versehen irgendwohin mitnahm.

Im Dezember 2017 hatten wir das Gefühl, sie wüsste, dass sie bald in den Hundehimmel gehen würde. Sie war bei unserem Familientreffen an Weihnachten dabei, ließ sich von jedem knuddeln und war sehr anlehnungsbedürftig. Ich wusste: Da stimmt etwas nicht. An ihrem letzten Tag kam sie aus ihrem Körbchen in die Küche, schaute uns friedlich und unheimlich liebevoll an, hob und senkte ein paar Mal ihren Kopf, so als ob sie uns zunicken würde, wackelte dann in ihr Körbchen zurück und blieb dann dort für immer liegen.

Ja, es gibt bestimmt noch viel über sie zu erzählen. Aber eines möchte ich zum Schluss noch sagen: Danke, Lilly, dass du bei uns warst, unser Leben bereichert hast, stets gut gelaunt, nie nachtragend warst, nichts infrage gestellt hast, eine Trösterin in allen Lebenslagen, eine Begleiterin bei Wind und Wetter, Auslöserin für spannende Gespräche und das Finden von neuen Bekanntschaften. Lilly – du fehlst uns sehr.

Unser Leben mit Radha

Haben Sie vielleicht schon einmal festgestellt, dass viele Menschen bei der Wahl ihres Hundes Vorlieben für eine bestimmte Rasse zeigen?

Die Gründe, also die Maßstäbe, die sie dabei so anlegen, sind vielfältig und so unterschiedlich wie wir Menschen selbst. Mag der eine den Kuschelbären, der andere das süße Hündchen für mit ins Bett oder der nächste einen gelehrigen und sportlichen Partner.

Auch ich habe so eine Lieblingshunderasse. Für mich sind seit jeher Windhunde der Inbegriff von perfekter Schönheit und Eleganz. Und ihr einzigartiges sensibles Wesen, ihre Unkompliziertheit und Zufriedenheit und die für mich überaus wichtige Tatsache, dass sie nicht an der Leine ziehen, machen sie zum perfekten Hund für mich! Sie richten es von sich aus stets so ein, dass sie mit leicht durchhängender Leine an der Seite ihres Menschen gehen. Wer schon mal so einen Hund gehabt hat, der ständig auf Zug läuft, der weiß, wovon ich rede und wie anstrengend das doch ist.

Dies alles und noch das wunderbare Bewegungsspiel ihres kraftvollen und gleichzeitig so harmonischen Ablaufs ihrer Bewegungen, wenn sie denn das tun, für das sie ja gezüchtet wurden, das pfeilschnelle Laufen, machen sie eben zu meinen Lieblingshunden.

Ich erzähle euch die Geschichte von einem meiner Greyhounds, der seit letztem Jahr im Hundehimmel seine Runden dreht. Sie war ein Pretty Irish Girl. Radha war ihr Name, was auf Irisch, also Gälisch, *schöne Vision* oder *guter Gedanke* heißt – übrigens *Raua* ausgesprochen.

Radha also sollte einmal ein Rennhund werden, sie wurde wie Hunderte anderer Tiere jedes Jahr gezüchtet, um ihrem Besitzer Gewinne auf der Rennbahn zu verschaffen. Die typische türkisfarbene Tätowierung in ihrem Ohr verriet dies.

Dazu sollte es aber nie kommen. Das kleine Hündchen brach sich auf irgendeine Weise die Schulter und wurde dann mitten in einem der irischen Feenwälder entsorgt. Sie wurde also fern jeder Siedlung im

County Galway ausgesetzt und war damit eigentlich zum Sterben verurteilt. Ein kleiner grauer Greyhoundwelpe war sie, der erbärmlich fror und wimmerte, als *Die Frau, die im Wald wohnt*, so wurde sie von den Einheimischen der Gegend genannt und selbst schon mehrere Hunde hatte, den Welpen fand und ihn in eine von deutschen Tierfreunden geführte Auffangstation brachte. Dort gab man der Hündin den hoffnungsvollen Namen, päppelte sie auf und sie konnte als Welpe die liebevolle Aufmerksamkeit aller Mitarbeiter genießen.

Da die Auffangstation ein Refugium ist, dass sich der ausgedienten Rennhunde annimmt, hatte sie auch von Anfang an viel Artgenossen als Gesellschaft und wuchs zu einer prächtigen Hündin heran mit der seltenen grauen Fellfarbe, die man Blue nennt, aufgrund des leicht bläulich schimmernden grauen Farbtons, der mit süßen kleinen weißen Stichelhaaren so hier und da durchzogen war.

Eines Tages kamen mein Mann und ich zu diesem Refugium, welches wir seit dem Lesen eines Magazins, das dieser Verein herausgibt und das bisweilen bei den Tierarztpraxen im Wartezimmer ausliegt, unterstützen. Wir sahen viele wunderbare Hunde und es fiel uns zunächst schwer, eine Auswahl zu treffen.

Die traf dann schließlich Radha für uns. Sie kam mit anderen Hunden in die Küche gelaufen, wo wir am Tisch saßen, legte ihren Kopf in meinen Schoß und wich keinen Meter mehr von mir. Sie folgte mir auf Schritt und Tritt, klebte förmlich an mir, als wir einen kleinen Rundgang zur Besichtigung unternahmen. Sie hatte sich mich ausgesucht. Das schien mir klar!

Sie war übrigens völlig beschwerdefrei, was die gebrochene Schulter betraf, ihr Bewegungsablauf war in keiner Weise eingeschränkt. Ein herausstehender Knochen an besagter Stelle kündete nur noch von diesem Vorfall. Rennen konnte sie wie ein geölter Blitz! Schnell wurden wir uns einig. Mit dem nächsten Hundetransport nach Deutschland, bei dem noch weitere Hunde ihre neuen Herrchen fanden, kam die Hündin mit. Wir fieberten dem Ankunftstag entgegen, hofften, dass alles gut klappen würden. Und dann war sie endlich da! Etwas schüchtern, alles war neu, so viele Eindrücke und zum ersten Mal ohne ihre Hundefreunde, mit denen sie ja bis dato gelebt hatte. Zu Hause erwartete sie unserer Salomon, der sehr froh war, nach dem Verlust unserer vorherigen Hündin wieder eine Gefährtin um sich zu haben. Dir beiden verstanden sich glücklicherweise auf Anhieb.

Radha war unser Sonnenschein. Problemlos, stets gut gelaunt, drehte sie ihre rasanten Runden und fand sich nach drei oder vier großen Zirkeln um uns herum auf der Hundewiese, die immer Teil unserer Spaziergänge war, immer wieder neben uns ein, um den restlichen Weg, ganz egal wie lange dieser auch dauerte, dann freiwillig dicht neben uns fortzusetzen. Sie liebte es wie alle Windhunde, die ja kein Unterhautfettgewebe besitzen und deshalb an manchen Stellen einfach nur Haut über den Knochen haben, weich zu liegen und schlief und döste, wie alle ihre Artgenossen viel. Sie war anschmiegsam, vorsichtig in allem, ein Hund, der wie es dieser Rasse anheim ist, die alles sanft und etwas introvertiert angeht. Das muss man mögen. Bei dieser Rasse ist nichts mit dem Apportieren von Stöckchen oder Hundedressur.

Sie scheinen stets ein wenig über den Dingen zu stehen, sind geduldig, wenn man unterwegs mit ihnen auch mal für ein paar Minuten an der Ecke plaudernd stehen bleibt. Sie lieben ihre Herrchen und ihr Zuhause, ansonsten wirken sie manchmal so in ihrer eigenen Welt versunken, dass ein Schäferhundefan mir mal sagte: „Diese Hunde sind Autisten." Das ist natürlich sehr ungerecht. Für mich sind sie der Ausdruck von Empfindsamkeit, was mir lieber ist als *Weg da! Hoppla-hier-komm-ich!*

Radha war eine Schönheit, wie sie so grazil dastand mit ihrem breiten, royal blauen Lederhalsband mit Borte. Jeder unserer Windhunde bekommt immer ein sehr individuelles Halsband und natürlich auch einen auf Maß gefertigten Mantel. Eine wunderbare Windhund-Mama aus Koblenz strickte auch noch superschöne Snoods für sie, sodass wir im Winter perfekt ausgestattet waren. Diese Hunde frieren halt leicht, so ganz ohne Fett unter der Haut und mit kurzem Fell und oft nacktem Bauch. Die Hunderasse, von der ich euch erzählt habe, gibt es nicht so oft in Deutschland. Ihre Liebhaber sind auch nur ein ganz eigenes Völkchen, teilweise ziemlich kapriziös, wie ihre Tiere eben manchmal auch.

Radha, die Hündin aus Irland, die zum Sterben in den Wald gebracht worden war, weil ihr Besitzer vermutet hatte, dass sie aufgrund ihrer Verletzung wohl kein Sieger im Hunderennen werden würde, für sie hatte das Schicksal einen anderen Lauf genommen. Waren es die Elfen und Leprechauns, die in den urigen Wäldern Irlands ihr Unwesen treiben, die das Leben eines ihrer Tiergeschwister noch nicht beendet sehen wollten, sodass *Die Frau, die im Wald lebt* sie fand, abgab und damit ihr

Leben eine andere Richtung nahm. Sie, die sterben sollte, lag noch viele Jahre, sie wurde elf Jahre alt, wohlig und zufrieden auf unserem Sofa oder in ihrem Körbchen.

Eines konnte sie in ihrem ganzen Leben nie mehr ertragen: den Geruch und die Umgebung eines dichten Waldes. Das Trauma ihrer frühen Lebenstage holte sie dann scheinbar wieder ein. Nun, wir mussten ja nicht unbedingt im Wald spazieren gehen. Wobei das mit unseren irischen Buben Terence und George heutzutage kein Problem ist.

Kalli –
unser Herz mit viel Fell drum rum

Ein Briard sollte es werden. Das war klar! Eine süße kleine Hündin in der Fellfarbe Fauve. Auch die Züchterin war schnell gefunden. Frau Olbrich züchtet seit fast 30 Jahren diese Rasse und ist aktives Mitglied im Klub für französische Hirtenhunde. Die Wahl war getroffen, aber kein Wurf in Sicht. Denn der nächste Wurf würde komplett schwarz werden, da als Vater ein reinerbig schwarzer Rüde auserkoren war. Egal, dann warteten wir eben noch ein Jahr. Wir hatten es ja nicht so eilig mit dem Hundenachwuchs. Oder?

Am 2. Juni 2007 war es dann so weit. Der angekündigte Wurf schwarzer Welpen erblickte das Licht der Welt. Fortune wurde Mutter von zehn kleinen Briard-Welpen. Fünf Mädels und fünf Jungs.

Weil wir bisher nur ausgewachsene Hunde gesehen hatten, wollten wir in jedem Fall die kleinen Welpen anschauen. Es bestand ja keine Gefahr, dass wir doch noch weich werden könnten, denn alle waren bereits vermittelt. Oder doch nicht?

Kurz vor unserem Besuch erkundigten wir uns noch einmal telefonisch, ob auch tatsächlich alle ein neues Zuhause bekommen würden.

„Im Prinzip ja, aber … ein schwarzer Rüde wird doch nicht bei seiner Familie einziehen. Ein Verkehrsunfall auf einer Dienstreise hat den zukünftigen Halter das Leben gekostet. Die Familie will und kann in dieser Situation keinen Welpen aufnehmen", erklärte uns die Züchterin.

Eine tragische Geschichte, aber für uns trotzdem kein Grund, die Welpen nicht anzuschauen. Wir wollten ja eine Hündin und noch dazu eine helle. Oder?

Im Garten der Züchterfamilie wuselten zehn kleine schwarze Welpen durchs Gras. Sie spielten, tobten und knabberten unzählige Spielsachen an. Sie waren so süß und knuffig. Viele kleine Fellknäuel. Obwohl die Fellfarbe nicht passte, war ich sofort total begeistert.

Frau Olbrich achtet bei jedem Wurf sehr genau darauf, dass die kleinen möglichst früh viele Eindrücke für ihr zukünftiges Hundeleben sammeln können und deshalb kamen jeden Tag die Kinder aus der Nachbarschaft zu Besuch. Sie spielten mit den Kleinen und tobten mit ihnen durch den Garten. Ein Haus in der direkten Nachbarschaft wurde renoviert und Dachziegel krachten mit lautem Knall in bereitgestellte Container. Aber nichts schien die Rasselbande aus der Ruhe zu bringen.

Irgendwann war es Zeit für die Kleinen, sich zu stärken. Ein Napf mit einem Berg Hundefutter wurde in den Garten gestellt. Die Zwerge kamen aus allen Ecken und machten sich über das Futter her. Nach der Fütterung der Raubtiere suchten sich alle Minis einen Schlafplatz. Ein kleines Fellknäuel kam genau auf meinen Mann zu, rollte sich direkt vor seinen Füßen ein und schlief kurze Zeit später tief und fest. So ein süßes kleines Hundekind ...

„Das ist der kleine Rüde, der wieder zurückgegeben wurde", meinte Frau Olbrich. „Wenn wir niemand für ihn finden, behalten wir ihn selbst!"

Schicksal, ich hör dich ganz laut rufen ...

Wir blieben noch eine Weile und verabschiedeten uns mit der Absicht, im nächsten Jahr wiederzukommen, wenn der Wurf mit den hellen Welpen geboren sein würde. Die komplette Rückfahrt war bestimmt von dem kleinen süßen schwarzen Hundekind, das keine Familie haben würde. Unsere Tochter Carolin hatte sich sofort verliebt.

Wir hatten gerade erst ein Haus gekauft und mein Mann steckte noch mitten in den Renovierungsarbeiten. Der Parkettboden im Erdgeschoss war das nächste Projekt und es sollten noch einige folgen. War das ein idealer Zeitpunkt, um einen Welpen aufzunehmen?

In der folgenden Nacht träumte ich von dem kleinen Hund. Im Traum schaute er mich verzweifelt an und wollte mir sagen, dass er sich uns als seine Familie wünschte und wir perfekt für ihn wären. Es fühlte sich so echt an.

Beim Frühstück erzählte ich meinem Mann von meinem Traum. „Können wir nicht doch den kleinen Welpen nehmen? Er würde ja erst Anfang August einziehen. Bis dahin sind wir sicher schon viel weiter mit der Renovierung."

Seine Begeisterung hielt sich zunächst in Grenzen, aber er musste zugeben, dass der kleine Welpe auch sein Herz erobert hatte. Wir riefen also noch am Sonntagvormittag bei der Zuchtstätte an.

„Sind Sie auch ganz sicher? Sie wollten doch eine Hündin? Nachher kommt ein Ehepaar, das sich den Kleinen anschauen möchte. Sie müssen wirklich ganz sicher sein, dass er bei Ihnen einziehen soll!", gab die Züchterin uns zu bedenken.

Aber wir waren sicher. Dieser kleine schwarze Rüde sollte es sein. Wir mussten jetzt nur noch einen Namen finden. Da wir einen Rüden aus einem K-Wurf bekommen würden, musste sein Name mit K beginnen. Keine leichte Entscheidung. Wir suchten im Internet nach Hundenamen, aber keiner wollte uns richtig gut gefallen. Es war wirklich nicht leicht. Erst der Name einer Fabelfigur aus dem Schul-Musical, bei dem unsere Tochter mitspielte, brachte die Lösung: Kalli, der Wurzelzwerg. So sollte unser kleiner Welpe heißen. Lustiger Name für einen Hund, der einmal 70 Zentimeter hoch und 50 Kilo schwer werden würde.

Es ist nun fast zwölf Jahre her, dass der kleine Kalli bei uns eingezogen ist und unser Leben auf den Kopf gestellt hat. Als Welpe hatte er viel Unsinn im Kopf, als Junghund war er total anstrengend und es gab Zeiten, da war ich mir nicht mehr sicher, ob ein Hund mit Charakter wirklich so eine gute Idee gewesen war. Wir besuchten von Anfang an zwei verschiedene Hundeschulen, absolvierten diverse Unterordnungskurse, rannten mit Kalli beim Agility über den Hundeplatz, joggten mit ihm und fanden für ihn noch viel mehr Beschäftigungen jeglicher Art.

In seiner Sturm- und Drangphase hatte er Radfahrer besonders gerne. Sobald er eine günstige Gelegenheit witterte, raste er los und versuchte, die Radler einzuholen, um sie zu stoppen und anschließend freudig zu uns zurückzukehren. Er ist nun mal ein Hüter, nur ohne Schafe …

Um seinen Drang in geordnete Bahnen zu lenken, schlug unsere Hundetrainerin eine Ausbildung zum Suchhund vor. Wir lernten also Maintrailing. Zu meiner Überraschung zeigten sich hier die versteckten Talente unseres Rüden. Sehr schnell entdeckte er, dass die Person, die er suchen musste, sehr leckere Geschenke dabei hatte. Es lohnte sich also, so schnell wie möglich dort anzukommen, um in den Genuss der ganzen Portion Fleischwurst oder Käse zu kommen. Teilweise rannte er so schnell mit mir durch den Wald, dass ich manchmal Probleme hatte, hinterherzukommen. In der Gruppe konnte er es nicht erwarten, bis er wieder an der Reihe war, und wollte am liebsten die Suchpersonen der anderen Hunde auch noch aufspüren. Hier entpuppte er sich als totaler Streber. In seiner Hochphase konnte er sein *Opfer* über mehr als fünf Kilometer Entfernung im Wald und auch am Rhein aufspüren.

Im Alter stand er über den Dingen, jedenfalls häufiger als früher. Nach dem Tod seines Lieblingsfeindes war er in seinem Revier der alleinige Platzhirsch. Aber auch ein Platzhirsch muss das Feld räumen, wenn es an der Zeit ist. Das mussten wir am 6. April 2019 schmerzlich erleben. Die Nieren unseres kleinen Bären haben versagt. Wir waren gezwungen, für ihn zu entscheiden, und haben ihn auf seinem letzten Weg begleitet. Es heißt in Züchterkreisen: einmal Briard – immer Briard. Ob das auf uns zutrifft, kann ich nicht sagen. Noch ist die Trauer um unser Herz mit viel Fell drum rum sehr groß. Niemals hätten wir gedacht, dass es so schwerfallen würde, loszulassen. Angeblich heilt die Zeit alle Wunden – schauen wir mal!

Mein Leben mit Justus

Justus war ein Galgo-Podenco-Mix mit weißem Fell und kam direkt aus Spanien vom Tierheim *Roquetas de Mar*. Mit acht Wochen kam er am 16.3.2006 als richtig kleiner Wirbelwind nach Deutschland und hat mein Herz im Sturm erobert. Er kam genau zur rechten Zeit, denn er zeigte mir, was ein wahrer Freund ist, und auch ohne Worte vermittelte er mir, das ein Vierbeiner mehr von Treue hielt als ein Zweibeiner. Da für mich Hundeerziehung sehr wichtig ist, besuchten wir mehrere Hundeschulen vom Anfänger bis Fortgeschrittenenkurs. Und immer wieder zeigte er mir, dass er durch und durch ein Windhund war, der oft so stur sein konnte wie ein Esel, aber auch gleichzeitig so sanftmütig wie ein Lamm.

Mit Agility powerte ich ihn aus und im Dog-Dancing zeigte er mir seine tänzerischen Fähigkeiten. Beim Hundemassagekurs streckte er alle viere von sich und ließ sich verwöhnen. Justus entwickelte sich zu einem wundervollen Begleiter. Wir fuhren zusammen in den Urlaub und erlebten eine schöne Zeit im Nord- und Südschwarzwald sowie im Allgäu mit stundenlangen Spaziergängen, die er so sehr liebte wie ich.

Auch zu Hause forderte er seine Spaziergänge ein, denn er war ein sehr lauffreudiger Geselle. Wir gingen oft über Stunden am Rhein spazieren. Entspannung fand er in unserem großen Garten und suchte sich immer einen sonnigen Platz auf der Wiese. Jedes Jahr nahmen Justus und ich am Tag der offenen Tür im Ingelheimer Tierheim bei der Mischlingshunde-Prämierung teil und er bekam im Laufe der Zeit mehrere Urkunden. Dann waren wir immer mächtig stolz.

Regelmäßig fuhren wir nach Offenbach zum Windhund-Auslauf, einem riesigen eingezäunten Gelände, auf dem die Hunde um die Wette flitzen können. Dort findet auch einmal im Jahr ein großes Podenco-Treffen statt mit einem Windhund-Rennen. Mit Begeisterung war Justus dabei und hat auch hier mehrere Urkunden ergattert und sogar einmal den 3. Platz bekommen und dazu einen Pokal gewonnen.

Im Rahmen der Ingelheimer Schöpfungswoche nahm Justus an einer Tiersegnung teil und an einer Veranstaltung zum Thema *Wertvoll leben mit Tieren*. Dabei ging es darum, das Tiere immer wieder abgeschoben wurden, aber am glücklichen Ausgang der Geschichte von Justus alle erkennen konnten, dass es verantwortungsvolle Menschen gab, die den Tieren ihren angemessenen Platz zurückgaben. Dies konnte eben durch eine Vermittlung in ein neues Zuhause wie im Fall Justus geschehen.

Doch die Jahre vergingen und Justus war immer ein top gesunder Hund, bis er zwölf Jahre alt wurde, da änderte sich alles ganz plötzlich. Während eines Spaziergangs brach er am 18.3.2018 einfach zusammen und wir brachten ihn ganz schnell in eine Tierklinik. Dort stellte man eine Hypoproteinämie fest und er wurde medikamentös eingestellt. Doch er verlor immer mehr an Gewicht und brauchte viele Infusionen.

Am Ostersonntag, den 1.4.2018, fuhren wir noch einmal in eine andere Tierklinik, weil es Justus wieder schlechter ging. Dort erhielten wir die niederschmetternde Nachricht, dass Justus eine ganz seltene Krankheit hat, die sich PLE nennt (Protein Losing Entereopathie), ein Eiweißverlustsyndrom. PLE ist eine heimtückische Krankheit, die viele Gesichter hat und unheilbar ist. Sie äußert sich durch starkes Abnehmen, Schwäche, Erbrechen, Durchfall, Zittern und Unruhe – und das hatte Justus alles.

Wir standen kurz vor dem Einschläfern und es zog mir den Boden unter den Füssen weg. Wir waren so verzweifelt, sodass die Tierärztin noch eine Alternative vorschlug, ihn mit dem Medikament Atopica, ein Immunsuppressivum, zu behandeln. Allerdings bestand nur zehn Prozent Hoffnung, dass dieses Medikament überhaupt anschlug, und es war obendrein noch sündhaft teuer, aber wir nutzen die Therapie als Chance. Fast zwei Monate ging es ihm damit auch den Umständen entsprechend besser. Doch am 30.5.2018 hatte er plötzlich einen sehr stark aufgeblähten Bauch, wobei dann bei einer Röntgenuntersuchung Wasser im Bauch festgestellt wurde, das Lunge und Herz bereits abdrückte. Justus atmete nur sehr schwer, seine Augen waren trüb und wir erlösten ihn schweren Herzens.

Ich bin unendlich traurig, meinen Seelenhund verloren zu haben, doch er wird immer in meinem Herzen bleiben, denn überall sind Spuren seines Lebens, die er hinterlassen hat, Gedanken, Bilder, Augenblicke und Gefühle … sie werden mich immer an ihn erinnern.

Bennys zweiter Geburtstag

Das ist die Geschichte meiner Tochter Sabine mit ihrem Hund Benny. Wir hatten selbst in unserer Familie früher einen Schäferhund, der im Alter von 14 Jahren gestorben ist. Danach wollten wir vorerst keinen neuen Hund mehr und unsere Freiheit erst mal genießen, ohne an ein Tier gebunden zu sein. Da unsere Tochter aber mit unserem Hund aufgewachsen war, war es ihr Wunsch, sich irgendwann einen eigenen Hund zu holen. Bis es letztendlich dann so war, vergingen jedoch noch viele Jahre.

Im Jahr 2000, als unsere Tochter 25 Jahre alt war, führte sie erstmals Hunde aus dem Tierheim aus, da sie auf ihrer damaligen Arbeitsstelle keinen Hund mitnehmen durfte und die Option, das Tier den größten Teil des Tages alleine zu Hause lassen, kam für sie glücklicherweise nicht infrage. Vom Tierheim bekam sie meistens eine Mischlingshündin namens Hope, mit der sie viele Spaziergänge in der Natur und am schönen Rhein machte. Hope hatte wohl schon einiges erlebt und war nicht so leicht zu händeln, vor allem im Umgang mit anderen Hunden war sie teilweise kaum zu halten und oft auch sehr aggressiv.

Sabine, unsere Tochter, merkte schon bald, dass sie eigentlich viel zu wenig Zeit hatte, um Hope so zu erziehen, dass sie mit ihr dauerhaft ohne große Probleme spazieren gehen konnte. Außerdem wurde durch die Kontakte mit den anderen Hunden der Wunsch nach einem eigenen Hund einfach zu groß. So begann die Suche nach dem Vierbeiner, der zu ihr passt. Sie informierte sich bei vielen Pflegestellen in Deutschland, schaute sich einige Hunde an und machte mit ihnen Spaziergänge, um jeden einzelnen Hund besser kennenzulernen, bis sie endlich ihre Entscheidung getroffen hatte. Sie hatte sich im Vorfeld auch nach einer Tagesbetreuung umgeschaut, wo sie ihren Hund für die acht Stunden, die sie arbeiten musste, unterbringen konnte.

Im Herbst 2010 bekam sie ihren Labradorrüden Benny aus Spanien. Er hieß dort Dorado, war geschätzt zwei Jahre alt und ein Straßenhund. Sabine wollte unbedingt einen Hund aus einer Tötungsstation retten, da sie sich vorher schon intensiv mit den Problemen der Hunde im Ausland befasst hatte. So wollte sie statt eines Welpen lieber einen Hund, der ihrer Hilfe mehr bedurfte, und so kam also Benny zu ihr nach Deutschland.

Damals hatte sie eine Arbeitsstelle in der Wiesbadener Innenstadt und nach einigem Nachfragen bei ihrem Chef durfte sie Benny dann tatsächlich mit zur Arbeit bringen. Sie war froh, ihn nicht mehr in die Tagesbetreuung geben zu müssen, da sie dort teilweise schlechte Erfahrung gemacht hatte, und sie wollte ihren Hund auch gerne den ganzen Tag um sich haben.

Benny ist ein lieber, gut erzogener Hund, der sehr kontaktfreudig mit anderen Hunden ist. Allerdings gibt es manchmal Probleme, wenn er an der Leine ist und nicht zu allen Hunden gehen kann, zu denen er möchte. Bei den Spaziergängen in der Mittagspause musste er in der Innenstadt auf dem Weg zum Kurpark immer an der Leine gehen.

Am 26.5.2011 passierte dann ein Unglück. Morgens um 9.00 Uhr wollte unserer Tochter mit ihm über eine stark befahrene Straße zu ihrer Arbeit gehen. Die beiden standen am Bordstein und warteten auf die vorbeifahrenden Autos. In diesem Moment kam auf der anderen Straßenseite ein anderer Hund in Sicht, der auch gleich auffordernd bellte. Benny wollte, wie es eigentlich immer war, wenn er Artgenossen sah, zu ihm, wurde aber wegen der Autos zurückgehalten. Dabei riss er so stark an der Leine, dass er sich mit dem Kopf aus dem Halsband zog. Er rannte blindlings über die Straße, wurde dabei von einem Auto erfasst, lief aber panisch weiter, bis er außer Sichtweite war. Sabine war außer sich vor Angst und lief hinterher, konnte ihn aber nicht finden. Sie lief alle Straßen in der Umgebung ab, doch keine Spur von ihrem Hund. Benny war verschwunden!

Sie ging mit einer riesigen Angst erst mal zur Arbeit, um dort ihren Kollegen Bescheid zu geben, und rief auch gleich bei der Polizei an, um dort die Sachlage zu schildern. Sie druckte Flyer mit einem Foto von Benny und einer Suchanzeige aus und lief wieder los. Es war schrecklich. Zwischenzeitlich gab sie mir, meinem Mann und ihrem Bruder Bescheid und erzählte, was geschehen war. Ich hatte um 13.00 Uhr Feierabend und fuhr gleich zu ihr nach Wiesbaden.

Benny war noch nicht gefunden, aber Sabine hatte von der Polizei eine Mitteilung bekommen, dass ein Passant einen frei laufenden Hund in der Nähe der amerikanischen Siedlung Richtung Bierstadt gesehen hätte. So fuhren wir umgehend mit dem Auto dorthin und suchten die Straßen ab, fragten Fußgänger und hängten die Vermisstenanzeige überall auf. Keine Spur von Benny. Er hätte ja überall sein können und war vielleicht schon viel weiter weggelaufen. Wer konnte das wissen?

Dann ließen wir das Auto stehen und gingen zu Fuß in die umzäunte Siedlung. Sie war menschenleer und wir konnten niemanden fragen.

Sabine sagte ständig: „Ich fahre ohne meinen Hund nicht nach Hause, im Notfall werde ich die ganze Nacht suchen."

Ich dachte noch: „Wer weiß, wo er ist? Vielleicht liegt er irgendwo verletzt und kann sich nicht mehr bemerkbar machen." So gingen wir betroffen und ängstlich weiter. Wir waren fast schon am anderen Ende der Siedlung, als ich auf der linken Seite hinter einem Zaun einen Hund sitzen sah. Es war wie eine Fata Morgana. Sabine schaute auch dorthin und konnte es kaum glauben: Es war tatsächlich ihr Benny, der einfach dasaß und wartete. Uns standen die Tränen in den Augen. Was für ein Glück! Sabine versuchte, Benny mit Worten zu beruhigen, damit er bloß am Zaun sitzen blieb, ich ging währenddessen um das lange Ende des Zauns herum, um ihn auf der anderen Seite anzuleinen. Er blieb ganz brav sitzen und wartete. Er war unversehrt, keine Verletzungen zu erkennen. Was für eine Wiedersehensfreude, es war kaum zu beschreiben. Der Rest der Familie, die alle auch schon zur Suchaktion aufgebrochen waren, kamen dann auch bald dazu und alle freuten sich über dieses Wunder. Was hätte alles passieren können? Ein paar Meter hinter dem Zaun, wo Benny saß, verlief eine stark befahrene Straße. Wie kam Benny dorthin? Er konnte es uns nicht erzählen. Wir waren noch ganz berührt und fuhren dann gleich mit ihm zum Tierarzt, um zu sehen, ob er nicht doch eine vielleicht innerliche Verletzung davongetragen hatte. Der Tierarzt konnte nichts feststellen, nahm von ihm aber noch eine Blutprobe.

Am nächsten Tag erfuhren wir, dass die Leberwerte erhöht waren und er wohl durch den Aufprall mit dem Auto eine Leberquetschung erlitten hatte. Benny hatte wirklich Glück im Unglück. Wir alle waren sehr erleichtert. Da wir ja kein genaues Geburtsdatum von Benny kannten, können wir jetzt zumindest immer seinen *zweiten Geburtstag* am 26.5. feiern. Den Tag, an dem er einen Schutzengel hatte. Bis heute geht es ihm gut und lebt mit seinen circa elf Jahren glücklich mit seinem Frauchen zusammen.

Rex, unser Dreckspatz

Rex war ein wunderschöner, rotbrauner Cockerspaniel mit seidigen Fell, langen Hängeohren und einer hellen Stirnlocke, die ständig steil nach oben stand. Will man sich der Ansicht unserer Tochter anschließen, so trug er, wie damals modern, eine Punkerfrisur. Er verfügte über all die positiven Eigenschaften, die man seiner Rasse im Allgemeinen zuschreibt. Er war unglaublich intelligent, gelehrig, verspielt, kinderlieb und freundlich. Die Liste seiner vielen Vorzüge ließe sich endlos fortsetzen. Er war ein Dreckspatz allererster Güte ... und verfressen.

Mein Mann redete sich diese Charaktereigenschaft unseres heiß geliebten Hundes schön, indem er die ständige Fresslust unseres vierbeinigen Familienmitgliedes als *Morbus immer hungrig* bezeichnete. Manchmal sinnierte er auch darüber, dass unser armer Rex ohne Sättigungsgefühl auf die Welt gekommen sein musste, was quasi ein Geburtsfehler sei. Sonst musste man an unserem Rex nichts, aber auch gar nichts beschönigen. Er war der ideale Familienhund und der treue Freund und verlässlicher Gefährte unserer Tochter. Mit ihm im Arm hörte sie ihre Märchenkassetten. Ihm flüsterte sie ihre Sorgen und Nöte ins Ohr. Und Rexi, wie sie ihn liebevoll nannte, genoss ihre zärtlichen Streicheleinheiten über alle Maßen. Er schlief vor ihrer Zimmertür und war der ständige Begleiter in ihrer Kinderzeit.

Nie werde ich vergessen, als wir Rex das erste Mal sahen: Er befand sich mit einem Rottweiler auf einem unbefestigten Außengelände des Tierheimes in Worms und war unsagbar dreckig. Es hatte kurz vorher geregnet und Rex hatte wohl voller Wonne ein Schlammbad genossen. Er kam schwanzwedelnd an den Zaun und wir verliebten uns sofort und auf der Stelle in diesen Dreckspatz.

Rex zog ziemlich schnell bei uns ein. Seine erste Amtshandlung bestand darin, dass er im Wohnzimmer an der Bodenvase mit einem ordentlichen Strahl Urin markierte und so seinem Gebietsanspruch Geltung verschaffte.

Wir sollten bald feststellen, dass Rex Schlamm und Wasser im besonderen Maße liebte. Er kam schwänzelnd aus den Bächen, über und über mit Algen bedeckt. Jede noch so winzige Pfütze nutzte er für ein kleines Bad zwischendurch und war auch im kältesten Winter nur mit absoluter Aufmerksamkeit und Konsequenz daran zu hindern, dass er sich voller Enthusiasmus in die Fluten oder den Matsch warf.

Kamen wir vom Gassi gehen mit ihm zurück, musste er erst mal vor der Haustüre warten. Meistens war er nämlich so schmutzig, dass, hätte er das Haus betreten, eine Generalreinigung fällig gewesen wäre. Zum Glück gab es eine Dusche direkt neben dem Eingang. Auf mein Kommando: „Rex, duschen!", trollte er willig rückwärts in die Dusche und ließ sich vor Wohlbehagen grunzend den Dreck und was er auch immer in und auf seinem Fell hatte, abwaschen. Das anschließende trocken Rubbeln genoss er auch in vollen Zügen.

Noch heute sehe ich den entgeisterten Gesichtsausdruck einer Freundin vor mir, die einmal Zeuge dieser Prozedur wurde und sich nicht genug über unseren Rex wundern konnte.

Von unseren Spaziergängen brachte er regelmäßig dicke Brocken Holz mit nach Hause. Ordentlich, wie er war, legte er diese vor der Haustür ab. Wir sammelten das Holz im Garten und im Winter hatten wir, dank Rex tatkräftiger Unterstützung, immer Holz für den Kamin parat. Rex liebte es, beschäftigt zu werden. Er trug die Zeitung, schleppte die Kuscheltiere unserer Tochter durch das Haus oder rückte mir so – immer um die Mittagszeit – mit seinem Napf im Maul auf die Pelle.

Unsere Tochter brachte ihm, mit Leckereien versteht sich, allerlei Sinnvolles und weniger Sinnvolles bei. Sie spielte mit ihm Hundeklinik und Rex ließ sich willig von ihr untersuchen und verbinden. Dass kranke Hunde auch Schlaf brauchen, war auch ihr damals schon klar. Ihrer Aufforderung: „Rex, schlafen!", kam er umgehend nach, legte sich hin und schloss ergeben die Augen. Am meisten liebte er Suchspiele. Dann verteilte unsere Tochter allerlei Dinge und Leckereien im gesamten Haus und Rex durfte sie suchen. Schwanzwedelnd durchschnüffelnde er das ganze Terrain und stöberte, sehr zur Freude unserer Tochter, alle Dinge auf, die sie sorgsam versteckt hatte. Die Belohnungsprozedur hinterher war großartig und ich weiß nicht, wem das Spiel mehr Spaß machte – unserer Tochter oder unserem schlauen Rex.

Zeitweilig, immer dann, wenn ihr Taschengeld zu Ende ging, stellte unsere Tochter Überlegungen an, ob man Rex gegen Gebühr an die

Polizei als Spürhund ausleihen könnte. Im Sommer lag er, das Gesicht dem Haus zugewandt, entspannt unter dem Rasensprenger und ließ sich voller Wonne vom Wasser berieseln.

Manchmal übernachte unsere Tochter im Sommer mit ihrer Freundin im Zelt in unserem Garten. Rex war natürlich mit von der Partie. Mein Mann, wohl wissend, dass es den beiden Mädchen ziemlich mulmig zumute war, machte sich oft einen Spaß daraus, und warf kleine Steinchen oder Holzstückchen auf das Zeltdach. Prompt kam ein tiefes und bedrohliches Grollen aus dem Zelt zurück. Und die lobenden Worte unserer Tochter: „Braver Rexi, pass schön auf! Du bist der beste Bodyguard, den man sich nur vorstellen kann. Und? Was habe ich dir gesagt, mein Rexi passt auf uns auf!"

Ein Festtag für ihn war, wenn wir ihm ein Schweineohr gaben. Ab diesem Zeitpunkt war er ein anderer Hund. Er trug mit Stolz erhobenem Kopf seine Beute auf sein Lager. Dort bewachte er glücklich das Schweineohr mindestens einen halben Tag lang. Er fraß es in dieser Zeit nicht, ja, er knabberte nicht einmal daran herum, sondern starrte die ganze Zeit die Köstlichkeit verzückt an. Besucher waren ihm in seiner Schweineohrphase nicht willkommen. Er, der jeden Besucher normalerweise freudig an der Eingangstür begrüßte, ließ nur ein dunkles Grollen hören, was heißen sollte: „Bleib, wo du bist, das Schweineohr gehört nur mir!" Hatte er das Prachtstück endlich gefressen, war er wieder unser alter Rex. Erwartungsvoll schwänzelnd kam er auf uns zu, so als wollte er sagen: „Jetzt bin ich wieder da. Und was machen wir jetzt?" Wir respektierten das zugegebenermaßen etwas abnorme Verhalten unseres Hundes. Jeder hat seine Marotten und wir waren der festen Überzeugung, dass unser Rex sonst keine weiteren Marotten hatte ...

Meine Mutter war zu Besuch und zeigte sich sehr empört, dass unsere Tochter ihren leeren Kakaobecher auf den Fußboden im Esszimmer platziert hatte.

„Das war ich nicht", rief unsere Tochter verärgert. „Was denkst du nur von mir?"

Meine Mutter zeigte uns die Stelle und schwor Stein auf Bein, dass der Becher genau hier auf dem Fußboden gestanden hätte. Man könnte doch auch noch einige Kakaoflecken erkennen. Ratlos schauten wir sie an. Eine Erklärung dafür hatten auch wir nicht.

Einige Tage später, kurz nach dem Frühstück hörte ich ein leises Klappern am Tisch. Vorsichtig schlich ich mich an. Das Bild, das sich mir bot, war für die Götter: Unser Rex saß auf dem Stuhl unserer Tochter. Seine Pranken lagen auf dem Tisch. Bedächtig schob er mit einer Pfote den Kakaobecher näher an sich heran, nahm ihn ganz sanft und tief ins Maul und hüpfte vorsichtig zurück auf den Boden, wobei sich ein paar Tropfen auf seine Punkfrisur ergossen. Dort angekommen, schlabberte er genüsslich den Becher leer. Schlagartig waren mehrere Ungereimtheiten geklärt: der Kakaobecher auf dem Boden, Gläser, gefüllt mit Cola, die immer dann leer waren, wenn man daraus trinken wollte. Die verklebten Stirnlocken unseres Lieblings, geleerte Tüten vom Bäcker, alles bekam plötzlich einen Sinn. Ja, wir mussten uns einstehen, dass unser Rex ein Gewohnheitsdieb war.

Langweilig war es uns mit ihm nie. Ich erinnere mich an einen wunderschönen Wintertag. Es hatte geschneit und wir waren mit unserer Tochter in den Odenwald gefahren. Rex hatten wir natürlich auch dabei. Ich stand mit ihm oben auf dem Hügel und sah meinem Mann und unserer Tochter beim Schlittenfahren zu. Neben uns stand ein Mann mit einer Mischlingshündin. Bevor ich reagieren konnte, pinkelte Rex dem Mann im wahrsten Sinne des Wortes an das Bein. Schreckensstarr vor Entsetzen hob ich zu einer Entschuldigung an.

Lässig winkte der Fremde ab und begutachtete naserümpfend sein angepinkeltes Bein. „Ich muss mich entschuldigen. Wie kann ich auch so blöde sein, mich mit meiner läufigen Hündin neben dieses Prachtexemplar von einem Hund zu stellen."

Rex fand das anscheinend überhaupt nicht blöde. Er wollte der Hündin näher auf den Pelz rücken und ich hatte große Mühe ihn, davon abzuhalten. Gott sei Dank funktionierte der gesunde Menschenverstand des Besitzers der reizenden Hundedame wieder und die beiden zogen zum großen Kummer von unserem Rex von dannen.

Unsere Tochter und ihre Freundinnen hatten manchmal mit einem etwa gleichaltrigen Jungen aus der Nachbarschaft die üblichen Meinungsverschiedenheiten, die es halt im täglichen Leben so gibt. Ich glaube, sie hatte auch etwas Angst vor ihm, weil er ziemlich großmäulig war. Sie war mit Rex unterwegs und der Junge kam ihr, mit einem Tennisball spielend, entgegen. Blitzschnell bemächtigte sich der ballverliebte Cocker des Tennisballs und setzte sich wartend neben seine Besitzerin.

„Gib mir den Ball zurück", schrie der Junge. „Wenn ich ihn selbst holen muss, kann dein Drecksköter was erleben."

„So, meinst du. Wer hier was erlebt, das wird sich noch herausstellen", entgegnete unsere Tochter tapfer. Mit Rex an ihrer Seite war das kein Hexenwerk.

„Na warte, du dumme Kuh", schrie der Junge zurück und setzte sich in Bewegung. Aus Rex' Brust kam ein dumpfes, bedrohliches Grollen. Abrupt und unsicher blieb der Junge stehen. Unsere Tochter streichelte zärtlich über den Punk ihres Hundes und gab ruhig das Kommando: „Rex, Platz!" Gehorsam legte sich der Hund neben sie. Den Ball hatte er immer noch im Maul, versteckt unter seinen langen Lefzen. „Und jetzt, was machst du jetzt?", fragte unsere Tochter.

Merklich leiser forderte der Junge: „Her mit dem Ball, aber ein bisschen plötzlich."

Unsere Tochter mutierte zur Superwoman. „Geht das auch etwas freundlicher? Das Zauberwort möchte ich schon gerne hören", konterte sie mit einem leichten Touch Provokation.

„Gib mir den Ball! Bitte", knurrte der Junge unwirsch.

„Aber gerne", erwiderte sie. „Rex! Aus!" Augenblicklich ließ der Hund den Ball fallen. Unsere Tochter kickte den Ball in die entgegengesetzte Richtung und zog siegreich nach Hause.

Man kann sagen, dass sich ab diesem Zeitpunkt die zukünftigen Meinungsverschiedenheiten zwischen den beiden Kontrahenten auf Augenhöhe abspielten.

Unser Rex vermittelte uns jeden Morgen das Gefühl, dass er sich auf die Überraschungen, die der kommende Tag für uns bereithielt, unbändig freute. Das Schicksal hatte uns leider keine lange gemeinsame Lebenszeit mit unserem vierbeinigen Gefährten beschieden. Bevor er zu uns kam, war Rex von einem beißwütigen Hund angefallen und schwer verwundet worden. Die Spätfolgen der damaligen Verletzungen brachen urplötzlich aus, konnten nicht geheilt oder gebessert werden. Und so mussten wir uns viel zu früh von unserem vierbeinigen Liebling verabschieden, ihn loslassen und von seinem entsetzlichen Schmerzen erlösen. Mit keinen Worten kann ich die Trauer und den Schmerz beschreiben, die uns befielen, nachdem Rex über die Regenbogenbrücke gegangen war. Wir tragen Rex seit dieser Zeit in unserem Herzen und in unserer Erinnerung. Immer wenn wir an ihn denken, über ihn reden, zaubert er ein Lächeln auf unser Gesicht. Auch heute, so viele Jahre nach seinem Tod, bringt er uns noch zum Lachen. Das ist sein wunderbares Vermächtnis!

Lieber Rex, du warst ein ganz besonderer Hund. Wir sind froh und dankbar, dass wir für eine zugegebenermaßen viel zu kurze Zeitspanne Mitglieder deines Rudels sein durften.

Anne Michel

Jeder Hund ist einzigartig

Tasso war unser erster Golden Retriever, nicht nur ein Rüde, nein ein richtiger kleiner Macho, sehr selbstbewusst und mit ausgeprägtem Humor. Bereits im zarten Alter von vier Monaten belästigte er eine ältere Retrieverhündin in Begleitung eines Welpen dermaßen aufdringlich, dass sie ihm schließlich ein blutendes Loch ins Ohr stanzte und er dabei jämmerlich aufschrie.

„Nun hat er einen psychischen Schaden", dachten wir. Aber nein, bei der nächsten Begegnung lief er begeistert auf die Hündin zu und leckte ihr freudig die Ohren. Er war nie nachtragend und sorgte immer für Unterhaltung.

Eines Abends, als Frauchen sich für ihre täglichen gymnastischen Übungen auf ihre Matte legte, schaute er kurz zu, rollte sich daneben auf den Rücken und führte synchron die gleichen Bewegungen aus. Wenn wir daran denken, müssen wir heute noch darüber lachen.

Um seine Bindung an uns zu fördern, versteckten wir uns gerne im Wald hinter dicken Baumstämmen und ließen ihn suchen. Eines Tages aber war er verschwunden. Dann sahen wir, dass er sich selbst hinter einem Baum versteckt hatte, mit einem Auge dahinter hervorlinste und uns beobachtete.

Als ausgewachsener Rüde ließ er keine Rangelei mit einem Konkurrenten aus. Es gab etliche kleine Beißereien. Da half es nur noch, sich zügig zu entfernen und ihn zu rufen. So konnte er sich anständig aus der Affäre ziehen. Mit 14 Jahren mussten wir Tasso gehen lassen.

Nach diesen oft recht anstrengenden Erfahrungen beschlossen wir, der nächste Golden Retriever würde ein Mädchen, denn die sind sanfter und anhänglicher. Aber Nora war da ganz anderer Meinung:

Gerade mal acht Wochen alt, die erste Nacht im neuen Zuhause, kletterte sie den neunzig Zentimeter hohen Kaninchendraht ihres Laufställchens hoch, rollte sich über den Rand, ließ sich runterplumpsen und trabte in unser Schlafzimmer, wo es doch viel gemütlicher war.

Darauf bekam ihr Laufställchen ein Dach und wurde ins Schlafzimmer verfrachtet.

Allmählich erweiterte sich ihr Horizont. Sie verscheuchte sämtliche Vögel aus unserem Garten, buddelte nach Herzenslust tiefe Löcher und stand eines Tages hoch oben auf dem Gartentisch und schaute triumphierend um sich. Sie knabberte nicht nur Elektrokabel an, sondern fraß auch Wollsocken und Ärmel von Pullovern, ganze Putztücher, ein Stück Seife, ja, ihr Einfallsreichtum kannte keine Grenzen.

Schon beim ersten Besuch einer Welpenspielstunde zeigte sie sich ausgesprochen mutig: Als Kleinste und Jüngste wurde sie beim Spielen in ein Wasserbecken geschubst. Alle wollten ihr heraushelfen, aber Nora konnte das alleine. Sie stemmte sich kurz am Beckenrand hoch, drehte sich um und sprang mit einem kühnen Hechtsprung unter allgemeinem Applaus wieder zurück ins Wasser.

Wie mutig sie war, musste sie uns immer wieder beweisen. Eines Tages sprang sie zu unserem Entsetzen eine knapp vier Meter hohe Felswand in freiem Flug hinunter. Sie landete auf ihren vier Pfoten, rollte sich geschickt ab und blieb eine Weile verdutzt stehen. Passiert war ihr zum Glück nichts.

Kaum dem Welpenalter entwachsen, fand Nora im Wald ihre wahre Bestimmung. Sie entdeckte das Jagen. Aus weiter Ferne hörte man dann ihren schrillen Jagdschrei, plötzlich raste sie ganz in der Nähe an uns vorbei, ohne uns wahrzunehmen und kam irgendwann mit hängender Zunge, Schaum um die Lefzen und total erschöpft angetrottet. Von nun an übten wir das Zurückkommen fleißig mit der Schleppleine und ließen sie nur noch in übersichtlichem Gelände frei laufen.

An einem späten Herbstnachmittag wanderten wir durch einen ihr unbekannten Wald, als sie plötzlich eine Wildspur aufnahm und wie ein Blitz verschwand. Alles Rufen und Pfeifen war vergeblich. Wir warteten geduldig. Nach einer Stunde, es war inzwischen dunkel geworden, sagten wir uns, wir könnten ja nicht die Nacht im Wald verbringen und suchten in der Dunkelheit den Weg zurück zu unserem Auto, in der Hoffnung, Nora am nächsten Tag wiederzufinden. Beim Auto angekommen, sahen wir sie ganz ruhig daneben sitzen. Sie machte einen fröhlichen Hopser und leckte uns beiden die Hände, als wäre nichts geschehen.

Von diesem Tag an war uns klar, dass es so nicht weitergehen konnte, und wir suchten uns professionelle Hilfe.

Beim ersten Hundetrainer gaben wir auf, nachdem er Noras Kopf aus einem Weidezaun befreien musste. Entgegen seiner festen Zusicherung war sie uns nicht über eine Hügelkuppe gefolgt, sondern wollte lieber ein paar Ziegen in ihrem Gehege besuchen.

Die nächste Hundetrainerin arbeitete nach einer ganz anderen Methode: Schon in der ersten Übungsstunde entdeckte Nora sofort das einzige Loch im Zaun und suchte das Weite. Danach empfahl die Trainerin uns, unsere Hündin im Weinberg anzubinden und alleine zu lassen. Doch für Nora war das kein Problem. Als wir nach einer Weile zu ihr zurückkamen, lag sie ganz zufrieden und entspannt im Schatten der Weinreben und naschte Trauben.

Nachdem sie sich beim nächsten Training auf einer Wiese, anstatt mit den anderen Hunden zu üben, den Bauch mit Fallobst vollschlug und alles andere ignorierte, fragte die Trainerin nur noch verzweifelt: „Ist die immer so?"

Nun waren wir von Neuem auf der Suche nach einer Lösung unseres Problems und landeten schließlich mit Nora beim *Verein der Hundefreunde,* wo wir an einer Probestunde teilnahmen. Zwei Ausbilderinnen beobachteten uns während der gesamten Übungen und stellten fest: „Ihr Hund interessiert sich für alles, nur nicht für Sie. Sie müssen als Erstes ein Team werden."

So lernten wir den Trainer Udo näher kennen, der uns gleich durch sein fröhliches charakteristisches Lachen aufgefallen war. Auch Nora mochte ihn sofort. „Hier sind wir richtig", dachten wir.

In der Basisstunde wurden nicht nur die Grundbefehle eingeübt, sondern vor allem auch das entspannte Gehen an der Leine und das auch in Freifolge. Das Üben machte Nora sichtlich Spaß. Endlich hatte sie mal eine sinnvolle Aufgabe, bei der es völlig gewaltfrei zuging. Es gab keinen kräftigen Leinenruck mehr, nur sanfte Konsequenz. Hier schien sie sich wohlzufühlen, denn trotz ihres ausgeprägten Selbstbewusstseins war sie eine sehr sensible Hündin.

Wenn sie mal eine Übung ohne Leine absolvieren sollte, nahm sie immer seltener die Gelegenheit wahr, um stiften zu gehen, und kam auch meist nach angemessener Zeit wieder zurück, denn auf dem Hundeplatz war ja immer was los und alle waren nett zu ihr.

Besonders erfolgreich war die Ausbildung mit der Hundepfeife, die auch von Udo geleitet wurde. Drei verschiedene Pfiffe genügten, um den Hund aus der Ferne zu kontrollieren. Das war für uns sehr beeindruckend. Als Höhepunkt dieses Trainings führte die komplette Gruppe beim Tag des Hundes eine Formation vor, dessen Choreografie auch aus Udos Feder stammte. Begeisterter Applaus der Zuschauer war der Lohn und die Anerkennung für die geleistete Arbeit.

Durch Einsetzen der Hundepfeife konnten wir unsere Waldspaziergänge mit Nora endlich entspannt genießen. Auf Pfiff kam sie bei Begegnungen mit Joggern und Radfahrern immer sofort zurück oder legte sich ab. Schließlich blieb sie sogar sitzen, wenn ein Reh vor ihr den Waldweg überquerte. Das Jagen hatte sie aufgegeben, welch ein Erfolg. Mit viel Engagement und Geduld übte unser Ausbilder Udo mit uns für die Begleithundeprüfung.

Wie stolz waren wir, als der Wertungsrichter bei der Abschlussprüfung zwar Nora einen eigenen Kopf bescheinigte, sie aber die Prüfung bestand. Nora wirkte auf einmal viel glücklicher, denn Gelassenheit war ein Bestandteil ihres Wesens geworden.

Wenn wir sie in Gaststätten oder Geschäften ablegten, konnte man fest darauf vertrauen, dass sie entspannt liegen blieb. Als typisches Weibchen liebte sie Schuhgeschäfte, wo sie sich ganz gelassen ablegen ließ und in aller Ruhe Probiersöckchen durchkaute.

Nora wurde nur fünf Jahre alt.

Heute leben wir mit unserem Golden Retriever Tessa zusammen, die inzwischen auch schon zwei Jahre alt ist. Tessa ist ihrem Wesen nach sehr charmant, etwas ängstlich und war anfangs zurückhaltend, ein absoluter Gegensatz zu Nora. Tessa erschrickt immer noch bei plötzlichen, ihr unbekannten Geräuschen. Fremden Situationen weicht sie lieber aus, Fahrräder mag sie nicht und Motorräder sind für sie fürchterliche Ungeheuer.

Diese Unsicherheiten haben auch ihre Vorzüge. Bei Spaziergängen in Feld und Wald bleibt Tessa stets in unmittelbarer Nähe und achtet darauf, uns nicht zu verlieren. Sie ist unglaublich anhänglich, verschmust und liebebedürftig.

Inzwischen kennt Tessa auch die Grundbefehle der Hundeausbildung und reagiert darauf. Unsere Erfahrungen aus der Pfeifengruppe von Udo wenden wir nun auch bei ihr an. Sie kommt und legt ab, auf den Doppelpfiff bleibt sie meistens sitzen. Aber wir werden noch viel mit ihr üben müssen.

Wie verschieden doch alle Hunde sind, aber alle sind sie auf ihre eigene Art liebenswert.

Pearl

Unsere erste Labradorhündin Pearl haben wir von einem Freund bekommen. In geselliger Runde warf dieser im Jahr 2012 mal ein, seine Labradorhündin decken lassen zu wollen, wir waren sofort Feuer und Flamme und sagten ihm, ohne viel darüber nachzudenken, fest zu, einen Welpen zu nehmen. Wir wollten sehr gerne einen gelben Rüden haben. Im Sommer 2013 wurde dann nur ein einziger Welpe per Kaiserschnitt geboren. Ein schwarzes Mädchen. Sie hatte einen sehr schweren Start in ihr junges Leben, da die Mutter sie anfangs nicht säugen wollte und so die ersten Tage das kleine Bündel Hund von Hand gefüttert werden musste. Wir haben die kleine Maus dann schon mit sieben Wochen zu uns nehmen müssen, viel zu früh, aber die Kleine hat sich sofort wohl bei uns gefühlt. Pearl war ein aufgeweckter, freundlicher Welpe. Wir haben sie prinzipiell immer zu jedem Hund gelassen, damit sie Erfahrungen sammeln konnte und gut sozialisiert wurde. Erzogen haben wir sie einfach mit Respekt und viel Liebe. Wir sind keine Freunde der harten Hand, unsere Hunde durften auch immer ihre Kindheit genießen und vollkommen ausleben und haben generell viele Freiheiten. Wir haben immer gesagt: Solange sie kommen, wenn man nach ihnen ruft, andere Menschen in Ruhe lassen und unser Haus nicht zerlegen, können sie machen, was sie wollen. So einige Flausen erledigen sich sowieso von selbst im Laufe des Erwachsenwerdens, man sollte hier einfach entspannt bleiben.

So mit anderthalb Jahren bemerkten wir, dass Pearl, obwohl wir sie vom Futter her recht knapp gehalten hatten, immer dicker wurde. Von unserer damaligen Tierärztin mussten wir uns dann anhören, dass Labradore dazu neigen, füllig zu werden, und man es vielleicht doch nicht so unter Kontrolle hat mit den Fütterungen. Mit drei Jahren und circa 39 Kilogramm Gewicht haben wir es dann mit einem Diätfutter vom Tierarzt probiert. Sie hat damit auch ein bisschen abgenommen, allerdings nicht dauerhaft. Zwischenzeitlich mussten wir sie aufgrund einer

Gebärmutterentzündung kastrieren lassen und sie nahm weiter zu. Die Tierärztin hat uns dann Diättropfen gegeben, die wir Pearl aber nicht gegeben haben da, keinerlei Voruntersuchungen gemacht worden waren und diese Tropfen bei einigen Vorerkrankungen nicht verabreicht werden sollten. Es hieß zwar immer, sie sei gesund und wir könnten ihr das problemlos geben, aber darauf wollten wir uns nicht verlassen. Pearl wurde immer und immer dicker, war dann irgendwann bei 43 Kilogramm und wir wurden immer ratloser. Bei der Entfernung eines Lipoms und einer vorab gemachten Blutanalyse kam heraus, dass ihre Nierenwerte sehr schlecht waren. Pearl war mittlerweile sieben Jahre alt. Unsere Tierärztin hat uns dann direkt spezielles Diätfutter in die Hand gedrückt und, das war unser großes Glück, an einen Kollegen überwiesen, der einen Ultraschall von den Nieren und vom Herz machen sollte. Damals haben wir auch das erste Mal Blutwerte von unserer Pearl zu sehen bekommen.

Uns fiel direkt auf, dass die Schilddrüsenwerte nicht im grünen Bereich waren. Die erste Frage des von nun an behandelten Tierarztes nach Durchsicht aller Unterlagen: „Haben Sie das Gefühl, dass das, was sie an Futter bekommt, zu dick ist?"

Mein Mann und ich haben uns nur angeschaut und gesagt: „Das haben wir immer wieder angesprochen, seit Pearl etwa anderthalb Jahre alt war." Wir bekamen nun Medikamente gegen die Schilddrüsenunterfunktion und gleichzeitig auch Medikamente für ihr Herz. Das Nierendiätfutter sollten wir nicht mehr füttern, da dieses aufgrund des schlechten Fressverhaltens nierenkranker Hunde sehr fettreich ist, deshalb hatte Pearl immer mehr zugenommen. Die nächsten Tage waren schlimm für uns. Wir hatten uns natürlich durch das halbe Internet gearbeitet, um zu erfahren, wie andere mit dieser Krankheit bei ihrem Hund umgingen und traurige und tragische Geschichten zu lesen bekommen.

Schlussendlich beschlossen wir, für Pearl zu kochen. Mithilfe unserer eigenen Diät und den Medikamenten hat die Maus dann innerhalb weniger Wochen ganze zwölf Kilogramm abgenommen und dieses Gewicht bis zu ihrem Lebensende gehalten. Diese Erfahrung hat uns viel kritischer gemacht und unsere anderen Hunde konnten davon nur profitieren. Mit den Jahren macht man immer mehr Erfahrungen und stellt selbstkritisch fest, wie viele Fehler, in jeglicher Hinsicht, man gerade beim ersten Hund so macht. Jetzt aber erst mal genug von den ernsten Dingen. Pearl hatte natürlich ansonsten ein schönes und unbeschwertes Leben. Sie hat es geliebt, in unserem Teich zu schwimmen, und ist bereits an ihrem ersten Tag bei uns in selbigen reingefallen. Das hat ihr anscheinend so gut gefallen, dass sie fortan ständig drin war. Wasser war für sie als richtigen Labrador natürlich immer wie ein Magnet und unsere Urlaube haben uns von nun an eigentlich immer ans Meer oder an große Seen geführt. Einmal ist sie einen Hang hinunter zum Meer gerannt, kaum war sie im Wasser, kam aus dem Gebüsch ein wild fauchender Schwan auf sie zu. Pearl ist noch nie so schnell geschwommen und war ruckzuck wieder bei uns. Dann war da noch die Steilküste, die an dem Tag nur aus Schlamm und Matsch bestand. Pearl war bis zum Bauch hoch braun gefärbt und wir bis zu den Waden.

Sie hat es auch geliebt, sich in Kot oder Aas zu wälzen. Auch bei Farben und Lacke hat sie da keine Ausnahme gemacht. Sie war darin eine wahre Meisterin und hat täglich etwas gefunden, um wenigstens mal kurz den Kopf durchzuziehen. Da war mal der tote Frosch mit den Maden oder der tote Igel in flüssigem Verwesungszustand. Sie hatte überall im Fell Brocken von diesem toten Tier. Ich habe sie dann in einen kleinen Bach geschickt, um das Grobe auszuwaschen, und zu Hause direkt in die Wanne gesteckt. Selbst nach mehrmaligem Shampoonieren ging dieser penetrante Geruch nicht aus dem ihrem Fell, das hat noch einige Tage gedauert.

Im Sommer, die Felder waren gerade abgeerntet, rannte sie los, zielgerichtet auf einen bestimmten Punkt zu. Ich ging direkt hinterher und nahm irgendwann einen sehr ekligen Geruch wahr. Zum Glück gab es von einer nahe gelegenen Fabrik ein lautes Knallgeräusch, sie hat sich so dermaßen erschrocken, dass sie von ihrer Beute abgelassen hat. Ich habe dann gesehen, dass leider ein Reh vom Mähdrescher erwischt worden war, und war heilfroh, dass sich Pearl nicht in dem Kadaver gewälzt hatte. Neue Sofas, neue Teppiche alles musste sofort mit ihrem Geruch belegt werden.

Ich vergesse nie das Jahr, in dem sie sich in unzähligen Hügeln aus Asche, die durch das Verbrennen von Obstbaumschnitten im Feld entstanden waren, in jedem einzelnen nach und nach gewälzt hat. Ein Fest für unseren Hund. Der schwarze Hund war plötzlich aschegrau und nur die braunen Augen schauten noch aus dem Gesicht heraus. Trotz Dusche kamen noch Tage später Aschewölkchen aus dem Fell, wenn wir sie gestreichelt haben.

Bis sie drei Jahre alt war, hat sie es auch geliebt, mit anderen Hunden zu spielen, danach waren eigentlich nur noch große, schwarze Rüden interessant, diese konnte sie bis zum Ende wie ein kleiner Welpe zum Spielen auffordern. An sich fanden Rüden sie immer ganz toll, selbst nach der Kastration wurde sie regelmäßig belästigt und fing irgendwann an, doch recht energisch zu knurren und zu drohen, was allerdings nur von mäßigem Erfolg gekrönt war.

Einen unserer Urlaube mit ihr haben wir in der Schweiz verbracht. Die Anreise hatte durch mehrere Staus wesentlich länger gedauert. Als wir einige Stunden später endlich ankamen, sprangt Pearl sofort in den Pool und hat ihre Runden gedreht. Leider war der Ein- und Ausstieg nur über eine Leiter möglich. Sie kam, nachdem sie ausreichend erfrischt war, aber an den Rand geschwommen und wir konnten sie an den Vorderbeinen rausziehen.

Im Laufe der Zeit wusste sie ganz genau, wo im Feld die Bäume mit den besonders leckeren Äpfeln standen. Sie hat diese allerdings nie selbst gefressen, sondern drauf bestanden, dass die Äpfel in mundgerechte Stücke zerteilt wurden, also gehörte bei uns auch immer ein kleines Taschenmesser zur Gassi Grundausstattung. Wenn wir unterwegs und die Mirabellen reif waren, blieb sie immer an markanten Punkten stehen und schaute abwechselnd immer uns und den weiter entfernten Mirabellenbaum an. Was hat sie sich gefreut, wenn wir dann in die Richtung des Baumes weitergingen und sie Mirabellen naschen konnte.

Je älter Pearl wurde, umso mehr Angst hatte sie vor Knallgeräuschen. Gewitter war für Pearl die Hölle, zumal sie irgendwann auch den Regen damit verknüpfte und schon Angst bekam, wenn es mal sehr stark regnete. Silvester war genauso schlimm, so sind wir an ihrem letzten Silvester um 23 Uhr ins Auto gestiegen und über zwei Stunden auf der Autobahn gefahren, dann war die größte Knallerei vorbei und sie musste sich nicht zu sehr aufregen.

Pearl hat am liebsten mit Stofftieren gespielt, allerdings sah dieses Spiel immer so aus, dass die Plüschis erlegt und ausgeweidet wurden. Ich habe einige Male probiert, die Tiere wieder zu stopfen und zu nähen, aber sie wusste genau, welches sie schon zerlegt hatte, und hat damit nicht mehr gespielt. Wenn so ein Stofftier groß genug war, hat sie damit andere Sachen gemacht, Sachen für Erwachsene, die man auch eher von einem Rüden erwartete. Mit Bällen oder Quietschis konnte sie überhaupt nichts anfangen, wobei wir uns so gefreut hatten, einen Apportierhund zu bekommen. Leider ging dieses Talent an Pearl komplett vorbei. Außer wenn es darum ging, Stöcke jeglicher Art aus dem Wasser zu holen, das hat ihr riesig Spaß gemacht.

In einem Sommer hatten wir im Garten einen Hirschkäfer, Pearl fand den nicht so geheuer, wahrscheinlich hatte sie auch probiert, sich an dem Käfer zu wälzen, wir vermuten, dass er ihr dabei wehgetan hat. Wir wurden darauf aber erst aufmerksam, als sie ihn anbellte. Einige Zeit später lag der Käfer tot im Garten, da er so schön aussah, haben wir ihn in eine leere Dose eines Überraschungseis getan. Das hat Pearl mitbekommen und fing jedes Mal an zu bellen, wenn jemand das Ei in die Hand genommen oder den Käfer gar herausgeholt hat. Das war ziemlich witzig. Wenn sie mal frech war, musste man nur sagen, dass man gleich den Käfer holt.

Komischerweise waren andere Überraschungseidosen völlig harmlos und sie hat es geliebt, wenn wir diese im Wohnzimmer verteilt haben und sie sich Leckerlis daraus hervorknabbern durfte. Pearl war auch sehr geschickt mit Intelligenzspielzeugen. Sie hatte immer ruckzuck raus, wie die ganzen Schubladen und Schieber zu bedienen waren, ohne dass wir großartig mithelfen mussten. Pearl war zudem sehr verschmust, wir wussten immer ganz genau, wann sie eine Streicheleinheit brauchte. Dazu hat sie sich nämlich immer auf die Seite gelegt und wie wild mit dem Schwänzchen auf den Boden geklopft, hach, und wenn dann wirklich jemand zum Streicheln kam ... herrlich.

Nach der Niereninsuffizienz Diagnose hatte sie noch vier schöne Jahre, wir konnten ihre Blutwerte teilweise auch wieder so weit verbessern, dass diese im Normalbereich lagen und man nur noch im Urin die Krankheit nachweisen konnte. Leider schlich die Erkrankung immer weiter voran und zog jede Menge Begleiterscheinungen mit sich. An einem Abend lag sie einfach da und hat nicht mehr geatmet, wir haben sie dann geschüttelt und sie kam wieder zu sich. Am nächsten Morgen gingen wir direkt zum Tierarzt, wir hatten mittlerweile gewechselt, weil wir das Vertrauen zu der alten Tierärztin komplett verloren hatten. Der neue Tierarzt fand heraus, dass Pearls roten Blutkörperchen verklebt waren. Sie hat dann dort sofort eine Infusion bekommen und wir sollten das auch zu Hause weiter fortführen, was Pearl sich zum Glück alles gefallen ließ. Wir haben dann dreimal am Tag für jeweils anderthalb Stunden mit ihr auf der Couch gesessen, während die Infusion durchlief. Wir hatten die Maus danach nur noch ein Dreivierteljahr bei uns.

Leider sind die Nieren auch maßgebend mit an der Produktion der roten Blutkörperchen beteiligt und sie hatte davon immer weniger.

Es kam der Tag, an dem sie dann nicht mehr fressen wollte. Wenn ein Labrador nicht mehr frisst, stimmt etwas ganz gewaltig nicht. An ihrem letzten Tag sprang sie immer wieder panisch auf und hat nach Luft gejapst. Sie hat genug Luft bekommen, aber durch die Blutarmut konnte nichts mehr den Sauerstoff in ausreichender Menge in die Zellen transportieren. Wir haben uns dann schweren Herzens entschieden, beim Tierarzt anzurufen. Vorab hatten wir schon geklärt, dass er zu uns kommt.

Am Vorabend hatten wir uns auf der Internetseite eines Tierbestatters informiert, als hätten wir geahnt, wie schnell jetzt doch alles gehen würde, und besprochen, was mit ihr geschehen sollte. An diesem Abend war sie sehr unruhig und hat keine Ruhe gefunden, ich habe mich dann zu ihr auf den Teppich gelegt und sie konnte ein bisschen schlafen.

Am nächsten Mittag kam unser Tierarzt und hat das Unvermeidliche erledigt. Pearl ist ganz friedlich und ruhig eingeschlafen. Ich hatte mir noch ein paar Tröpfchen Blut von ihr abnehmen lassen, habe es aufbereiten lassen und trage es seitdem in einer kleinen Glasphiolen an meiner Halskette. Zwei Stunden hatten wir noch mit ihr, Zeit, um Abschied zu nehmen, bis der Tierbestatter kam und alles Weitere mit uns besprach. Wir hatten uns für eine Einzelverbrennung entschieden und eine schöne bunte Glaskugel als Urne ausgesucht. Pearl steht jetzt in meinem Büro und ist nach wie vor mit dabei.

Auch wenn wir rückwirkend betrachtet mit Sicherheit einige Fehler gemacht haben, möchten wir die Zeit mit dir nicht missen und sind froh, dich elf Jahre und einen Monat an unserer Seite gehabt zu haben. Du wirst immer in unseren Gedanken weiterleben und wir denken gerne an dich zurück.

Unsere Ellie

Um sich von Pearls Tod abzulenken, hat mein Mann noch am selben Abend angefangen, im Internet nach Labradorwelpen zu suchen, denn uns war klar, dass definitiv wieder ein Hund bei uns einziehen würde. Wir haben dann für den nächsten Tag einen Besuchstermin bei einem großen Züchter im Bayerischen Wald ausgemacht. Die Welpen waren gerade vier Wochen alt und konnten besucht und angesehen werden. Auch ich war froh über die Ablenkung, denn in unserem Haus war es nicht auszuhalten, überall haben wir Pearl gesehen und gehört. Das blieb auch eine ganze Weile noch so.

Beim Züchter wurden wir in einen Besucherraum geführt und die Welpen dann zu uns gebracht. Wir hatten vorher besprochen, dass die Rüden bei der Mama bleiben könnten, da wir definitiv wieder eine Hündin haben wollten. Die zwei Mädchen waren so unterschiedlich wie der Tag und die Nacht. Die kleinere hat gejammert und sich nur bei der Pflegerin versteckt, die andere kam schnurstracks auf mich zu und war total neugierig, ist auf mir herumgeklettert und hatte überhaupt keine Angst. Der Züchter und die Pflegerin haben sich ganz entgeistert angesehen und meinten dann nur: „Die Entscheidung ist wohl gefallen." Wir haben dann gesagt, dass die Kleine, wenn sie sich so zu uns hingezogen fühlt, ihre Chance bekommen sollte.

Mit knapp zehn Wochen konnten wir unsere Ellie dann abholen. Der Züchter gab uns noch mit auf den Weg, dass wir uns wohl für den Wurfrabauken entschieden hätten und das bitte immer im Hinterkopf behalten sollten.

Ziemlich schnell merkten wir aber, dass Ellie anders war. Sie war ein sehr widersprüchlicher Hund. Auf der einen Seite sehr anhänglich und verschmust, auf der anderen Seite völlig verrückt und unerziehbar. In den ersten Monaten haben wir uns oft gefragt, ob wir ihr gewachsen sind oder sie nicht doch bei anderen Menschen besser aufgehoben wäre. Aber man schließt so ein kleines Fellknäuel sehr schnell ins Herz und denkt sich dann nur, Augen zu und durch, auch sie wird irgendwann ruhiger werden.

Schlussendlich war das die richtige Entscheidung. Wir mussten nur lernen, mit ihr umzugehen. Völlig Labrador untypisch hat sie sich von fremden Menschen nicht anfassen lassen und wenn, aus ihren Augen nötig, auch danach geschnappt. Generell hat sie anfangs viel gebissen. Auch wir haben ziemlich ramponiert ausgesehen. Unser Haus hat sich auch sehr schnell verändert, jegliche Deko in erreichbarer Hundehöhe haben wir weggeräumt. In der Küche waren Absperrgitter für Kleinkinder an der Arbeitsplatte, weil Ellie alles geklaut hat. Sie hat auch schnell herausgefunden, dass, wenn sie mit den Hinterbeinen auf die Griffe der unteren Schrankschubladen klettert, noch 25 Zentimeter mehr von der Arbeitsplatte erreichen kann. Wir konnten überhaupt nichts mehr liegen lassen – nicht nur Essbares, nein, denn Ellie konnte alles gebrauchen. Staubsaugen und Boden wischen waren eine Katastrophe. Jeder Putzlappen wurde gnadenlos geklaut. Egal ob in der Hand oder nicht, egal ob wir dann Kratzer hatten oder nicht, das war ihr völlig schnuppe. Als Ellie ein halbes Jahr alt war, haben wir uns professionelle Hilfe in Form eines Hundetrainers, der ins Haus kommt, geholt. Nach einigen Unterrichtsstunden konnte sie dann wenigsten einigermaßen normal an der Leine gehen.

Der Trainer warf irgendwann das Handtuch und meinte: „Ich kann mit ihr nicht arbeiten, sie hört ja nicht mal auf ihren Namen, wenn man sie ruft."

Mittlerweile war es Sommer geworden und wir schlugen uns alleine mit ihr durch. Am Abend, ich war mit Elli beim Gießen im Garten, fiel mir auf, dass man Ellie ruhig erklären konnte, dass sie bestimmte Dinge einfach nicht machen sollte. Sie hat permanent in die Brause des Gartenschlauchs gebissen und sich oft böse am Wasser verschluckt. Anfangs habe ich geschimpft, was sie nur noch wilder machte. Bis ich ihr dann ruhig erklärte, dass das so nicht gehe – und sie hat tatsächlich damit aufgehört und fortan neben mir gesessen und nur noch zugeschaut. Das wiederholte sich in den kommenden Tagen und wir haben unsere Erziehung komplett geändert. Allerdings haben wir die alteingesessenen Macken nicht mehr herausbekommen. Hier konnten wir nur noch abmildern, indem wir zum Beispiel beim Wischen Leckerlis geworfen haben.

Erstaunlicherweise hat Ellie andere Hunde über alles geliebt und war super gut sozialisiert. Selbst Hunde, von denen wir wussten, dass die schon gebissen hatten, konnte sie mit ihrem Charme, den hatte sie definitiv, um den kleinen Finger wickeln und oft sogar zum Spielen animieren. So mit einem Dreivierteljahr durfte sie dann für einen halben Tag in der Woche in eine Hundetagesstätte gehen und sich dort richtig austoben. Das hat ihr unheimlich gutgetan.

Ellie brauchte zum Einschlafen immer Körperkontakt mit uns. Waren wir mit ihr draußen unterwegs, war sie völlig verrückt nach Stöckchen. Allerdings war ihre Spielweise sehr ungestüm und rabiat. Wie oft hatte ich blutige Kratzer, wenn sie wie so oft meinte, mir einen Stock einfach aus den Fingern reißen zu müssen. Leider hatten die altbewährten Erziehungsmethoden, das Spiel abzubrechen und wegzugehen, hier auch versagt.

Mit zwei oder mehr Stöcken ging es aber ganz gut. Wenn sie einen in der Schnauze hatte, konnte man den nächsten in Ruhe werfen. Ellie war zwar eine Hündin, aber irgendwie auch ein richtiger Kerl, sie hatte vor nichts Angst und hat auch neue Situationen ohne Scheu gemeistert. Da hat sie uns auch nie infrage gestellt. Sie war zudem sehr geschickt, wenn es darum, ging auf Baumstämme, die Wald gelagert waren, zu springen. Hat dort thronend auch gerne Sitz und Platz gemacht.

Entsprechend abwechslungsreich konnten wir dann unsere Gassirunden gestalten. Ich hatte bei anderen Hundebesitzern schnell den Namen *Die Stöckchenfrau* weg. Ellie büxte auch gerne mal aus und wir mussten immer wieder auf die Suche nach ihr gehen. Unsere Tierärztin gab uns dann den Tipp, sie mit einem GPS-Sender auszustatten. Das funktioniert recht gut – man sah genau, wo der Hund sich gerade aufhielt. Allerdings ist sie ab Montage des Gerätes nicht mehr weggelaufen, als hätte sie es gewusst.

Im Haus hat unsere Ellie wahnsinnig gern mit Bällen gespielt. Am liebsten einen nach dem anderen werfen und fangen, das hätte sie stundenlang machen können. Eine sehr liebenswürdige Angewohnheit von ihr war, sobald sie nackte Haut gesehen hat, musste sie dran lecken. Das war im Sommer immer besonders lustig: Wenn die Damen mit Sandalen schrien, wussten wir: Ellie leckt Füße. Ein Highlight war für sie das Hundeschwimmen in einem Frankfurter Schwimmbad, da hat sie unheimlich viel Spaß gehabt, Spielzeug aus dem Wasser zu apportieren.

Während eines Urlaubs im Herbst, uns war etwas langweilig, die Gassiwege alle bekannt, kamen wir auf die Idee, mal zu schauen, was man mit Hund in der Gegend noch unternehmen konnte. Da wir noch nicht so richtig wussten, wie das mit dem Jagen bei ihr aussieht, beschlossen wir, eine Straußenfarm und einen Esel-Park mit ihr zu besuchen, um dort ein kleines Antijagdtraining zu absolvieren. Das fand sie total spannend und hatte Spaß, die Tiere anzuschauen.

Im Esel-Park gab es einen ungefähr 20 Meter langen Stall. Links standen in Abteilen die Esel, rechts war ein vielleicht 2,50 Meter breiter Durchgang, in dem ein einzelner Esel stand. Die anderen hatten gerade Futter bekommen und standen abgetrennt, aber doch zum Gang hin, und fraßen. Beim ersten Versuch, durch diesen Stall zu gehen, hat Ellie gestreikt, wir haben uns dann erst mal den restlichen Park angeschaut, in dem es auch Hühner und Hasen gab. Am Ende unseres Besuchs habe ich einen zweiten Versuch gestartet, mit Ellie durch den Eselstall zu laufe, und siehe da, sie lief ohne Probleme an der kurzen Leine mit mir durch, ohne Angst und völlig entspannt. Auch die Esel haben sie nicht weiter interessiert.

Bei einem weiteren Ausflug im Opel Zoo gab es eine niedliche Szene mit einem Affen. Der saß an der Scheibe gelehnt und hat die Besucher beobachtet. Ellie hat von außen an der Scheibe geleckt und er hat versucht, sie anzufassen. Das war alles sehr friedlich und zugeneigt, da war von beiden Seiten keine Angst oder gar Aggression zu spüren.

Vor den Ziegen im Streichelzoo hatte sie ein bisschen Angst, allerdings hatten sich da zwei Buben auch ein in der Wolle und sind aufeinander losgegangen, das war ihr wohl ein wenig unheimlich.

Ellie war ein richtiger Feger, sie fand es toll, über die Couch in den Garten zu springen, um ein geworfenes Spielzeug zu holen. Das sah immer so aus, als ob sie fliegen würde. Wenn sie aus dem Garten schnell rein wollte, lief sie auch nicht um das Sofa herum, sondern sprang von draußen kommend darüber hinweg.

Mit eineinhalb Jahren ist Ellie zum ersten Mal läufig geworden und hat uns direkt mit einer, zum Glück milden, Scheinschwangerschaft überrascht. Sie hatte einen kleinen schwarzen Gummipinguin als ihr Baby ausgewählt und diesen immer wieder jammernd zu mir gebracht. Ich hatte das Gefühl, dass sie mich bitten wollte, den Pinguin lebendig zu machen. Am zweiten Tag habe ich den Pinguin direkt vor einem Spaziergang versteckt und nach zwei Tagen zeigte Ellie wieder ein normales Verhalten. Die zweite Läufigkeit wurde noch abenteuerlicher, während der Standhitze wollte sie nicht mehr richtig fressen, konnte nachts kaum noch schlafen, saß jammernd vor der Haustür und hat zum krönenden Abschluss angefangen, uns zu besteigen. Damit war für uns klar, dass wir Ellie kastrieren lassen. Wir wollten keine Welpen und für sie war die Läufigkeit Stress pur. Dies geschah dann im November. Während des folgenden halben Jahres wurde Ellie deutlich ruhiger und folgsamer.

Im Oktober bemerkten wir, dass einige äußere Lymphknoten geschwollen waren. Wir gingen mit ihr umgehend zum Tierarzt. Bei der ersten Untersuchung hatte er eine infektiöse Erkrankung schon ausgeschlossen, weil sie dafür viel zu fit war und in keiner Weise einen kränklichen Eindruck machte. Er hat mithilfe einer Spritze Lymphflüssigkeit entnommen, um nach veränderten Zellen Ausschau zu halten. In den nächsten Tagen waren immer mehr Lymphknoten betroffen. Vom Tierarzt erfuhren wir schließlich, dass in der entnommenen Probe veränderte Zellen enthalten waren, damit wussten wir nun, dass Ellie Lymphdrüsenkrebs hatte. Zur weiteren Abklärung sollten wir erneut vorbeikommen, um herauszufinden, welche Form sie tatsächlich hatte. Hier gibt es mildere und aggressivere Formen: B-Zellen Typ: meist mildere Form mit höherer Lebenserwartung, hier wird auch noch nach Heilmethoden geforscht. Und der T-Zellen Typ: aggressive Form mit meist geringer Lebenserwartung.

Während dieser Untersuchung wurde Ellie mittels Kurznarkose schlafen gelegt und es wurden Gewebeproben entnommen. Bei einem Ultraschall konnte man sehen, dass nicht nur die äußeren Lymphknoten betroffen waren, sondern sämtliche Lymphknoten im ganzen Körper. Leider ergaben die Gewebeproben schließlich, dass Ellie die schlimmste Form vom Krebs hatte, den T-Zellen Typ. Unser Tierarzt sagte uns direkt: „Wenn einer meiner eigenen Hunde solch eine Diagnose bekommen hätte, würde ich außer Symptomen, die mit der Krankheit einhergehen, nichts mehr behandeln und die verbleibende Zeit einfach genießen.“

Da Ellie aber noch so jung war und noch relativ fit, sie war zwar jetzt schneller erschöpft beim Gassigehen, hat mehr geschlafen und schwerer geatmet, aber das lag an den geschwollenen Lymphknoten, die die Luftröhre verschoben, hatten wir uns entschlossen, eine Chemotherapie machen zu lassen. Heilung war bei der Diagnose zwar komplett ausgeschlossen, aber immerhin hätte man so noch ihr doch noch so junges Leben sechs bis acht Monate verlängern und ihre Lebensqualität verbessern können. Der erste Block der Chemo bestand aus vier Wochen mit einer Medikamentengabe pro Woche, im Wechsel intravenös und oral verabreicht. Normalerweise vertragen Hunde diese Medikamente sehr gut, oft sogar ohne größere Nebenwirkungen. Leider hat Ellie schon diese ersten, eher noch harmlosen Chemo-Medikamente überhaupt nicht vertragen und mit sehr hohem Fieber reagiert, welches wir aber mit fiebersenkenden Mitteln schnell im Griff hatten. Um einer Chemo bedingten Sepsis vorzubeugen, musste sie außerdem Antibiotika nehmen. Ihr ging es zwei Tage nach der Chemo immer sehr schlecht, aber die restlichen Tage der Woche war sie fit, gut drauf und hatte Spaß. Mit unserem Tierarzt waren wir so verblieben, wenn die guten Tage in der Überzahl bleiben würden, könnte Ellie damit leben und litt darunter auch nicht übermäßig. Während dieser Zeit wurden die Lymphknoten auch deutlich kleiner und waren teilweise gar nicht mehr zu ertasten.

Nach einer Behandlungspause fing Anfang Dezember der zweite Chemoblock an. Jetzt wurden die Medikamente härter und bereits nach der ersten Gabe war uns klar, dass wir diese Form der Therapie abbrechen mussten, denn Ellie ging es immer schlechter. An einem Samstag fuhren wir mit ihr noch einmal zum behandelten Arzt, im Blutbild war mittlerweile zu erkennen, dass die Leber durch die Medikamente entzündet und angeschwollen war. Wir haben noch versucht, durch Gabe von Kortison eine Besserung zu erzielen, aber am Sonntagmorgen haben wir unter Tränen entschieden, sie nicht länger zu quälen.

Wir fuhren mit ihr dann schweren Herzens wieder zum Tierarzt und haben sie erlöst. Das war genau eine Woche vor Heiligabend und Ellie war auf den Tag genau dreieinhalb Jahre alt geworden. Wir erkundigten uns beim Tierarzt noch, wo die schweren Atemgeräusche unserer Hündin plötzlich hergekommen waren? Er sagte dann nur, dass sie wahrscheinlich schon eine Lungenembolie hatte und dass damit selbst bei gesunden Hunden die Überlebenschance sehr gering sei.

Ich rieche unseren Hunden so gerne in den Ohren, das wollte ich im Behandlungsraum auch bei Ellie ein letztes Mal machen und war erschrocken, weil die Haut im Ohr ganz gelb aussah, also hatten wir da noch mal die Bestätigung, dass die Leber extrem angegriffen war und wir die richtige Entscheidung getroffen hatten. Auch Ellie haben wir verbrennen lassen und auch sie steht in meinem Büro und ist jeden Tag mit dabei. Ihre Urne ist ein Glastropfen, nicht richtig rund, ein bisschen zipfelig, ganz so, wie Ellie zu Lebzeiten gewesen ist. Rückwirkend betrachtet glaube ich, dass Ellie von Anfang an gespürt hat, dass ihre Zeit sehr begrenzt ist und einfach versucht hat, den größtmöglichen Spaß in ihrem Leben zu haben, und versucht hat, alles zu erleben und auszuprobieren, wofür sonst ein normal langes Hundeleben zur Verfügung stehen würde.

Abgesehen von deinen Eigenheiten warst du ein sehr liebenswürdiges und niedliches Hundemädchen, verschmust und anhänglich. Während des letzten Jahres hast du uns viel Freude gemacht und wir hatten uns gefreut, dich trotz der Schwierigkeiten so gut hinbekommen zu haben. Nie im Leben wollen wir die Erfahrungen mit dir missen und sind glücklich und froh, dass du wenigstens die kurze Zeit an unserer Seite warst.

Benji gibt mehr als nur Pfötchen

Es ist jetzt schon fast vier Jahre her, dass unsere Hündin Sina, eine weiße Schäferhündin, gestorben ist und mir bewusst wurde, dass ich wieder einen großen Hund brauche. Ich hatte ja noch zwei kleine – eine Havaneser-Dame und ein Yourki-Mädchen, aber so richtig glücklich war ich damit nicht, vor allem waren das die Hunde meiner Frau.

Als mir an einem Nachmittag plötzlich dieser Hund entgegenkam, der so unglaublich schön war, fragte ich dessen Besitzer, was dies für eine Rasse sei?

„Ein Australien Shepherd", sagte er nur.

Und ich dachte: „Den Namen habe ich noch nie gehört." Kaum zu Hause, suchte ich im Internet nach dieser Rasse … und was soll ich sagen, sie entsprach genau meinen Vorstellungen von meinem zukünftigen Hund. Aktiv, anhänglich, sportlich, freundlich und intelligent. Also ein Hund für Freizeit und Sport.

Jetzt musste ich nur noch meine Frau davon überzeugen, dass jetzt die Zeit für einen neuen Hund gekommen war. Leider war sie immer noch so tief in Trauer, dass sie von dem Thema nichts wissen wollte. Also versuchte ich es mit Welpenbildern, und zwar überall im Haus – im Schlafzimmer, im Bad, in der Küche, ja sogar in ihre Handtasche hatte ich welche versteckt.

Nun, was soll ich sagen, nach nur einer Woche hatte ich es geschafft. „Wir können uns ja mal einen anschauen", sagte sie.

Klar, dass ich mir schon längst einen Züchter gesucht hatte. Also ging es am Wochenende zu dem besagten Züchter in der Nähe von Koblenz. Da wir schon immer Weibchen hatten, war es auch dieses Mal klar, dass es wieder ein Mädchen werden sollte. Nachdem wir uns beim Züchter etwas umgeschaut hatten, ging es zu den Welpen nach draußen. Wir beobachteten sie genau, um den einen oder anderen Charakterzug zu erkennen. Der Züchter konnte uns sehr viel über jeden einzelnen Welpen erzählen.

Nach einiger Zeit meinte meine Frau: „Das Mädchen nehmen wir!",
und zeigte mit dem Finger auf einen kleinen Welpen, der ganz ruhig in
der Ecke sitzend verweilte.

„Das ist aber ein Junge", sagte der Züchter zu ihr.

„Na gut, dann wird es diesmal halt ein Junge."

Rein *zufällig* hatte ich mir zu Hause schon das Geld eingesteckt, also
konnten wir den Welpen gleich mitnehmen. Auf der Heimfahrt fiel
uns dann auf, dass wir ja völlig unvorbereitet waren. Wir hatten weder
Körbchen noch Leine oder Geschirr für den Kleinen. Also ging es erst
einmal in ein Zoofachgeschäft. Dort war die Aufregung riesig, als wir
mit dem Welpen durch die Tür kamen und meinten, dass wir eine Erst-
ausstattung benötigen würden.

Als wir dann alles zusammen hatten, ging es nach Hause, denn dort
warteten ja die Kinder. Sie hatten keine Ahnung, dass wir einen Hund
mitbringen würden, und somit war auch dort die Aufregung riesen-
groß. Nach ein paar Stunden spielen und die Umgebung erkunden,
waren alle so müde, das sie einschliefen.

So vergingen die ersten Wochen wie im Flug. Der Welpe Benji entwickelte sich prächtig! Es machte großen Spaß, zu sehen, mit welchem
Interesse er alle Eindrücke in sich aufsaugte. Bald gingen wir in eine
Hundeschule zur Welpenstunde und so langsam wurde es auch Zeit
für etwas Grundgehorsam. Da in der Hundeschule ständig alle Kurse
belegt waren, schaute ich mich nach einer Alternative um und fand den
Verein der Hundefreunde Bad Kreuznach, der sowohl einen Grund-
gehorsam-Kurs als auch einige Sportarten für Hunde im Anbot hatte.
Ich schaute mir das Training dort an und sprach mit den Ausbildern.

In der darauffolgenden Woche war es dann so weit, ich fuhr mit Benji zum Vereinsgelände und nahm am ersten Training teil. Ich war begeistert, wie schnell Benji lernte. Auch das Miteinander der einzelnen
Vereinsmitglieder fand ich sehr harmonisch, also wurde ich Mitglied
des Vereins und so kam es auch, dass ich gleich mehrere Sportarten
mit Benji ausprobieren wollte. Den Anfang machte Agility, das ich mir
schon einmal anschauen konnte. Ich konnte mir gut vorstellen, dass es
auch Benji Spaß machen würde. Anfangs lief es sehr gut. Benji lernte
nach und nach die verschiedenen Hindernisse kennen – und ich lernte
Benji besser kennen: Wie er lernte und wie ich mich verhalten musste,
damit er verstand, was ich von ihm wollte. Das war und ist bis jetzt das
Faszinierendste an der Arbeit mit dem Hund.

Wir lernten so viel, dass unser Trainer eines Tages sagte: „Wie sieht es eigentlich mit der Begleithunde-Prüfung bei euch aus? Wann möchtest du sie denn machen?"

Ich war sehr erschrocken und doch zugleich geschmeichelt. Wir waren zwar schon fast ein Jahr im Verein und Benji gehorchte recht gut, aber waren wir schon gut genug für diese Prüfung? Ich vertraute natürlich dem Urteil meines Trainers und fing mit der Vorbereitung zur Begleithundeprüfung an.

Kurze Zeit später geschah dann aber etwas, das unserem Vorhaben, Turniere im Agility zu laufen, ein Ende bereitete. Benji war bei einem Sprung über die Hürde so hart gegen den Ausleger gekommen, dass er sich bei der Landung den Fuß verletzte. Ab diesem Zeitpunkt verweigerte er mir jeden Sprung und ich beschloss für uns, mit dieser Sportart aufzuhören.

Zum Glück gab es ja noch die Vorbereitung zur Begleithunde-Prüfung, von der mir mein Trainer vom Turnierhundesport (THS) erzählte. Er erklärte mir genau, worum es da ging, und ich testete es mit Benji aus. Auch an diesem Sport fand Benji eine gewisse Begeisterung, allerdings nicht die gleiche wie bei Agility. So machten wir unsere Begleithunde Prüfung und gingen einmal pro Woche zum Turnierhundesport.

Zur selben Zeit besuchte ich immer mal wieder mit Benji meine Frau bei ihrer Arbeit. Ich muss dazu sagen, dass meine Frau in einem Wohnheim für Menschen mit Behinderungen arbeitet. Dort galt der Besuch von Benji zu einem absoluten Höhepunkt. Darum kam es immer öfter vor, dass wir darum gebeten wurden, mit Benji zu Besuch zu kommen. Benji hatte sichtlich Spaß daran, diese Menschen zu besuchen und genoss es, im Mittelpunkt zu stehen.

So kam mir irgendwann der Gedanke, ich könnte doch Benji zu einem Therapiehund ausbilden lassen. Für mich war es immer schon wichtig, dass ich, wenn ich etwas anfange, es auch richtig mache! Und mit einer professionellen Ausbildung fühlte ich mich einfach sicherer.

Aber wo konnten wir so etwas machen? Im Internet gab es viele Möglichkeiten, die auch alle unterschiedlich in Dauer und Preis der Ausbildung waren.

Da fiel mir eines Tages ein Aufkleber mit der Aufschrift *Therapiehunde Lebensfreude e. V. – Wir geben mehr als Pfötchen* an einem Auto auf. Also besuchte ich am selben Tag noch die Homepage des Vereins und siehe da, er war sogar in meiner Nähe. Ich setzte mich mit dem

Verein in Verbindung und wurde auch zu ihrem nächsten Eignungstest eingeladen.

Ich vergesse nie, wie nervös ich an diesem Tag war. Zwar ist Benji ein toller freundlicher Hund, allerdings ist und bleibt er ein Hund, der auch mal anders reagiert, als man denkt.

Nun gingen wir also in diese Prüfung, die eigentlich in einem sehr harmonischen, aber doch sehr strukturierten Rahmen stattfand. Da ich aber extrem nervös war, übertrug ich dieses Gefühl auch auf meinen Hund, der von diesem Zeitpunkt an nicht mehr das machte, was ich von ihm wollte. Daraufhin zweifelten die Prüfer, ob es für Benji denn die richtige Ausbildung wäre.

Ich war sehr enttäuscht, bis eine der Prüferinnen sagte: „Ihr geht doch immer in das Wohnheim, da schauen wir uns Benji mal an.“

Nach noch nicht einmal zwei Wochen war es dann so weit, Benji und ich gingen unseren gewohnten Weg ins Wohnheim, doch diesmal in Begleitung der Prüferin. Nach dem ersten Kontakt mit einem der Bewohner war klar, dass Benji mehr als geeignet für die Ausbildung war. Also ging es im September 2015 in die einjährige Ausbildung zum Therapiehund. Wir waren jetzt offiziell Azubis!

Am ersten Tag der Ausbildung war ich überrascht, nicht nur, weil ich der einzige Mann in der Runde war, nein, ich war auch der einzige Teilnehmer, der nicht beruflich im Bereich Pflege oder Therapie beschäftigt war. Ich bin gelernter Maler und das war für viele doch verwirrend.

Die Ausbildung war erstaunlicherweise sehr umfangreich: Vom guten Grundgehorsam über das Erlernen von verschiedenen Eindrücken bis hin zu einem halben Jahr theoretischer Unterricht war alles dabei. In dieser doch sehr intensiven Zeit des Lernens habe ich sehr viel über meinen Hund erfahren. In der Ausbildung wurde sehr viel Augenmerk auf das Thema *Körpersprache Hund* gelegt, wovon ich heute noch profitiere. Auch solche Dinge wie *Erste Hilfe am Hund* und *Massage am Hund* sind für mich Erfahrungen, die ich heute noch nutze.

Aber so aufregend diese Zeit auch war, so schnell ging sie auch vorbei, und so kam es, dass wir plötzlich vor unserer Abschlussprüfung standen. Ich hatte zwar schon eine theoretische Prüfung sowie eine praktische Zwischenprüfung bestanden, aber das hier war für mich etwas anderes.

Ich versuchte, mich daran zu erinnern, wie es bei meinen Hospitationen gewesen war. Also in der Zeit, in der wir mit unserem Hund unter Leitung eines erfahrenen Therapiehundebesitzers in Einrichtungen waren, um dort zu lernen, wie sich so ein Besuch darstellen konnte. Diese Hospitationen mussten wir Azubis ja in allen Bereiche wie Senioren, Kinder und auch Menschen mit Behinderung machen, um einen Einblick in die Besuchswelt zu bekommen.

Trotzdem blieb eine Abschlussprüfung. Vor allem, weil der Verein seine Abschlussprüfung von einer unabhängigen externen Prüferin prüfen lässt und keiner von uns diese Prüferin kannte. Uns wurde zwar während der Ausbildung immer wieder gesagt, auf was es ankäme, doch ich wusste noch, wie es beim Eignungstest gelaufen war, bei dem ich so nervös gewesen war. Aber was soll ich sagen, am Ende des Tages hatten wir Benji und ich unsere Prüfung bestanden und durften uns ab jetzt Therapiehunde-Team nennen.

Nun ging es also los. Ich hatte ja schon einige Male die Einrichtung meiner Frau besucht, allerdings noch nicht als ausgebildetes Team. Ich hatte am Anfang einige Besuche in einem Bereich der tagesstrukturierenden Angebote, doch es kamen immer mehr Wohngruppen auf mich zu und wollten von uns besucht werden. Also fing ich an, zu überlegen, wie ich dem Ganzen gerecht werden könnte. Es ist ja ein Ehrenamt und somit ein Hobby und dies sollte immer entspannt bleiben.

Da ich im Verein inzwischen auch aktiv in der Öffentlichkeitsarbeit mitwirkte, fand ich schnell einige Mitglieder unseres Teams, die auch nicht genau wussten, wie sie ihre Besuche planen und strukturieren sollten. So ergab es sich, dass wir mit vier Hund-Mensch-Teams nach einem Ort suchten, an dem wir uns mit denjenigen treffen konnten, die von uns besucht werden wollten, und zwar unabhängig von Wohngruppe oder Behinderung.

So kam es, dass uns eines Tages die Leiterin der Teestube anbot, unsere Treffen bei ihr in der Teestube abzuhalten. Sie bot uns an, einem Tag der Woche, an dem die Teestube geschlossen hat, extra für die Therapiehunde zwei Stunden zu öffnen. Das Angebot nahmen wir natürlich gerne an. Seit diesem Tag gehen wir regelmäßig zur Teestube, um behinderten und nicht behinderten Menschen mit unseren Hunden ein Stück Lebensfreude zu schenken.

Wer einmal gesehen hat, was ein Hund bei anderen Menschen auslösen kann, wird mich verstehen. Benji und ich besuchen mittlerweile schon seit Jahren immer wieder dieselben Personen, die aber ganz unterschiedliche Ansprüche an ihn haben. Mal wird mit ihm gespielt, mal lösen sie mit ihm Geschicklichkeitsspiele, andere möchten nur seine

Nähe spüren und mit ihm kuscheln. Also all das, was ich als Hundebesitzer automatisch habe.

Ja, wir haben sogar schon Menschen dabei gehabt, die unter Angst vor Hunden litten und erst einmal nur zuschauen wollten. Mittlerweile streicheln und füttern auch sie Benji mit Freude.

Neben der Therapiehundearbeit besuchen Benji und ich immer noch regelmäßig den Verein der Hundefreunde, um auch etwas Abwechslung in unser Leben zu bringen. Zwar kann ich durch meine Gesundheit keine sehr sportlichen Aktivitäten mehr machen, aber für Gehorsamkeitstraining ist Benji immer zu begeistern.

Da es im Verein der Hundefreunde auch immer wieder mal Veränderungen gab und uns der eine oder andere Trainer durch Umzug oder berufliche Veränderung ausfiel, ließ ich mich aufgrund meiner Erfahrung und der Begeisterung, mit Hunden zu arbeiten, zum Trainer ausbilden. Nun stehe ich also dreimal in der Woche auf dem Hundeplatz und gebe selbst Unterricht.

Ich werde niemals vergessen, dass ich, als wir Benji kauften, *nur* einen Familienhund haben wollten, mit dem ich ab und zu etwas Sport machen konnte. Ich habe nämlich so viel mehr bekommen als das. Benji ist zu einem Freund, Vertrauten und zu einem Teil meiner Familie geworden.

Meilo – vom Tötungshund zum Therapiehund

Mein erster Hund, mein Seelenhund Zeus starb im Alter von nur zwei Jahren und drei Monaten durch einen aus meiner Sicht vermeintlicher Ärztefehler. Für mich begann die schlimmste Zeit meines Lebens. Ich war in einer Beziehung, in der ich nur leiden musste, und mein Rottweiler, der mein Fels in der Brandung war, mein bester Freund, mein ganzer Halt, wurde mir einfach genommen.

Ich werde diesen einen entscheidenden Tag, an dem ich meinen Hund in diese Tierklinik brachte, in meinem ganzen Leben niemals vergessen können, und kann mir auch diesen Schritt bis heute nicht verzeihen. Ich konnte nicht mehr schlafen, kein Essen mehr bei mir behalten und weinte Tag und Nacht.

Auch die noch vorhandenen sechs Hunde meiner damaligen Partnerin, die ich auch alle sehr liebte, konnten das Loch in meinem Herzen nicht füllen und mir meinen Schmerz über den Verlust meines geliebten Hundes nicht nehmen. So musste ich selbst zum Arzt, dieser verordnete mir Antidepressiva und zog mich für einige Wochen aus dem Verkehr. Ich war weder in der Lage, meiner Arbeit nachzukommen, noch hatte ich einen geregelten Alltag und nahm in nur vier Wochen ganze fünfzehn Kilo ab. Dass so etwas überhaupt möglich war, hätte ich vorher niemals geglaubt. Dazu noch das Leid und diese furchtbare Angst in meiner Beziehung. Auch da hatte ich weder den Willen noch die Kraft, etwas zu ändern ...

... bis ich eines Abends meinen Laptop aufgeklappt vorfand – mit der geöffneten Homepage der *Armen Pfoten*. Ich schaute abwesend Seite um Seite durch, und alle Hunde taten mir so unendlich leid, aber das Gefühl, etwas tun zu können, hatte ich nicht. Bis ich die Bilder von Meilo sah, in Spanien noch Katxopo genannt. Lange saß ich am Tisch und schaute dieses arme, ängstliche und traurig schauende Kreatur an. Und dann wurde mir klar, dieser Hund gehörte zu mir, diesen Hund musste ich retten. Ich wollte ihn adoptieren!

Ich verspürte das gleiche Gefühl, dass ich auch damals empfunden hatte, als ich das erste Mal ein Foto von Zeus sah, genau wie diese Gewissheit, dass dieser Hund einfach zu mir passte.

Bei schon sechs im Haushalt lebenden Hunden sagte mir jeder, ich sei verrückt und solle es lassen. Auch noch *so einen*, also einen Rottweiler-Mischling aus der Tötungsstation, und schon zwischen einem und zwei Jahre alt. Viele Stimmen von allen Seiten wurden laut und prophezeiten mir, dass ich es bereuen und der Hund mir nur Ärger und Probleme machen würde. Auch meine damalige Partnerin war anfangs gegen diesen Hund und somit auch gegen meine Entscheidung, genau diesen Vierbeiner retten zu wollen.

Aber ich hatte meinen Willen zurück und die Kraft gefunden, mich dieses Mal durchzusetzen. Somit setzte ich mich an meinen Laptop und schrieb eine E-Mail an die *Armen Pfoten* – so kam mein Meilo zu mir. Als ich eine Hand brauchte, die mich aus dem Elend holt, fand ich eine Pfote!

Von Anfang an war zwischen mir und Meilo ein starkes Band der Verbundenheit, er war mein Schatten, der mich von nun an durch mein Leben begleitete, wir vertrauten einander von der ersten Sekunde an. Schon am dritten Tag fasste ich den Mut, ihn ohne Leine laufen zu lassen, und wie ich es eigentlich schon vorher gewusst hatte, folgte er mir auf Schritt und Tritt und ließ mich keine einzige Sekunde aus den Augen. Das Glück war wiedergekommen und uns beiden ging es von Tag zu Tag immer ein bisschen besser.

Meilos entzündete Augen, Ohren und die vielen offenen Stellen an seinem Bauch verheilten nach einigen Besuchen beim Tierarzt, sein Fell wuchs nach und die kahlen Stellen verschwanden. Seine Angst vor normalen Dingen des Alltages, wie zum Beispiel vor einem ganz normalen Teppich, über den er immer sprang, weil er auf diesen nicht treten wollte, verlor er glücklicherweise sehr schnell. Nur seine Angst vor der Dunkelheit blieb sehr lange.

Aber da neben meinem Bett die Urne von Zeus steht und eine brennende Kerze für ihn, hatte Meilo auch immer ein kleines Licht und an meiner Seite konnten wir so beide wieder schlafen.

Der Streit und die dauernde Angst in meiner Beziehung blieben jedoch und ich merkte schnell, dass Meilo auch darunter litt. Doch mit ihm an meiner Seite kehrten mein Mut, meine Kraft und der Wille auf ein glückliches Leben zurück. Er zeigte mir durch seine Stärke und sein

Vertrauen, dass es sich lohnte, zu leben. Und dass man sich nur trauen musste und die Angst vor dem Neuen nicht gewinnen lassen dürfte. So traute ich mich, auch ihm zuliebe, mich von meiner Partnerin zu trennen. Es tat sehr weh, die anderen sechs Hunde zu verlieren, aber ich wusste, dass es nicht anders ging.

Bis das Haus verkauft war, kamen Meilo und ich bei meinen Eltern unter, denen ich dafür heute noch unendlich dankbar bin. Zuerst auch sehr skeptisch, was meinen neuen Hund betraf, lernten sie Meilo schnell kennen und lieben. Er wurde zum Enkel mit Fell, ein vollwertiges Familienmitglied wie zuvor schon Zeus. Auch die Stimmen der anderen Meckerer wurden leiser und verstummten schließlich, denn mein kleiner Spanier aus der Tötung war völlig problemlos – im Gegensatz zu vielen Hunden genau der Menschen, die mir Schlimmes prophezeit hatten.

Wir fanden schließlich eine schöne Wohnung, nachdem das Haus verkauft worden war, mit netten Vermietern, die auch Meilo von Anfang an sehr mochten. Das schöne und sonnige Leben hatte für uns wieder begonnen. Wir genossen es, hatten Spaß, unternahmen viel und wurden zu einem Team, das ohneeinander nicht mehr konnte.

Nachdem von Meilos Tierärztin öfter die Anmerkung gekommen war, dass er ein ganz besonderer Hund sei und er sich sicher bestens als Therapiehund eignen würde, informierte ich mich, obwohl ich für ihn nie so ein Ziel vor Augen gehabt hatte. Zuerst fand ich nichts, was mir zusagte, denn ich hatte eine ganz eigene Vorstellung, was das Training und den Umgang mit meinem Hund betraf und ließ mir diesbezüglich nicht gerne reinreden. Doch dann stieß ich auf den Verein *Therapiehunde Lebensfreude*.

Das Konzept und die Arbeit gefielen mir sehr gut und nach einem Infoabend stand fest, dass ich uns zum Eignungstest anmelden würde, der vom Verein angeboten wurde. Ganz nach dem Motto: Zu verlieren hatten wir ja nichts.

Meilo meisterte den Eignungstest super und stand den anderen Hunden um nichts nach. So begannen wir die Ausbildung zum Therapiehund und zur Therapiehundeführerin und schlossen diese erfolgreich im Sommer 2018 ab.

Inzwischen ist Meilo ungefähr viereinhalb Jahre bei mir und seit fast einem Jahr machen wir mit unserer Arbeit auch andere Menschen glücklich. Bei unseren gemeinsamen Einsätzen im Kindergarten und im Altersheim haben wir Jung und Alt gezeigt, wie viel Kraft, Freude und Liebe ein Hund geben kann, und auch, dass die Vorurteile über die bösen Kampfhunde nicht stimmen. Man muss auf sein Herz hören und darf nichts auf das geben, was andere sagen.

Der Mensch ist eines der fehlerhaftesten Lebewesen unseres Planeten, aber unsere Hunde lieben uns uneingeschränkt, ohne jemals nachtragend zu sein. So sollte es auch umgekehrt sein, denn das ist das Geheimnis zum Glück. Am Ende habe ich nicht nur Meilo gerettet, sondern er auch mich. Danke an meinen Hund, meinen besten Freund, meinen Lebensretter. Ich werde dir auf ewig dankbar sein und keinen Tag mit dir als selbstverständlich ansehen. Es kann alles so schnell vorbei sein, jeder einzelne Moment, den ich mit dir verbringen darf, ist ein ganz besonderes Geschenk!

Ein neues Leben in meinen Händen

Als Kind hatte ich das Glück, mit unterschiedlichen Tieren aufwachsen zu dürfen. Nebst Kanarienvögeln, Wellensittichen und meinem Nymphensittich Lou gab es in meinem Elternhaus auch immer einen Hund, genau genommen immer einen Rauhaardackel meist schlecht erzogen, aber dennoch geliebt.

Als ich zehn war, durfte das erste Mal eine Dackeldame bei meinen Eltern einziehen, die dann zwei Jahre später einen Wurf mit fünf unglaublich niedlichen Welpen zur Welt brachte. Meine Eltern hatten wohl mal irgendwo gehört, dass eine Hündin einmal in ihrem Leben Junge bekommen sollte. Ich kann mich nicht erinnern, dass es einen, im Hinblick auf die Trächtigkeit hin, Termin beim Tierarzt gab oder irgendwelche anderen vorbereitende Maßnahmen getroffen wurden. Die Natur nahm einfach ihren Lauf und als die Geburt ins Stocken geriet, bekam die werfende Hündin von meiner Mutter einen Schnaps zur Entspannung. Als die Welpen gerade mal zwei Wochen alt waren, wurde die Hündin leider krank und konnte nicht mehr säugen. Da außer mir niemand Zeit hatte, nahm ich mich der Pimpfe an und zog so das erste Mal in meinem Leben Welpen auf.

Jahre später durfte in meiner eigenen siebenköpfigen Familie unser erster Welpe einziehen. Sie hieß Wilma, war ein Golden Retriever und eine Seele von Hund, genauso wie wir uns das gewünscht hatten. 13 1/2 Jahre war sie bei uns und hat mit uns gemeinsam viele Höhen und Tiefen erlebt. Sie hatte immer ein offenes Ohr und hörte sich manchen Liebeskummer an. Noch heute schwärmen meine längst erwachsenen Kinder von ihr.

Durch eine Freundin wurde ich einige Jahre später auf Goldendoodles aufmerksam, zu dieser Zeit hatte ich gerade meine staatliche Anerkennung zur Heilpädagogin erworben und suchte einen Hund, der sich für den Bereich der tiergestützten Pädagogik vom Wesen und Charakter her sehr gut eignen sollte. Ich begann, mich mit dieser Rasse zu beschäftigen. Leider musste ich feststellen, dass es sehr viele unseriöse Doodlezüchter gab und noch immer gibt. Durch einen glücklichen Zufall geriet ich an eine Hundeheilpraktikerin und damit an Frau Ella, die mit acht Wochen zu uns kam und sich so prächtig entwickelte, dass ich mit ihr 2014 die Therapiebegleithundeprüfung ablegte.

Seither arbeite ich mit ihr tiergestützt in einer Kindertagesstätte und ehrenamtlich im Hospiz. Ella begeistert alle Menschen, die mit ihr zu tun haben, durch ihr liebevolles Wesen und ihren tollen Charakter.

Bald war für mich klar, dass ich eine seriöse Doodlezüchterin werden wollte. Ella sollte einmal Welpen bekommen, um ihren tollen Charakter an Nachkommen weitergeben zu können.

Im Oktober 2017 war es dann so weit. Frau Ella war trächtig und erwartete ihren ersten Wurf. Obwohl ich inzwischen schon vier Würfe bei anderen Hündinnen miterleben durfte, war es erneut unglaublich aufregend und spannend.

Als am 21.10.2017 nach drei Welpen gerade der vierte kleine Hund das Licht der Welt erblicken wollte, stand Ella ganz plötzlich in ihrer Wurfkiste auf und presste im Stehen. Ich konnte die kleine Hündin, die da gerade geboren wurde, gerade noch auffangen. So hielt ich ihr kleines Leben von der ersten Sekunde an in meinen Händen und hätte sie niemals in eine andere Familie abgeben können.

Seit diesem allerersten Moment verbindet diese Hündin namens Ivy und mich eine ganz besondere Mensch-Hund-Beziehung. Ivy hat sich zu einer wunderschönen Junghündin entwickelt. Sie ist ein Energiebündel und genauso forsch, wie es ihre Geburt war. Ivy und ihre Hundemama Frau Ella sind inzwischen ein tolles Team. Die beiden Hündinnen und ich besuchen regelmäßig eine Hundeschule, trainieren gemeinsam und arbeiten an einer guten Mensch-Hund-Bindung.

Ab und zu darf Ivy Ella und mich schon in die Kindertagesstätte und auch ins Hospiz begleiten. Sie ist unglaublich neugierig und lernt sehr schnell. Ivy hat ganz regelmäßig Kontakt zu meinen sechs Enkelkindern, darüber freue ich mich sehr, denn Kinder sind für Hunde etwas ganz besonderes und umgekehrt auch.

Im Sommer möchte ich Ivy zum Eignungstest im *Therapiehundeverein Lebensfreude e. V.* vorstellen. Ich wünsche mir, dass wir gemeinsam die Ausbildung zum Therapiebegleithundeteam machen können und ich dann als Heilpädagogin mit zwei tollen Hunden in den tiergestützten Einsatz gehen kann.

Von großem Vorteil für den Einsatz mit Ivy wird es sein, dass sie als Goldendoodle absolut nicht haarend ist. Frau Ella erreicht schon heute die Herzen vieler Menschen und Ivy ist auf einem guten Weg, ihrer Hundemutter darin nicht nachzustehen.

Hunde sind wunderbare *Türöffner* und ich bin dankbar, dass ich schon als Kind mit diesen tollen Tieren im Kontakt sein durfte und für meine eigene Familie so tolle Hunde gefunden habe. Ein ganz großes Geschenk aber hat mir meine Hündin Ella bereitet, als sie mir einen ihrer Welpen in die Hände legte …

Annis Besuch

Kaum jemand hat meine Augen gesehen, seit ich hier im Heim bin. Ich mache nur kleine Bewegungen. Besuch bekomme ich recht wenig, denn meine Kinder sind noch berufstätig. Meist liege ich im Bett oder im Pflegesessel, oft ist der Fernseher angeschaltet, um die Stille zu unterbrechen. Gerade unterhalten sich zwei Frauen an meinem Bett. Wie üblich habe ich meine Augen geschlossen und bewege mich nicht.

Aber meine Atmung verrät ihnen, dass ich wach bin. Ich kenne die Stimmen nicht, aber sie klingen nett. Sie sprechen von Besuch und Hund. Keine Ahnung, was sie von mir wollen. Es sind keine Schwestern, denn ich wurde gerade gewaschen und mein Frühstück wurde mir auch schon gereicht. Bis zum Mittagessen ist, so sagt mir mein Magen, auch noch eine Weile hin.

Die Frauen reden weiter freundlich mit mir und stellen sich vor. Nun weiß ich, dass die eine ehrenamtlich zu mir kommt und die andere die Leiterin der Sozialen Betreuung dieses Heimes ist. Und dass sie einen Hund dabei haben. Ich reagiere nicht auf das, was sie mir sagen, und bemerke, dass sie das Bettgitter auf einer der Bettseiten öffnen und etwas auf meine Bettdecke legen. Meinen Arm legen sie etwas zur Seite und ich fühle eine Decke. Sie ist weich.

So langsam wird es spannend. Noch habe ich keine Ahnung, was das alles soll. Sie sagen, dass ich nicht erschrecken soll, denn nun legt man mir etwas Schweres an meine Seite. Es schmiegt sich an meinen Körper an. Eine der Frauen legt vorsichtig meinen Arm auf das Weiche. Es ist Fell, es ist weich, es ist warm, es bewegt sich, atmet.

Bin nun sehr irritiert. Was ist das? Ich erinnere mich, dass die Frauen von einem Hund gesprochen haben ... Ich lächele ... ein Hund. Ich bewege meine Hand und streichele das angenehme Fell des Hundes und erinnere mich, dass die Frauen den Hund als Anni vorgestellt haben.

Der Hund rührt sich nicht und lässt meine Nähe geduldig zu. Nun streichele ich ihn auch gegen die Wuchsrichtung seiner Haare und gelange zum Halsband, stelle dabei fest, dass es keine Würgekette, sondern aus Gewebe ist. Ich bewege meine Hand weiter Richtung Kopf, greife an die Hängeohren, fahre über die Schnauze ...

Eine der Frauen lacht und sagt: „Prima. Sie zeigen der Anni gleich, dass Sie der Chef hier sind."

Ich habe meine Hand von oben über den Fang gelegt und dem Hund einen Moment das Maul zugehalten. So habe ich das früher immer gemacht. Anni hat sich dabei nicht gerührt. Die Frau fragt, ob ich früher Hunde hatte. Ich nicke mit dem Kopf.

Die Fragen, die mir gestellt werden, kann ich mit Kopfschütteln und mit Nicken beantworten, denn gesprochen habe ich schon sehr lange nicht mehr. Während die Frauen in Erfahrung bringen, dass ich früher Schäferhunde hatte und diese selbst abgerichtet habe, streichele ich den Hund, welcher immer noch an meiner Seite liegt.

Mittlerweile habe ich meine Augen geöffnet und mir die beiden Frauen und vor allem den Hund angesehen. Nein. Ein Schäferhund ist das nicht. Die beiden Frauen bemerken, dass ich den Hund aufmerksam betrachte und erklären, dass Anni eine Mischung aus Labrador, Australian Shepherd und Golden Retriever ist.

Ganz schwarz ist sie nicht. Anni schaut mich vertrauensvoll an. Ich streichele den kleinen weißen Fleck, den sie am Kinn hat.

Ob ich dem Hund was zu fressen geben möchte?

Jaaaa, natürlich. Mit heftigem Nicken beantworte ich die Frage. Man gibt mir ein Bröckchen Hundefutter in meine freie Hand. Mit der anderen streichele ich immer noch.

Der Hund bewegt seinen Kopf zum Futter hin. So leicht mache ich es ihm aber nicht, balle die Hand zur Faust und bewege die Futterhand vom Hund weg und wieder hin. Anni folgt meiner Hand mit dem Kopf. Die Frauen freuen sich, dass ich mich so aktiv mit dem Hund beschäftige und ihn ärgere. Nun öffne ich meine Hand etwas. Aber nur so weit, dass der Hund das Futterbröckchen vorsichtig herauslecken muss. Das geschieht so vorsichtig, dass ich die Zähne nicht merke.

Zwischendurch kommt auch mal jemand vom Pflegepersonal an mein Bett, reißt Augen und Mund auf, sieht eine Weile wortlos zu und geht dann still wieder aus dem Zimmer. Später wird die Pflegekraft den beiden Frauen sagen, dass sie noch nie meine Augen, dass sie mich noch nie so aktiv gesehen hat. Diese Schwester wird ihre Beobachtung später dann meiner Tochter mitteilen.

Ich werde müde. Die Frauen bemerken es und fangen an, sich zu verabschieden, aber nicht, ohne mir zu versprechen, nächste Woche wiederzukommen. Der Hund wird aus dem Bett gehoben, die Schutzdecke wird auch wieder rausgenommen. Man schüttelt mir kurz meine Bettdecke wieder auf und schließt das Bettgitter. Die Frauen haben glänzende Augen. Ihnen scheint der Besuch genauso viel Spaß gemacht zu haben wie mir. Ich winke ihnen mit strahlenden Augen nach.

Eine Woche später nimmt sich meine Tochter frei. Sie kommt ins Heim, um den Hund kennenzulernen. Die Schwester und eine der Frauen haben ihr alles erzählt. Mein Kind macht mir mit Tränen in den Augen leichte Vorwürfe. Ihr hätte ich schon lange nicht mehr nachgewunken. Ich hätte sie auch schon eine Weile nicht mehr angesehen. Meine Tochter sagt der Hundefrau, wie toll sie das Engagement findet. Wie viel der Besuch ihrem Vater bedeuten würde. Und ihr auch.

Der Hund hat mich nur noch wenige Male besuchen können, denn ich bin mittlerweile gestorben. Aber die Besuche haben mir immer wieder den Tag erhellt und mir Freude gebracht. Meine Tochter hat ihre Dankbarkeit gezeigt, indem sie für den Hund einige ausgesuchte Hundeleckereien im Heim abgegeben hat.

Der Nebel

Seit einigen Jahren lebe ich in diesem Heim. Ich bin hier eingezogen, weil ich mich nicht mehr alleine zu Hause versorgen konnte. Mein Gedächtnis hat nachgelassen, habe immer wieder Kleinigkeiten vergessen. Leichter Bodennebel ist aufgezogen, der sich im Laufe der letzten Jahre zu einer dicken Nebelwand verdichtet hat. Wenn ich mich anfangs noch selbst waschen und anziehen konnte, bin ich nun vollständig auf fremde Hilfe angewiesen. Ich werde gewaschen, angezogen, bekomme mein Essen gereicht. Manchmal kann ich aber noch alleine essen. Über Tag sitze ich im Aufenthaltsraum im Nebel. Schaue mir die Leute an, erkenne sie nicht. Welcher Tag ist heute? Was gab es vor fünfzehn Minuten zu essen? Wer sitzt mir da gegenüber? Wer hat mir das Essen gegeben? Wer bin ich überhaupt? Alles im dichten Nebel verborgen. Oft lege ich meinen Kopf auf den Tisch. Mein Körper ist müde. Mein Geist schläft.

Ich bemerke einen leichten Druck auf meinen Oberschenkeln. Ich schaue und richte mich auf. Voller Spannung sitze ich nun auf meinem Stuhl und betrachte kurz den Hund, der seinen schwarzen Kopf auf meinen Schoß gebettet hat und mich vertrauensvoll anschaut. Ein Lichtstrahl im Nebel. Ich herrsche den Hund an. „Jetzt bischd abber ganz brav, Butzele.“

Der Hund schaut mich direkt an. Ich strecke den Zeigefinger in die Luft und sage energisch zum Hund: „Jetzt setschd dich awwer mol hin.“

Der Hund sitzt nun und schaut mich an. Da ist Licht. Die Nebelwand sehe ich nicht mehr. Ich strecke meine Hand aus und streichele den Hund. Er kuschelt sich an meine Beine und lässt sich streicheln. Ich genieße das weiche Fell. Meine Umgebung nehme ich kaum wahr. Habe nur Augen für den Hund. Dass eine Frau in seiner Nähe steht, interessiert mich nicht.

„Da ist ja moi Butzele.“

Der Hund schubst mich. Ich streichele weiter. ... Licht.

Ich habe ein Bröckchen Hundefutter in meiner Hand. War einfach da. Der Hund interessiert sich dafür.

„Nun maschd awwer ganz langsam." Vorsichtig nimmt er das Futter aus meinen Fingern. Noch ein Stückchen gebe ich ihm. Meine Fingerspitzen werden etwas feucht.

„Ich hann dir doch gesaagt, dass du langsam mache sollscht." Vor dem nächsten Bröckchen sag ich dem Hund wieder, dass er ganz langsam machen soll.

Nebel zieht wieder auf. Meine Konzentration lässt schnell nach und ich schaue wieder in den Nebel.

Eine Stunde, ein Tag, tatsächlich aber eine Woche später kommt der Hund wieder und durchbricht den Nebel aufs Neue. So geht das einige Wochen lang. Mein Nebel wird sich an diesen Tagen für eine kurze Zeit etwas lichten. Mein Körper wird schwächer. Ich kann nicht mehr jeden Tag außer Bett sein. Ich habe nicht mehr die Kraft dazu.

Der Hund kommt in mein Bett. Kuschelt sich auf seine Decke neben mich und nimmt meine Streicheleinheiten gerne an. Es ist moi Butzele, das zu mir kommt und bei mir liegt. Mein Licht im Nebel.

Ich werde schwächer und schwächer. Die Nebelwand ist sehr dicht geworden. Heute kommt Butzele. Die Decke wird ins Bett gelegt, der Hund wird darauf positioniert. Er will sich nicht hinlegen. Er dreht sich um und ich kann mit meiner Hand seinen verlängerten Rücken streicheln. Sein Kopf liegt neben meinen Knien. Er ist unruhig, hebt immer wieder den Kopf und schaut mich an. Ich spreche. Niemand versteht meine Worte. Ich will was ganz Wichtiges sagen. Richte mich im Bett auf. Gestikuliere. Niemand versteht mich.

Butzele will nicht mehr bei mir liegen und wird aus dem Bett gehoben. Die Frauen sprechen noch etwas mit mir. Ihnen hab ich nichts zu sagen. Zwei Tage später bin ich tot. Butzele hat es gemerkt.

Ein Wildfang
wird zum Therapiehund

Unsere Luna, ein Beagle-Terrier-Mischling, wurde am 5.3.2010 im Westerwald geboren. Die Mutter ist ein Beagle, der Vater ein Schifam, eine Züchtung, die es seit etwa fünfundzwanzig Jahren gibt. Sie zeichnen sich dadurch aus, dass sie absolute Familienhunde sein sollen, sehr gehorsam, ruhig, schnell, aber auch temperamentvoll.

Luna ist seit Mai 2010 bei uns, an diesem Tag wollten meine Familie und ich eigentlich nach Frankreich fahren und dort in einem grenznahen Tierheim einen etwa drei Jahre alten kleinen Mix abholen. Als wir dann aber anhand unseres Navigationssystems die Kilometeranzeige sahen, fragte mich meine Familie äußerst charmant, ob ich noch ganz richtig im Kopf sei, wegen so einem blöden Hund so viele Kilometer fahren zu wollen.

Gefrustet und bockig schlug ich den Annoncenteil unserer Zeitung auf und fand die Anzeige von Luna. So fuhren wir anstatt nach Frankreich nach Rennerod in den Westerwald. Von sechs Welpen waren bereits drei verkauft, von den drei, die noch keine Familie gefunden hatten, hat uns Luna am besten gefallen. Sie war die neugierigste Hündin, die, die oben auf einer kleinen Anhöhe saß und alles beobachtete, sich für alles interessierte und alles überwachte und, was für mich besonders wichtig war, sie hatte eine andere Fellfarbe als mein vorhergehender Hund. Wir hatten uns schnell entschieden und nahmen unser neues Familienmitglied auch gleich mit nach Hause.

Ich besuchte mit Luna die Welpenschule und lernte dort Carmen und ihren Hund Banja kennen. Unsere beiden Hündinnen freundeten sich gleich an und somit kamen auch Carmen und ich ins Gespräch. Zur gleichen Zeit befand ich mich beruflich im Umbruch. Nebenberuflich war ich schon seit Längerem in einem Altersheim tätig. Die Arbeit mit hilfsbedürftigen alten Menschen erfüllte mich und ich war sehr glücklich.

Da ich schon länger mit dem Gedanken gespielt hatte, mich beruflich zu verändern, gab ich meinen früheren Job auf, um mich voll und ganz der Arbeit im Altenheim zu widmen.

Carmen wusste von meiner Tätigkeit im Altersheim und erzählte mir von dem *Verein Lebensfreude,* der es sich zur Aufgabe gemacht hatten, Hunde zu Therapiehunden auszubilden. Ich wurde hellhörig, da ich meine kleine Maus bis zu diesem Zeitpunkt schon zwei-, dreimal kurz mit zu den Bewohnern der Demenzstation im Altersheim mitgenommen hatte. Kurz entschlossen rief ich bei diesem Verein an und bekam einen Termin zu einem Eignungstest. Eigentlich war die Anmeldefrist schon abgelaufen, aber aufgrund meiner Tätigkeit mit demenzkranken Menschen wurden Luna und ich nachträglich noch angenommen. Diesen Test bestanden wir und jetzt wusste ich, worauf ich achten musste, war informiert, wann ich zum Schutz meines Hundes einen Besuch beenden sollte, und hatte gelernt, die Signale meines Hundes besser zu deuten. Somit begann für meinen vierbeinigen Begleiter und für mich die Ausbildung zum Therapiehund-Team.

Im Welpen- und Junghundealter hasste Luna das Autofahren, aber wenn ich zu ihr sagte: „Wir fahren zu Banja!", sie war auch Azubi zum anerkannten Therapiehund, dann hörte ich während der kompletten Fahrt keinen Ton von Luna – und auf dem Weg nach Hause war sie ohnehin müde.

Mittlerweile musste ich erkennen, dass ich mir mal wieder keinen leicht erziehbaren Hund zugelegt hatte. Eine Hündin, die mich in ihrer Pubertätsphase durch ihr Temperament und ihren Starrsinn zeitweise an den Rand der Verzweiflung trieb. Da ich aber durch die Erfahrungen mit meinen drei Kindern wusste, dass auch die Pubertät irgendwann mal vorbei sein würde und es eigentlich nur besser werden konnte, hoffte ich, dass auch diese Phase bei meiner Hündin bald überstanden sein würde.

Wie sich bald herausstellte, hatte meine Kleine eine sehr eigene Persönlichkeit, sie mochte zwar ihre Familie, aber wenn andere Hunde in der Nähe waren, waren wir völlig abgeschrieben. Sie mochte ihre Artgenossen noch viel mehr und, je größer diese waren, umso lieber. Im Gegensatz zu unserem vorhergehenden Hund, einem Dackel-Spitz-Mischling aus Südfrankreich, der große Hunde überhaupt nicht ausstehen konnte und für den wir aber das Größte überhaupt waren. Gingen Luna und ich am Rhein spazieren, dann tobte sie mit vielen anderen Vierbeinern herum und war glücklich.

Sie hat viele positive Eigenschaften geerbt. Luna ist sehr charmant, schnell und auch sehr ausdauernd und kann Löcher graben, sodass ich schon befürchten musste, dass diese bis zum Erdmittelpunkt reichen könnten oder unsere australischen Nachbarn uns „Hallo" sagen würden. Zu Hause ist sie recht ruhig, anfänglich wussten wir überhaupt nicht, dass die Kleine bellen kann. Sie kann wundervoll spielen und zieht unseren Besuch mit ihrer Art und Weise, wie sie mit ihrem Ball oder anderen Spielsachen spielt, in ihren Bann. Sie ist sehr temperamentvoll, manchmal leider zu temperamentvoll. Das Gehorsamsgen, das angeblich alle Schifams auszeichnet, scheint sie nicht geerbt zu haben, daran müssen wir noch arbeiten. Wie an vielen anderen Allüren, die ich ihr durch meine Gutmütigkeit habe durchgehen lassen, aber auch da bleiben wir dran.

Im Februar dieses Jahres bekam mein Vater einen Schlaganfall. Mein Vater, der sonst jeden Vormittag und oft auch nachmittags Luna zum Spazierengehen abholte, fiel plötzlich aus. Diesen Part übernahm dann mein Mann, da er zu meinem Glück von diesem Zeitpunkt an in den Ruhestand ging. Ich besuchte, so oft es mir möglich war, meinen Vater im Krankenhaus, wobei mich Luna immer begleitete.

Das erste Wort von meinem Vater klar formulierte Wort, das er seit dem Tag seines Schlaganfalls herausbrachte, war: „Luna." Das ließ mir die Tränen in die Augen schießen, da ich von nun an hoffte, dass es meinen Vater bald wieder besser gehen würde, und weil ich spürte, wie sehr mein Vater Luna doch vermisste.

Leider waren im Krankenhaus und auf dem kompletten Gelände keine Hunde erlaubt, so zogen wir meinen Vater an, setzen ihn in einen Rollstuhl und brachten ihn vor das Gelände der Uniklinik. Leider waren diese Besuche immer nur sehr kurz, da es sehr kalt war in jenem Februar und ich meinen Vater und Luna nicht überfordern wollte.

In der Rehaklinik das gleiche Spiel, auch hier waren keine Vierbeiner erlaubt, so zogen wir meinen Vater wieder warm an, setzen ihn in den Rollstuhl und fuhren ihn auf die gegenüberliegende Wiese, wo bereits ein anderes Familienmitglied mit Luna auf uns wartete.

An diesem Nachmittag habe ich mich dann mal wieder gefragt, wie schon so oft in den letzten Wochen: „Warum machen wir eigentlich die Ausbildung zum Therapiehund, wenn Hunde eigentlich überhaupt nicht erwünscht sind?" Nach den Kurzbesuchen machten wir meistens noch einen ausgedehnten Spaziergang, sodass Luna jede Autofahrt mit etwas Positivem verknüpfen konnte. Sie ist immer noch kein begeisterter Autofahrer, aber sie hat zumindest die Panik davor verloren.

Als mein Vater aus der Rhea entlassen wurde und wieder zu Hause war, besuchten wir ihn sehr oft, und, obwohl Luna sich nie besonders wohlfühlte in der Wohnung meiner Eltern, die nur wenige Gehminuten von unserer entfernt lag, nahm ich meinen Hund mit, alleine schon, um meinen Vater ein Lächeln ins Gesicht zu zaubern. Die Wohnung, die recht offen gestaltet ist und die zwischen Eingangstür und Wohnzimmer keine Zwischentür hat, sodass alle Geräusche darin zu hören sind, schien Luna einfach nicht zugefallen. Sie reagierte darauf, wenn die Nachbarn die Treppe herauf- oder heruntergingen, das Kind in der Nachbarwohnung weinte oder sich die Leute in der anderen Wohnung stritten – dabei wirkte meine Hündin stets angespannt und hektisch. Immer auf dem Sprung, um so bald wie möglich wieder von da wegzukommen.

Als es meinem Vater immer schlechter ging, wir ein Pflegebett bekamen, er zwischenzeitlich mal wieder zwei Wochen im Krankenhaus verbracht hatte, ändertet sich schlagartig das Verhalten von Luna. Sie schien jetzt diese Besuche genauso zu werten wie die Besuche im Altenheim. Saß mein Vater in seinem Lieblingssessel, dann ging Luna zu ihm, setzte sich neben ihn und ließ sich ausgiebig streicheln. Lag er in seinem Krankenbett, so ließ sie sich auch von mir auf das Bett legen, so konnten mein Vater und seine Luna sich ganz nah sein.

Aus der temperamentvollen, stets aufgewühlten Luna wurde eine sehr entspannte, ruhige Hündin, obwohl sich an der Situation im Haus mit laut streitenden Nachbarn, schreienden Kindern und lauten Gebräuchen, die aus dem Treppenhaus schallten, nichts geändert hatte.

Meinem Vater ging es leider Tag für Tag schlechter und es schien, dass Luna sich der Situation anpasste. In den letzten beiden Tagen des Lebens meines Vaters hörte ich von Luna nichts mehr. Sie lag nur da. Was auch um sie herum passierte, brachte sie nicht mehr aus der Ruhe. Ich sah meine Luna zwei Tage lang bei meinem Vater im Krankenbett liegend, sich nicht rührend.

Nachdem mein Vater gestorben war, wurde mir erst bewusst, dass ich durch das völlig veränderte Verhalten meines Hundes eigentlich schon hätte erkennen können, ja erkennen müssen, dass die Lebensuhr meines Vaters abgelaufen war.

Diese vielen kleinen Beobachtungen und Erfahrungen haben mich davon überzeugt, dass mein kleiner Wildfang weiß, wie sie sich in besonderen Situationen zu verhalten hat, und ich weiß, dass aus uns beiden irgendwann ein richtig gutes Therapiehund-Team werden kann, nein, werden wird.

Ein neues Leben fängt an

Am Donnerstag, den 16.7.2015, abends nach 23.00 Uhr ging es für mich los, bei subtropischen Temperaturen wurde ich von Stefan und Heiko direkt vor meiner Haustür abgeholt, was ein Service. Leicht erschrocken über die Größe des Sprinters und die Temperaturen in der Fahrerkabine stieg ich dann ein. Dieses Monstrum von Auto hat mir so viel Respekt eingeflößt, dass ich auf meinen Fahrtstrecken niemals mehr als 120 Stundenkilometer schnell gefahren bin. Unterwegs zwischen Aschaffenburg und Nürnberg war ausgesprochen hohes Verkehrsaufkommen und es ging leider nicht mal mehr im Schritttempo voran. Ganz viele Holländer, Belgier und andere Nationalitäten waren auf der Autobahn oder bevölkerten die Rastplätze. Es glich einem Jahrmarkt am Mittag, sprudelndes Leben, unendlich viele Menschen und Autos – und das nach Mitternacht. So etwas hatte ich noch nicht erlebt, allem Anschein nach war Ferienbeginn in unseren Nachbarländern. Die vielen Lkw-Fahrer, die keinen Platz mehr auf den Parkplätzen bekommen konnten und jetzt auf den gefährlichen Seitenstreifen parken mussten, taten mir unendlich leid. Nach einem kleinen Umweg Richtung München, Heiko hatte sich etwas verfranzt, da das Navi auf stumm geschaltet war, damit wir anderen mal kurz die Augen schließen konnten, fuhren wir aber dann ohne weitere Verzögerung und Umwege direkt nach Miskolc durch.

Gerne hätten wir uns mal in den Kofferraum gelegt, denn dort waren es nur 26 bis 28 Grad warm – im Gegensatz zur Fahrerkabine, da wurden wir gebraten. Wir sind dann aber doch am nächsten Nachmittag gegen 15.00 Uhr, triefend nass geschwitzt und müde, wohlbehalten im Tierheim angekommen. Wir wurden dort sehr herzlich empfangen und konnten nach dem Ausladen der Sachspenden und einem Rundgang auf dem Gelände kurz ins Hotel fahren und uns noch ein paar Stunden schlafen legen.

Pünktlich um 20.00 Uhr wurden wir von Nina abgeholt und konnten ein wunderbares ungarisches Abendessen genießen. Livi, die den ganzen Tag von frühmorgens bis spät in der Hitze dieses knallheißen Sommertages gearbeitet hatte, kam dann auch noch zum Essen hinzu. Auch sie wirkte recht müde, was aber bei ständigen zwölf oder mehr Stunden Arbeitstagen kein Wunder war. Sie erzählte uns, dass täglich mindestens zwei, oft auch mehr Hunde und Katzen abgegeben würden, und dass das Tierheim an die Aufnahmemöglichkeit und die Mitarbeiter an ihre Grenzen stoßen würden.

Bei unserem Rundgang am Nachmittag war uns schon aufgefallen, wie liebevoll Livi und ihre Mitarbeiter mit den Tieren umgingen. Uns waren aber auch die Geräuschkulisse und der Geruch, der trotz sauberer Zwinger von den mehr als 300 Hunden ausging, aufgefallen. Auch, dass es für die Hunde, die an der Kette lagen, keinen Schatten gab.

Dies alles wird mir für immer in Erinnerung bleiben.

Nach einer erholsamen Nacht, in der ich trotz nicht vorhandener Verdunklungsgardinen bis kurz vor 8 Uhr durchschlief, ging es zum Frühstücke. Das Büfett war um diese Uhrzeit schon etwas geplündert, eine Reisegruppe aus der Ukraine hatte sich vor uns bedient und es war noch nicht wieder aufgefüllt worden, aber es gab genug Kaffee. Eigentlich sollten wir vom Hotel um 7.15 Uhr geweckt werden, schließlich war das ja kein Erholungsurlaub, wir wollten ja schließlich was vom Tierheim sehen und die tägliche Arbeit miterleben.

Gegen 10 Uhr waren wir dann endlich im Tierheim. Heiko hatte seine Arbeitskleidung und ich meine alten Gartenschuhe und alte Jeans an und eigentlich hätten wir loslegen können. Nur mit was? Wir kamen uns etwas deplatziert vor und hätten doch so gern irgendwo irgendwie geholfen. Immer wieder konnten wir beobachten, dass Menschen, vorwiegend Frauen, kamen, die in Gruppen Hunde ausführten, und dass Familien kamen und sich Tiere anschauten. Wir konnten miterlebt, wie liebevoll die Mitarbeiter die Tiere betreuten und fütterten, die Boxen und Käfige reinigten – und das bei Temperaturen, bei denen man eigentlich nur noch im Schatten liegen und sich ausruhen wollte.

Ich habe außerdem beobachten können, wie rührend und selbstverständlich und ohne Berührungsängste sich die Kinder der Mitarbeiter mit den Hunden beschäftigten.

Kathi und Philipp kamen aus Österreich und waren auch vor Ort, die beide brachten mit ihrer positiven Art zusätzlichen Schwung rein. Jetzt wollte ich mich auch endlich nützlich machen und einen Hund ausführen. Ich sprach eine ältere Dame an, die gerade die Boxen reinigte und den Tieren frisches Wasser und Futter brachte. Sie gab mir ein jüngeres Hundemädchen, das sah aus wie meine Luna. Am Mittag ging ich dann mit Benny spazieren, Heiko hatte Hexe an der Leine, beide waren ganz brav. Nach höchstens zehn Minuten signalisierte mir Benny, dass er seinen Ausflug beenden wollte, und setzte sich einfach auf seinen Hintern. Heiko und Hexe gingen noch ein bisschen weiter, kamen dann aber auch gleich zurück. Beide konnten wir feststellen, es ging auch ohne Sprache. Benny war ein Traumhund und brauchte dringend ein Gnadenplätzchen und Hexe wünschten wir eine supertolle Familie in Österreich, denn sie durfte leider nicht nach Deutschland einreisen.

Stefan und eine Tierheimmitarbeiterin hatten in der Zwischenzeit Futter für die Welpen eingekauft. Heiko packte beim Ausladen kräftig mit an. Dann fuhren wir zum Mittagessen, kauften selbst noch kurz etwas für die Heimfahrt ein und fuhren wieder ins Tierheim zurück.

Später schaute ich Kathi beim Fotografieren der Hunde zu, aber auch dafür war es uns und den Hunden eigentlich zu heiß. So hatte ich Zeit und konnte immer wieder beobachten, wie ruhig und bedacht Livi ihre Arbeit machte, sich immer wieder Zeit für die kleinen Katzenbabys nahm, um diese alle drei Stunden mit der Flasche aufzuziehen.

Nachmittags fuhren wir dann nochmals ins Hotel, versuchten, zu schlafen, damit wir für die Nacht fit waren, was mir aber nicht so ganz gelang, da ich viel zu aufgeregt war.

Gegen 20:00 Uhr waren wir wieder im Tierheim, Livi und viele ihrer Mitarbeiterinnen waren immer noch am Arbeiten. Wir bereiteten den Transporter vor, legten die Boxen mit Handtüchern aus und brachten die Steckbriefe der Tiere an den Türen an. Schließlich luden wir noch Wasser ein. Das Einladen der Hunde verzögerte sich dann um fast eine halbe Stunde, da die Tierärztin mit Verspätung kam und auch das Anziehen des Sicherheitsgeschirrs zusätzlich Zeit in Anspruch nahm. Diese Geschirre waren zwar am Tag zuvor schon ausgesucht und die Größen überprüft worden, wurden aber von den Tierheimmitarbeitern jedem Hund erst kurz vor dem Transport angezogen und der Sitz nochmals kontrolliert. Ich hatte die Aufgabe, die Chipnummern auf den Ausweisen mit dem Lesegerät zu vergleichen und Stefan und Heiko brachten die Hunde in die für sie vorgesehenen Boxen. Dann ging es los, alle Hunde verhielten sich die ganze Nacht über völlig ruhig, als ob sie wussten, dass jetzt ein neues Leben beginnen würde.

Die Autobahn war fast leer, keine Staus, nur in Österreich etwas Regen. In Deutschland auf dem ersten vereinbarten Abholplatz angekommen, übergaben wir dann unseren Basset an seine neue Familie. Es war sehr schön, miterleben zu können, wie glücklich die neue Besitzerin über diesen Hund war, wie sehr sie sich freute.

Am zweiten Rastplatz wurden wir von einem Herrn von der Husky-Nothilfe erwartet, der uns schon etwas länger zu beobachten schien. Sein neuer Husky, der am Abend zuvor ganz majestätisch in seine Box gesprungen war, stieg genauso majestätisch aus dem Transporter wieder aus. Das weiße Fell war auf den ersten Blick makellos sauber, er wirkte, als ob er gerade vom Hundefriseur gekommen wäre, und ging grazil und leicht tänzelnd mit seinem neuen Herrchen mit, bewundert von einigen Damen und Herren auf den Nachbarparkplätzen: „Oh, ist der schön!", „Wo kommt der denn her", „Was, aus Ungarn ?", „Was macht ein Husky in Ungarn?"

Die gleiche Frage hatte sich der Herr von der Husky-Nothilfe wohl auch gestellt.

In Medenbach angekommen, streikte unser Auto, zum Glück erst in Medenbach und nicht schon nachts irgendwo in Ungarn oder Österreich. Drei nette junge Männer mit Migrationshintergrund halfen uns sofort beim Anschieben des Riesenmonsters, sodass wir ohne große Zeitverzögerung weiterfahren konnten. Heiko stieg aus, aber Stefan und ich bekamen Unterstützung von Marika und konnten auf den nächsten beiden Rastplätzen ohne Zwischenfälle die vielen anderen Hunde an ihre neuen Besitzer oder in die Obhut ihrer Pflegestellen übergeben.

Danke, dass ihr alle so geduldig gewartet habt, es hat Spaß gemacht, liebe Hunde an glückliche Herrchen und Frauchen zu übergeben. Mein Fazit: Wetter zu heiß, Aufenthalt zu kurz, Auto zu groß und vor allem zu unbequem. Aber wir kommen wieder. Das Katzenhaus ist zu klein und die Kettenhunde brauchen dringend einen natürlichen Sonnenschutz.

Heiko sagte: „Wir brauchen schnell wachsende, große, kronenbildende Bäume an der richtigen Stelle."

Ich sagte: „Ich übernehme die Kosten für den ersten Baum, unter dem dann bitte Benny wohnen soll."

Vom ungeliebten Straßenköter zum Symbol für Tiere

Mein Name ist Leonardo und ich möchte euch von dem besten Jahr meines Lebens berichten: Gefunden wurde ich im August 2016. Als Anja mich das erste Mal sah, lag ich neben einem Parkplatz an einem Restaurant hoch oben in den Bergen der Türkei und hatte die Hoffnung schon lange aufgegeben. Als Anja wieder auf dem Rückweg ihrer Tour war, die sie an diesem Tag machte, lag ich mitten auf der Straße, denn dort hoffte ich, für immer Ruhe zu finden. Meine Kraft war am Ende und ich wollte schlafen, ich wollte einfach nur schlafen, bis ich von der Dunkelheit der Ewigkeit übermannt wurde. Über mein Leben bis zu diesem Zeitpunkt kann ich euch leider nicht viel berichten. Ich weiß nur, dass ich plötzlich ein Straßenhund war ... dem Schicksal überlassen. In der Türkei wird man schnell zu einem Straßenhund, obwohl man nicht als solcher geboren wurde. Man muss einfach Pech haben, so wie ich es leider hatte. Der Stich einer Sandmücke oder der Biss einer Zecke reicht schon völlig aus, damit wir uns eine chronische Erkrankung einfangen, und auch die Räude hat man sich als Straßenhund schnell geholt. So ist es mir ergangen, ich wurde krank und war nichts mehr wert. Dann ging es ganz schnell ...

Eben hatte man noch ein Herrchen und einen warmen Platz zum Schlafen, plötzlich wurde man auf der Straße entsorgt, weil man seinen Aufgaben als Jagdhund, Wachhund oder Herdenschutzhund nicht mehr gerecht werden konnte. Ich hatte leider dieses Pech, wie ich schon erwähnt habe, wurde krank und mein Mensch entsorgte mich in den Bergen. Dieses Schicksal ereilt leider viele Hunde. Dann werden sie hoch und weit in die Berge gefahren, damit sie nie wieder die Chance haben, den Weg nach Hause zu finden.

Dann fand mich Anja und sie versprach mir, dass sie mir eine Chance geben würde, und nahm mich mit. So landete ich bei der *Tierhilfe Kitmir*. Die ersten Wochen waren nicht leicht für mich. Mir ging es einfach nicht gut und meine Kräfte hatten mich im Stich gelassen. Anja kümmerte sich hervorragend um mich, aber ich war mit drei anderen Hunden in einem Gehege untergebracht und ich fühlte mich nicht wohl. So durfte ich ein Einzelzimmer beziehen, genoss meine Ruhe und wurde nach und nach immer kräftiger, bis ich einige Wochen später mit in das Haus von Anja zu dem Wohnzimmerrudel ziehen durfte. Mittlerweile war ich zu Kräften gekommen und fühlte mich richtig wohl, aber ich sehnte mich nach einem Menschen – nach jemandem, den ich für mich alleine haben durfte. Ich wünschte mir so sehr, wieder ein eigenes Zuhause zu haben.

Und so klopfte im Dezember 2016 plötzlich eine fremde Frau an das Tor der *Tierhilfe Kitmir*. Sie kam aus Deutschland und wollte mit eigenen Augen sehen, was der Verein so leistet. Sie blieb für eine Woche in Anjas Haus und wir waren vom ersten Moment an verbunden. Sie sah mich – und ich sah sie, das war Liebe auf den ersten Blick. Und obwohl sie wusste, dass ich krank bin, versprach sie mir ein Zuhause und machte das Versprechen, was sie mir gegeben hatte, tatsächlich wahr. Sie nahm mich mit. Das beste Jahr meines Lebens!

Das einzige Jahr meines neuen Lebens, denn ich habe diese Welt verlassen, ich bin tot – gestorben an Nierenversagen, nicht mal ein Jahr, nachdem ich das Glück meines Lebens gefunden hatte.

„Kein Happy End", denkt ihr jetzt bestimmt, doch ich denke anders. Als mein Frauchen Susanne mich sah, war ich zwar schon zu Kräften gekommen, aber ich war kein Hund, der hübsch war, kein Hund, der gesund war, kein Hund, für den es sich gelohnt hätte. Ich hatte Leishmaniose, ich war dünn und mein Fell war kahl und stumpf und ich hatte diese Hustenanfälle. Eigentlich hätte ich keine Chance auf ein neues Zuhause gehabt, denn Dutzende Welpen und gesunde Hunde wuselten um mich herum – und trotzdem entschied sich Susanne für mich. Warum sie es tat, weiß ich bis heute nicht, aber sie tat es, und für mich begann das beste und letzte Jahr meines Lebens.

Das Leben in Deutschland hielt viele Arztbesuche und viele Medikamente für mich bereit. Ich war ein kranker Hund, aber ich bekam die Chance und es kämpfte jemand für mich. Mein Leben bestand plötzlich nur noch aus Liebe, Streicheleinheiten, dem besten Essen der Welt, Autofahrten ins Glück, Betten und wundervollen warmen Schlafplätzen, gekochtem Hühnchen, tollen Spaziergängen und unendlich viel Spielzeug, das ich hoch motiviert und voller Leidenschaft zerlegte. Ich war ein Kämpfer und das sollten die Kuscheltiere und Spielzeuge wissen.

Und natürlich auch mein Frauchen, das ich so dermaßen vergötterte, dass jeder Abschied von ihr, und wenn sie nur in den Wäschekeller ging, eine Qual für mich bedeutete. Wir hatten uns gesucht und gefunden und ich verbrachte die schönste Zeit meines Lebens mit ihr. Nun bin ich gegangen, denn ich hatte keine Kraft mehr, gegen die Krankheit anzukämpfen. Ich weiß, dass ich viele Tränen und viel Abschiedsschmerz hinterlassen habe, aber ich war nun mal ein kranker Hund und ich wusste, dass die beste Zeit meines Lebens begrenzt sein würde.

Aber ich hatte sie: die beste Zeit meines Lebens! Das beste Jahr meines Lebens und das beste Frauchen, das ich mir hätte wünschen können. Wir haben uns geliebt, wären füreinander durchs Feuer gegangen und sie hat alles für mich getan, was menschenmöglich war.

Für ein Happy End ist meine Geschichte eigentlich zu kurz. Mein Leben war zu kurz, denn ich bin nur ungefähr vier Jahre alt geworden. Mein Leben hätte länger sein können, wenn Menschen rechtzeitig auf meine Leiden reagiert hätten und mich nicht stattdessen aus ihrem Blickfeld verbannt hätten, indem sie mich auf die nasse kalte Straße warfen und aus mir einen Straßenhund machten.

Trotz allem hatte ich letztlich das, was sich jedes Straßentier auf dieser Welt wünscht: Ich hatte einen Menschen, der mir eine Chance gab und der mit mir kämpfte. Ich hatte einen Menschen, der mich liebte, streichelte und liebkoste und der mir versprach, dass er jeden Weg mit mir gehen würde. Ich hatte einen Menschen, der mir einen Platz gab, mir meinen Hunger nahm und mir ein warmes Plätzchen schenkte – in seinem Heim und in seinem Herzen. Ich hatte einen Menschen, der mir ein Zuhause schenkte, obwohl er wusste, dass ich krank war und viel Geld kosten würde. Dieser Mensch entschied nach dem Herzen und nahm mich auf. Ich werde diese Zeit des geliebt Werdens niemals vergessen.

Nun bin ich den Weg über die Regenbogenbrücke gegangen und bin ich nur noch eine Erinnerung in den Herzen derer, die mich geliebt haben. Trotz allem bin ich dankbar für dieses eine wundervolle Jahr, das mir die Hoffnung in die Menschen zurückgegeben hat. Ich bin nun ein Stern am Himmel, einer unter Tausenden, aber ich bin glücklich und dankbar für das beste Jahr meines Lebens. Dankbar für den Menschen, der mir gezeigt hat, wie wunderschön ein Hundeleben sein kann. Ich war nur einer von vielen, einer von vielen Hunden, dem niemand eine Chance gegeben hatte: alt, krank, behindert, nicht dem Ideal entsprechend, trotzdem war mein Leben lebenswert, denn Menschen haben mir eine Chance gegeben. Ich verweile nicht mehr auf dieser Welt, aber ich möchte euch eine Botschaft senden: Ihr könnt nicht die ganze Welt verändern, aber ihr könnt die ganze Lebenswelt eines Tieres verändern! Gebt auch den Alten und Kranken eine Chance – sie werden euch ewig dankbar sein.

Für meine Mama Susanne – glücklich durfte ich trotzdem noch werden.

Viele Umwege zum Glück

Meine Geschichte beginnt mit mehreren Tiefschlägen, aber sie endet doch glücklich. Ich bin eine reinrassige Golden Retriever Hündin und wurde im Februar 2010 in Süddeutschland bei einem Züchter geboren. Da war noch alles okay und ich wartete darauf, dass ich mit meinem fast weißen Fell und meinen dunklen Knopfaugen schnell ein neues Zuhause finden würde. Damals hieß ich Beverly, aber als feine Dame fühlte ich mich eigentlich nie, worauf ich später noch eingehen möchte. Eine junge Frau hatte direkt einen Blick für meine Schönheit und Anmut und so verließ ich sehr schnell mein Geburtshaus.

Ja, ich denke, ich war jetzt sehr glücklich und wäre es sicher auch geblieben, wenn nicht schon nach sehr kurzer Zeit mein Frauchen einen schweren Unfall gehabt hätte. Sie war dadurch plötzlich an einen Rollstuhl gefesselt und das sollte wohl auch so bleiben. Wir waren beide sehr traurig, aber zu ihrem neuen Leben auf Rädern passte kein vierbeiniger Freund, der auch noch Auslauf und Pflege benötigt. Das musste selbst ich einsehen.

Aber das Leben ging weiter und es musste eine Lösung her. Da hatte ich ein zweites Mal Glück. Die Freundin von meinem Frauchen wollte helfen und süß fand sie mich allemal. Bei ihr verbrachte ich dann so etwa die nächsten fünf Monate meines jungen Lebens. Das neue Frauchen war ja nicht übel, aber sie war jung und wollte studieren. Wäre nicht so schlimm gewesen, aber sie hatte den Wunsch, in einem fernen Land, sie sprach davon in den Vereinigten Staaten von Amerika, ihr Studium fortzusetzen. Sie sagte mir, dass ich da nicht mitkommen könnte und man eine Lösung finden müsse. Ich wusste schon, was jetzt kam – und genau so kam es dann auch.

Sie wollte, dass ich in gute Hände komme. Ein neues Zuhause. Ein Platz, wo man Zeit für mich hatte und wo ich mich entwickeln konnte. Mitten im Allgäu fand sie ein Ehepaar mit Haus und Garten. Und mit einem Schutzvertrag regelte sie, dass es mir auch sicher gut ging. Na ja, der gute Wille war auf jeden Fall da. Der Garten war schön und ich konnte viel spielen. Auch Katzen und Hunde waren dort, mit denen ich gleich Freundschaft schloss. Dort erhielt ich einen neuen Namen und musste mich daran gewöhnen, auf Kira zu hören. Es klang alles so gut, wenn da nicht die Menschen ständig gestritten hätten, was ich gar nicht verstehen konnte. Mein Frauchen und Herrchen hatten auf jeden Fall solchen einen Streit bekommen, ich hoffte, nicht meinetwegen, dass Frauchen meinte, sie wolle wegziehen.

Plötzlich hatte ich nur noch ein Herrchen. Diese Menschen haben eine Unart, ihre Zeit mit irgendetwas zu vergeuden, was ich überhaupt nicht nachvollziehen kann. Arbeit nennen sie das – und dann sind sie immer lange von zu Hause weg und haben wenig bis überhaupt keine Zeit für mich. Mein Herrchen war eigentlich ständig unterwegs. Er sagte, er sei Eventkoch oder so etwas und müsse immer durch Deutschland reisen, um in entfernten Küchen seiner Arbeit nachzugehen. Irgendwie war er der Meinung, dass er keine Zeit für einen Hund hätte, und er schrieb etwas im Internet. *Notfall und umständehalber abzugeben. Eine sechs Monate alte liebe Retriever Hündin.* Er meinte damit mich, da bin ich mir sicher.

Zu dieser Zeit gab es jemanden, der Inserate dieser Art las und sich Gedanken machte, wieder einen Hund in seinen Haushalt zu holen. Wieder ein Herrchen und ein Frauchen, die vor Jahren einen Schäferhund hatten. Als dieser im hohen Alter starb, waren sie so traurig, dass sie keinen Hund mehr haben wollten, um nicht noch einmal erleben zu müssen, wenn ein treuer Freund stirbt. Deren Tochter liebäugelte damit, einem Hund ein neues Zuhause zu geben. Dieses Ehepaar dachte, man könne ja vielleicht doch wieder einen Hund holen und ihn gemeinsam mit der Tochter halten. So hätte man viel Zeit für das Tier. Sie überlegten und riefen letztendlich einfach mal bei meinem Herrchen im Allgäu an.

Am Telefon sagten sie ihm dann doch ab, mit der Begründung: Sie wollten keinen Hund über das Internet kaufen. Man müsse den Hund sehen und auch schauen, wie der Hund reagiere. Da müsse ein Funke überspringen. Mein Herrchen war verzweifelt und wollte mich auf jeden Fall loswerden. Die Interessenten riefen aus dem Rhein-Main-Gebiet an und mein Herrchen reagierte sehr schnell. Er meinte: „Am Wochenende habe ich ein Kochevent in der Nähe von Frankfurt. Ich bringe den Hund einfach mit. Wir können uns dort treffen und Sie können Kira besichtigen." Sie ließen sich darauf ein. Ja, mein altes Herrchen war schon clever. Er nahm nicht nur mich mit ins Rhein-Main-Gebiet. Er packte alle meine Spielsachen, Leinen, Futter und sogar meine Hundehütte gleich mit in seinen Kombi.

Als ich die beiden Neuen dann sah, war ich schon etwas unsicher. Wie lange hielt denn das nun? Aber nett waren sie beide. Tja, und ich mit meinen dunklen Knopfaugen kann jedes Herz erweichen. Eine kleine Gassirunde und ich hatte mal wieder neue Besitzer.

So richtig dran geglaubt habe ich eigentlich nicht, dass ich da nun mal länger bleibe. Autofahrten wollte ich erst mal auch nicht – da wird man eh nur abgeschoben. Und mit Vertrauen ging ich auch sehr zurückhaltend um. Aber ich hatte ein eigenes Haus und einen kleinen Garten. Ich war auch anfangs nicht mal stubenrein, obwohl mein vorheriges Herrchen meinte, ich sei es. Hab auch gerne mal was angestellt und Schuhe und Holzmöbel angeknabbert, aber die haben es mir schnell abgewöhnt.

Als ich mich ständig kratzte, bis ich wund war, dachten die Neuen, ich hätte wohl Flöhe und gingen mit mir zu einem Tierarzt. Der meinte aber, ich hätte solche Quälgeister nicht, sondern eher eine Futtermittelallergie. Oh mein Gott, ich esse so gerne und esse alles, was ich nur finden kann, aber seither darf ich weder Schweinefleisch noch Rindfleisch oder Ente und auch keinerlei Getreideprodukte und keine Milchprodukte essen. Wisst ihr, was da noch übrig bleibt? Das könnt ihr euch gar nicht vorstellen. Und im Feld liegt doch immer mal etwas. Sei es ein Stück Brot oder Brötchen oder gar etwas Wurst oder Käse. Und immer dieses blöde Wort: „NEIN!" Das ist schon lästig, aber trotzdem fühle ich mich jetzt wohl. Meine neuen Besitzer wollten mehr über mich erfahren und recherchierten im Internet und in meinem Impfpass.

Und wen fanden sie da? Richtig, mein ehemaliges Frauchen, das im Ausland studieren wollte. Da haben die doch tatsächlich angerufen. Sie bekamen zur Antwort, dass ich nicht Beverly sein könne. Sie habe bei meinem letzten Herrchen angerufen und gefragt, wie es mir gehe, und zur Antwort erhalten, alles sei gut. Ihr könnt es euch nicht vorstellen, aber sie setzte sich direkt ins Auto und nach ein paar Stunden war sie bei meinen neuen Besitzern. Sie erzählte, dass sie nun doch in Deutschland studiere. Durch den Schutzvertrag hätte man mich nicht weggeben dürfen und sie wollte mich wieder mitnehmen. Sie rief immer Beverly – aber darauf reagierte ich nicht mehr.

Meine neuen Besitzer wehrten sich dagegen, mich einfach wieder herzugeben. Es sei nicht schön, ein Tier einfach immer wieder hin- und herzuschieben. Nach langer Diskussion meinte mein ehemaliges Frauchen, hier hätte ich es wohl gut und man würde sich gut um mich kümmern. Sie hinterließ noch ein paar Bilder, als ich sehr jung war, und dann verschwand sie. Ich hörte nie wieder von ihr.

Ja, und so lebe ich seither in Rheinland-Pfalz und fühle mich wohl. Inzwischen steige ich auch gerne wieder in ein Auto, denn ich weiß — hier werde ich nicht mehr abgeschoben. Wenn ich jetzt ins Auto steige, dann geht es in den Urlaub zum Wandern und ab und zu in den Süden im Winter, wo alles zugeschneit ist. Das erinnert mich an meine Kindheit und ich liebe den Schnee. Im Sommer bin ich eine Wasserratte. Danach wälze ich mich auch mal nach Herzenslust im Dreck, nein, eine feine Dame bin ich sicher nicht, aber dafür glücklich.

Ach ja, dass ich auch der Hund für die Tochter von Herrchen und Frauchen bin, klappte nicht. Sie wollte unbedingt einen Hund retten. Sie holte sich einen Labrador aus einer Tötungsstation in Spanien. Er ist etwa ein Jahr älter als ich. Auch er bekam einen neuen Namen und heißt jetzt Benny. Ich sehe ihn jeden Tag und wir mögen uns sehr. Aber das ist eine andere Geschichte.

Sonne

Mitte September war es so weit: Meine kleine Labradorhündin Sonne zog bei mir ein. Nicht nur für die kleine Maus führte dies zu einer großen Veränderung in ihrem bis dahin kurzen Leben. Auch für mich hat sich durch die neue Gemeinschaft eine grundlegende Veränderung in meinem Leben ergeben.

Ich mochte Hunde schon immer. In meiner Kindheit hatten wir vor der Scheidung meiner Eltern einen Hund und ich wollte später immer gerne einen eigenen Hund haben. Doch nach dem Studium ergaben sich wegen meiner vollen Berufstätigkeit nie die passenden Umstände, einen Hund zu halten. Und seit meiner Selbstständigkeit und einem doch sehr auf die Berufstätigkeit ausgerichteten Leben noch weniger. Schließlich bin ich alleinstehend geblieben, da ich einen deutlichen Fokus hatte. Seit ich jedoch vor einigen Jahren chronisch erkrankt bin und deswegen immer starke Schmerzen habe, fällt mir die volle Berufstätigkeit und vor allem auch meine eigene Motivation immer schwerer.

Meinen bisherigen Hobbys Wandern, Laufen und Motorradfahren konnte ich nicht mehr richtig nachgehen. In meinem Leben musste sich etwas verändern. Ich wollte Verantwortung für jemanden übernehmen, weniger arbeiten und einen neuen Fokus für mich finden, um mich auch wieder besser motivieren zu können.

Ich hatte mich entschieden, endlich einem Hund ein Zuhause und Beschäftigung zu geben. Mein Arzt fand die Idee klasse. Auf einmal kamen Fragen auf mich zu, mit denen ich mich bis dahin noch nie beschäftigt hatte. Nimmt man ein Tier aus dem Tierschutz, vom Züchter, privat? Welche Rasse? Will ich mit dem Hund Sport treiben? Was will ich überhaupt mit ihm machen? Welche Eigenschaften braucht das Tier? Aus ethischen Gründen dachte ich mir natürlich spontan, einen Hund aus dem Tierschutz zu nehmen. Auch dort gibt es junge Hunde bzw. sogar Welpen. Doch dort gab es Hürden, mit denen ich niemals gerechnet hätte: Ich bin alleinstehend, berufstätig und wohne in einer

Wohnung. Das waren für den Tierschutz drei gute Gründe, keinen Hund in meine Obhut zu geben.

Meine kleine Sonne würde ihnen mit Sicherheit bestätigen, dass das völliger Quatsch ist. Sie ist gesund und gepflegt, bekommt Aufmerksamkeit und Liebe, bleibt nie länger als zwei bis drei Stunden alleine, obwohl sie mehr könnte, hat ausreichend Bewegung und Auslauf, da ich viel mit ihr in unterschiedliches Gelände fahre, sie wird gut erzogen und ausgebildet. Aber seis drum, dann kein Hund aus dem Tierschutz. Scheinbar wollen die ihre Tiere nicht vermitteln. Also zum Züchter.

Nach längerem Suchen und mehreren Vorstellungen fand ich jemanden, der einen Labradorwurf erwartete und bei dem ich einen Welpen reservieren konnte. Wow, war ich aufgeregt! Das war im Mai. Es würde noch vier Monate dauern, bis eine hoffentlich kleine schwarze Labbi-Maus bei mir einziehen würde.

Nachdem ich langsam realisiert hatte, dass es Wirklichkeit würde, kam so eine kleine Panik auf, ob ich alles richtig machen würde. Schließlich war ich Anfänger in der Hundehaltung. Also Bücher her. Ich habe gelesen und gelesen, Zvolsky, Ganßloser, ganz viel Bloch und vieles mehr, aber irgendwie wurde ich immer unsicherer anstatt sicherer.

Ich habe mich ein wenig gefühlt, als wenn ich Mama würde – nur ohne dicken Bauch. Meine Freundinnen, die ebenfalls Hunde halten, meinten nur, das wäre normal und ich solle entspannt bleiben. Es wurde auch tatsächlich besser. Einer Schwangeren ähnlich zog ich durch alle möglichen Hundeläden und habe meine Wohnung hundegerecht ausgestattet. Die Maus sollte es ja gut bei mir haben.

Ich weiß im Nachhinein, wie viel Blödsinn, den man nicht braucht, ich mir habe aufschwatzen lassen. Hier gibt es eine ganze Kiste voll Spielzeug und am Ende hat sie drei Lieblingsspielsachen, mit denen sie sich beschäftigt und der Rest wurde einmal schräg angeschaut, beschnüffelt und dann wieder liegen gelassen. Aber es hat Spaß gemacht, durch die Läden zu ziehen.

Die Mutterhündin hatte noch nicht mal geworfen und bei mir gab es schon zwei Hundebetten, eine Softbox, Näpfe, Spielsachen, selbst Leine und Geschirr hatte ich schon. Heute kann ich nur den Kopf schütteln, aber so bin ich nun mal. Ich will immer vorbereitet sein.

Und ich war so wenig vorbereitet. Der ausgerechnete Wurftag war bereits verstrichen und ich habe schon tagelang ungeduldig gewartet, als dann endlich der ersehnte Anruf kam, dass die Mutterhündin ihre Welpen bekommen hatte. Und es war ein kleines schwarzes Mädel dabei. Yipee! Ein erstes Foto kam, nach vier Wochen durfte ich die Maus endlich besuchen. Dann war endlich Mitte September und ich habe meine Hündin in Mainz abgeholt. Eine kleine Fellnase, gerade mal zwei Hände voll, weggerissen von ihrer Mama und den Geschwistern, fiepend auf meinem Schoß im Auto sitzend und immer wieder zurückblickend. Mir hat das Gejammer von der Kleinen damals so leidgetan und ich wusste nicht, wie ich sie beruhigen konnte. Ich habe sie gestreichelt, sie liebevoll angesprochen und ihr Spielzeug angeboten. Nun, irgendwann ist sie dann eingeschlafen und wir kamen zu Hause an.

Das erste Wochenende hat sie erst mal durchgehend erbrochen und Durchfall gehabt und ich stand ratlos und verzweifelt daneben und wusste nicht, wie ich ihr helfen sollte. Auf den Rat einer Freundin hin habe ich dann das erste Mal *Morosche Möhrensuppe* gekocht. Das hat geholfen und in der kommenden Woche ging es Sonne besser. Mittlerweile weiß ich, dass es schlichtweg die Umstellung auf die neue Umgebung war, die der Kleinen zusetzte. Aber in der ganzen Zeit der Vorbereitung auf den Hund bin weder ich selbst auf die Idee gekommen noch haben mich andere in diese Richtung beraten, dass man auf die ein oder andere Kinderkrankheit vorbereitet sein sollte. Auf die Erfahrung an diesem ersten Wochenende, an welchem ich fast in die Notklinik gefahren wäre, weil ich überhaupt nicht einschätzen konnte, wie gefährlich so ein zweitägiger Durchfall sein konnte, hätte ich gut verzichten können.

Im Internet wird zudem mehr Panik gemacht, als wirkliche Hilfe geboten. Auch diese ganzen vermeintlichen Vorbereitungsbücher gehen nach meinem Geschmack viel zu wenig auf dieses Thema ein. Im Nachhinein kann ich jedem, der den erstmaligen Wunsch hegt, sich einen Hund anzuschaffen, nur raten, sich auch einfach mal mit dem Thema Magen-Darm-Infekte, Husten, Schnupfen, entzündete Augen und so weiter auseinanderzusetzen. Und das am besten bevor der Hund krank wird. Seit Sonne bei mir ist, waren wir mittlerweile zweimal beim Notarzt, der ihr dann leider auch viel zu schnell Antibiotika gegeben hat. Ich wünschte, ich hätte die Hausmittelchen, die ich jetzt kenne und zu Hause habe, vorher gekannt. Dann wären mir und auch dem Hund einige Stunden unnötigen Stresses erspart geblieben. Aus Erfahrung wird man halt klug. Und auch gelassener.

Ich dachte immer, dass ich aufgrund meines Jobs recht sachlich und gelassen sein würde, aber durch den Hund habe ich noch mal eine andere Qualität an Gelassenheit und erziehungsbedingt auch an Kontenance erarbeiten müssen: „21, 22, 23 ... sie meint das nicht böse, sie kann nicht anders ... 21, 22, 23 ...“

Die nächsten Wochen waren geprägt von unserem Kennenlernen, dem der Umgebung, schlaflosen Nächte, damit die Hündin stubenrein wird, meine Nerven am Limit, erste Kommandos und ganz, ganz viel Kuscheln, Spielen, Lachen, Toben, blaue Flecken und Kratzer – selbstverständlich bei mir.

Die Maus hat so viel Chaos in mein Leben und vor allem meine Wohnung gebracht. Mein Lebensrhythmus hat sich komplett geändert, da sie eine echte Frühaufsteherin ist. Während ich früher gegen 7.00 Uhr aufgestanden bin, enden meine Nächte jetzt gerne gegen 5.30 Uhr. Dafür gehen wir auch deutlich früher schlafen als ich vormals alleine. Morgens sind wir dann um sieben Uhr schon im Wald. Entspannung pur. Und in meiner Freizeit sieht man mich tagsüber hauptsächlich nur noch in Hundeklamotten. Auch bin ich grundsätzlich ein recht ordentlicher Mensch, aber seit Sonne hier wohnt, ist es latent unordentlich, überall sind ihre Haare, gleich, wie oft ich sauge, und seit wir viel draußen sein können, ist es auch immer irgendwie dreckig, weil ich sie nicht komplett sauber machen kann, bevor sie in die Wohnung kommen. Mein Auto riecht nach Hund und auch im Schlafzimmer, wo Sonnes Kennel steht, riecht es doch deutlich nach ihr. Es stört mich tatsächlich einfach nicht. Das ist kein mürrisches Dulden, nein, es stört mich nicht. Sie wohnt nun mal hier. Das hätte ich mir vorher nicht vorstellen können. Auch nicht, dass jemals ein Hund in meinem Bett schlafen dürfte. Sie ist ein echtes Familienmitglied geworden, das hier auch seine Spuren hinterlassen darf. Aber noch so viele Gedanken darüber, Gespräche mit anderen Hundehaltern oder Lektüre bereiten einen nicht realistisch darauf vor, wie sich die eigene Wohnumgebung durch den Hund ändert. Der Anspruch an die eigenen vier Wände wird ein komplett anderer. Es muss nicht mehr hübsch sein, sondern funktional. Sonne darf sich nicht stoßen, keine Kabel annagen, nirgends stürzen oder stecken bleiben. Eltern mögen damit vertraut sein. Ich war's nun mal nicht.

Und man macht sich kein Bild von der Neugierde eines Welpen. Die finden alles, wollen alles anfressen und haben nur Blödsinn im Kopf. Und trotz des ganzen Drecks, der Haare, meiner blauen Flecke und Kratzer, der ein oder anderen Verzweiflung ob der Erziehung, würde ich meine kleine Sonne für kein Geld der Welt mehr hergeben. Die wachsen einem schon ganz schön schnell ans Herz und bringen viel Freude und bedingungslose Zuneigung, wenn man ordentlich mit dem Tier umgeht.

Apropos Erziehung: Dazu stand für mich von Anfang an fest, dass ich mit ihr in die Hundeschule gehe. Und zwar wöchentlich. Seit ihrer neunten Lebenswoche bin ich mit Sonne in den Welpenkurs gegangen. Hier hat sich dann schnell gezeigt, worauf es in der Erziehung ankommt. Anstatt wichtige Grundkommandos und vor allem immer wieder den Rückruf zu trainieren, haben wir dort *Gib Pfötchen* und *Dreh dich* gelernt. Vollkommen untauglich für den Anfang in meinen Augen. Das kann man gerne später mal zur Beschäftigung machen, aber doch nicht zuerst. Die Schule war mir zwar mehrfach empfohlen worden, ich war aber mit den Lerninhalten und auch den Trainern derart unzufrieden, dass ich die Schule schnell wechselte. Also hatte das ganze Studium der Bücher im Sommer doch einen Sinn gehabt. Ohne dieses Lektürestudium hätte ich womöglich die Qualität der Schule nicht so schnell einordnen können. So wechselten Sonne und ich nach nur fünf Wochen in eine andere Schule. Zu unserem Glück, denn dort haben wir einen unglaublich guten Trainer und viele nette Leute und Hunde getroffen. Den Welpenkurs konnten wir dort bis Ende des Jahres sogar mehrmals wöchentlich besuchen.

Neben den wichtigen Grundkommandos lernten wir auch einiges an Theorie und hatten zusammen jede Menge Spielspaß. Mittlerweile sind wir seit Januar im Junghundekurs und besuchen diesen wieder zweimal wöchentlich. Auch wenn es manchmal furchtbar nervt, immer und immer wieder die gleichen Dinge – nämlich die Freiablage, den Rückruf, Fuß laufen – zu üben, üben, üben, sind es genau diese Dinge, auf welche es später beim Zusammenleben mit uns Menschen für den Hund ankommt. Und ich möchte, dass Sonne mal einen guten, nein, einen sehr guten Grundgehorsam bekommt.

Vor ihrer Ankunft hatte ich mir überlegt, mit ihr vielleicht mal ein bisschen Fährte, Mantrailing oder Ähnliches zu machen, aber ich war mir nicht wirklich im Klaren darüber, ob und was ich mit dem Hund mal treiben wollte. Ich wollte mit ihr in die Natur und mich bewegen.

Das tun wir auch. Und zwar viel. Ich bin mit Sonne täglich wenigstens drei Stunden unterwegs. Natürlich nicht am Stück und in dieser Zeit sind auch die Trainingseinheiten draußen enthalten. Aber es ist doch ein ganz schönes Zeitkontingent, was ich der Kleinen erübrige. Sie zeigt sich sehr wasser- und apportierfreudig, also habe ich mich nach Retriever gerechten Beschäftigungen erkundigt. Natürlich bin ich schnell beim Dummytraining gelandet. Das würde Sonne, glaube ich, viel Spaß machen. Und mir womöglich auch. Und bei der Menge an Zeit, die wir mit dem Training auf den Waldspaziergängen verbringen, muss es mir auch ein wenig oder vielleicht auch ein wenig mehr Spaß machen, nicht nur der Maus.

Im Moment ist sie mit ihren sieben Monaten natürlich noch zu jung, um schon so richtig einzusteigen, aber dennoch müssen wir einige vorbereitende Hausaufgaben erledigen. Insbesondere den Grundgehorsam und gute Fußarbeit. Daran hapert's gerade noch.

Ich hatte mit vor Sonnes Ankunft nicht vorstellen können, dass ein Hund und seine Erziehung eine derart zeitintensive Beschäftigung werden könnte. Doch wenn man dem Tier anständige Auslastung, ausreichend Bewegung und auch Spaß und Abenteuer bieten möchte, muss man einfach Zeit investieren. Das sind bei mir rund fünf Stunden täglich. Und dabei habe ich noch nicht berücksichtigt, dass ich ihr drei Mal täglich Futter zubereite und ihretwegen wenigstens dreifach so viel Hausarbeit habe wie vorher. Also einen Hund hat man nicht einfach nebenbei. Das kostet Zeit. Die ich aber wirklich von Herzen gerne widme. Denn es macht Spaß. Und ich habe mich wohl auch sehr auf das Leben mit Hund eingelassen. Sonne ist so ein lernwilliger Hund, ich denke, dass wir schon eine recht gute, respektvolle Beziehung aufgebaut haben. Man merkt ihr diesen retrievertypischen Willen, zu gefallen, an. Vor Sonne habe ich sehr gerne und viel gearbeitet, aber mittlerweile habe ich mehr Spaß daran, im Wald Futterdummies oder Spielzeug durch die Gegend zu werfen oder den Hund auf Leckerchensuche zu schicken.

Da ist er, der andere Fokus. Den wollte ich finden. In meinem Leben hat sich durch die Hündin einiges verändert. Wenn ich früher der Krankheit und Schmerzen wegen einfach mal liegen geblieben bin, geht das jetzt nicht mehr. Sonne muss raus. Also aufstehen, anziehen und mit ihr laufen. Und im Nachhinein bin ich froh darum, denn mir tut die Bewegung gut und die Schmerzen werden davon besser. Und ich bin wieder im Wald und finde dort Entspannung. Und wenn man den Spaß sieht, mit dem sie durch den Wald springt, Spuren verfolgt oder einfach nur wie eine Besessene hin und her flitzt, erlebt man selbst eine solche Freude an dem Spaß und der Unbedarftheit des Tieres. Sonne hat mir ganz grundlegende wichtige Dinge in meinem Leben zurückgegeben, die ich bei Freunden und der Arbeit nicht mehr finden konnte: Freude, Spaß, Motivation.

Das mögen andere in ihrer Familie finden, aber genau die habe ich ja nicht. Jetzt ist Sonne meine Familie. Und weil ich so viel Freude an ihr und der Arbeit mit ihr habe, habe ich mich sogar dazu entschieden, in eineinhalb bis zwei Jahren, wenn Sonne aus dem Gröbsten raus und hoffentlich gut erzogen ist, einen zweiten Hund dazuzunehmen. Die Vorfreude darauf ist jetzt schon riesig, aber dann werde ich wesentlich besser vorbereitet sein als an zuvor erwähntem Mitte September.

Ein Hund ist der bessere Mensch

Der Hund ist das einzige Wesen auf Erden, das dich mehr liebt, als sich selbst. Das durfte ich oft erleben. Mein ganzes Leben war ein Hund in meiner Nähe. Meine Eltern hatten immer Hunde, jedoch waren es Haus- und Hofhunde, was so viel bedeutete, dass der Hund draußen seine Hundehütte hatte und wenn er schlau und schnell war, sich manchmal einen Platz im Haus ergattern konnte. Er wurde von Tischresten gefüttert und mit dem Wasserschlauch draußen gebadet, wenn überhaupt. Gassi gehen brauchte und kannte man nicht, das große Gelände war Auslauf genug.

Auch später in meiner Familie hatten wir einen Schäferhund und danach einen Rottweiler, die beide auch draußen in einer Hundehütte lebten. Inzwischen waren meine beiden Kinder stark genug, um mit dem Rottweiler zu laufen. Dabei entwickelte sich eine intensive Beziehung zwischen dem Hund und meiner Tochter, sodass er eine totale Schutzposition einnahm. Total auf sie fixiert, befolgte er jeden Befehl von ihr. Erst nach ihrer Erlaubnis durfte jemand in ihre Nähe. Leider hat das Schicksal beide getrennt. Meine Tochter ist tödlich verunglückt. Als sie nicht mehr zurückkam, hat der Hund wochenlang gewartet und getrauert und die Nahrung verweigert, bis er dann regelrecht verhungerte – er musste eingeschläfert werden.

Auch in meinem weiteren Leben nahm ein Hund Platz neben mir und hat mein Leben verändert, schöner gemacht. Ich kaufte einen Havaneser Welpen, zwölf Wochen alt. Das Hundemädchen sollte Tinka heißen. Eigentlich unternahm einen Besuch beim Züchter nur, um mal so zu schauen. Ich betrat den Raum und setzte mich auf einen Stuhl. Vier Welpen stürzten ins Zimmer und einer schnurstracks auf meinen Schoß. Die Hoffnung stand in seinen Augen: „Bitte nimm mich mit, lass mich nicht mehr alleine, ich werde ein treuer Begleiter für dich sein." Mein Herz schmolz dahin und es war um mich geschehen.

Da ich wirklich keine Kaufabsicht hatte, war ich auch nicht mit entsprechendem Bargeld ausgerüstet. Ich überlegte, für einen anderen Tag einen Termin zur Abholung. Ich weiß nicht, was in dem Moment geschah. Es war, als wollte mich das kleine Wesen mit traurigen Kulleraugen festhalten. Ich konnte nicht anders, als an den nächsten Geldautomaten zu fahren, um das Geld für die Auslösung meines kleinen Babys zu holen.

Auf ging es in das neue Zuhause für sie – ein neuer Freund und eine lange Zeit Verantwortung für mich. Von nun an wurde mein Kosmetikrucksack zum Hunderucksack, stetig voll mit Utensilien, vor allem Leckerlis.

Schon die ersten Meter im Auto mit Hündin auf dem Schoß merkte ich, dass sie noch nie Auto gefahren war. Sie zitterte am ganzen Körper vor Angst und Panik. Und es dauerte auch nicht lange, bis mein Schoß nass und das Erbrochene verstreut war. Im Auto habe ich immer eine Kiste und eine Decke. Damit packte ich das kleine Geschöpf ein und versuchte, so schnell wie möglich, in Richtung Heimat zu kommen. Zu Hause angekommen, kam für sie die Erlösung.

Wie bei einer Wohnungsbesichtigung zeigte ich ihr ihren neuen Lebensraum. Dann gab es ein kleines Problem, da ich auf das neue Familienmitglied nicht vorbereitet war und keinerlei Hundeutensilien da waren – weder Körbchen noch Fressen. Also organisierte ich erst mal Nahrung. Ich merkte, sie fühlte sich gleich wohl. Mir war aufgefallen, dass sie durch Schwänzeln, Schnuppern und Erkunden die neue Umgebung erkundete. Ich war glücklich. Die Holztreppe nach oben war ihr neu, doch sie war so neugierig, dass sie spontan mit ihren kleinen Pfötchen Stufe für Stufe erklomm. Ohne Angst, obwohl jede Stufe einen Zwischenraum hat, sodass die Kleine dazwischen nach unten hätte abstürzen können, schaffte sie es nach oben. Und *schwupp* nahm sie den Platz im Bett ein. „Da bleibe ich", schien das zu heißen.

Nach dem Fressen und Trinken stand nun die nötige Entleerung an. Inzwischen hatte ich die meisten Utensilien besorgt, schnallte sie an die Leine und auf ging es in die neue tägliche Aufgabe, nämlich Gassi gehen. Die erste gemeinsame Runde dauerte eine Stunde, aber nichts geschah, sie behielt alles ein und verkniff es sich. Zu Hause erledigte sie dann ihr Geschäft auf dem Wohnzimmerteppich.

Nach Rücksprache mit dem Züchter erfuhr ich, dass das Hundchen noch nie die Natur draußen gesehen hatte und seine Geschäfte sein kurzes Leben lang im Haus auf Zeitungen verrichtet hatte. Es dauerte wochenlang, bis Tinka das Gras liebte, die Zeitungen oder Teppiche nicht mehr brauchte und all die neuen Geräusche in der Natur ohne Angst aufnahm. Voller Energie und Freude hat sie dann das Gassi gehen genossen. Es war lustig anzusehen, wie sie bei jedem Pipi wie ein Rüde das Beinchen hob, dann aber nur ein Tropfen kam.

Das neue Familienmitglied festigte sich immer mehr zu meinem besten Freund, um nicht zu sagen ... Kindersatz. Tinka war immer an meiner Seite, begleitete mich Tag und Nacht, Schritt für Schritt, freute sich, wenn ich kam, bemerkte, wenn es mir mal schlecht ging, und kuschelte mit mir, wenn ich es brauchte.

Ich erinnere mich, dass ich einmal auf dem Heimweg auf der nassen Straße hinfiel, auch jetzt war mein Hundchen an meiner Seite. Es stupste mit seiner Nase und Pfote so lange, bis ich wieder aufstand.

Bei jeder Bergwanderung in den Alpen war Tinka tapfer über Stunden dabei, was ihr das ganze Leben eine tolle gesundheitliche und körperliche Kondition brachte. Sie wollte immer die Anführerin sein, aber da ich das Ende der Truppe machte, lief sie meistens jeden Weg vor und zurück, also zweimal. Das Einkehren in Berghütte kapierte sie schnell und liebte es. Sie stand oft als Erste vor der Hüttentür mit der Aufforderung: „Ein Päuschen gefällig?" Sie legte sich immer unter den Tisch und harrte geduldig aus. Man bemerkte sie nur, wenn sie Pipi musste. Da wurde so lange gestupst, bis einer mit ihr rausging.

Das allgemeine Denken ist, dass ein Hund im Vergleich zur Katze nur hörig ist, ohne eigenen Willen. Meine Tinka hat zwar meine Kommandos befolgt, hatte aber auch oft ihren eigenen Kopf, was nicht unbedingt ein falsches Erziehen war. Wenn Tinka mit meinem Mann laufen sollte, wehrte sie sich manchmal, blieb stehen oder legte sich einfach hin. Es gab dann nur die Möglichkeit, umzukehren oder sie zu tragen.

Tinka liebte nicht nur die Berge, sondern auch innig das Meer. Sie durfte viermal im Jahr mit uns in der Reisetasche an Bord des Fliegers nach Spanien reisen. Geduldig lag sie in der verschlossener Tasche vor dem Sitz zwischen meinen Beinen und harrte der Dinge, die da kamen. Stundenlange Spaziergänge am Strand waren für uns beide immer ein großes Vergnügen. Überhaupt mit einem Ball bewaffnet am Wasser zu spielen und im Sand zu toben. Schwimmen war nicht ihr Ding, das Duschen und ab und an das Abseifen ließ sie geduldig über sich ergehen, das Scheren des Fells gab ihr ein Wohlgefühl. Wie eine kleine Diva stand sie auf dem Tisch und ließ sich verwöhnen.

Vor Katzen hielt sie immer den nötigen Abstand, die waren nach einem einschlägigen Erlebnis nicht ihr Ding. Da sie ja immer und auf alles neugierig war, versuchte sie bei Freunden, wie von zu Hause gewohnt, über die Treppe in die erste Etage zu den Schlafbereichen zu kommen. Leider hatte die Katze ihr Reich dort und schlug ihr die Pfote ins Gesicht. Damit hatte Tinka so gar nicht gerechnet, war mehr erschrocken und ging den Rückzug an. Von da an war sie Katzen gegenüber voller Respekt.

Nach 16 gemeinsamen, intensiven und schönen Jahren musste ich sie in Spanien lassen. Sie konnte plötzlich nichts mehr fressen. Auch eine Behandlung von einem deutschen Tierarzt direkt in Spanien war ohne Erfolg. Ich versuchte, sie mit ihrem Lieblingsfressen wieder hochzupäppeln. Leider auch erfolglos. Es wurde von Tag zu Tag schlimmer und sie immer schwächer, sodass ein weiterer Arztbesuch in Spanien nötig war. Die Ärztin meinte, es müsste die Gebärmutter operiert werden. Während der OP stellte sie fest, dass mein heiß geliebtes Hundchen voller Krebs war. Die Ärztin versuchte alles, was möglich war, und betreute sie drei Tage lang in der angeschlossenen Klinik. Ich war täglich bei ihr, bis der Anruf kam, dass für Tinka die Leiden und Schmerzen beginnen würden, und ich entscheiden musste, Abschied von ihr zu nehmen. Den letzten Blick in ihren Augen werde ich nie vergessen. Ihre Augen vermittelte mir: „Bitte, hilf mir und lasse mich nicht allein.“ Leider war alles vergebens und ich musste loslassen. Wie eine Vorahnung vom Hundchen, es wollte in der Wärme von Spanien bleiben und mir keinesfalls zur Last fallen.

Dieses Schicksal löste sich auch bald auf, da ich genau nach dieser Zeit für drei Monate ins Krankenhaus und anschließend zur Kur musste, selbst zwischen Leben oder Tod schwebte und somit den Hund hätte abgeben müssen.

Das ist jetzt drei Jahre her und so manches Mal überkommt mich eine große Sehnsucht nach einem Hund. Dann winkt aber die Vernunft und es fallen mir alle schlechten Begebenheiten mit einem Hund ein, die die Jahre so mit sich gebracht haben.

Heute zehre ich von den Erinnerungen, Erfahrungen und Erlebnissen einer intensiven Hundefreundschaft und bin dankbar und glücklich, dass ich diese wunderschöne Zeit erleben durfte.

Zuerst war da Josef ...

Eigentlich war ich ein Katzenmensch, bis sich Josef in mein Herz und Leben schlich ... Ich engagierte mich schon längere Zeit ehrenamtlich im Tierschutz. Somit ging ich mindestens einmal wöchentlich zum hiesigen Tierheim, um dessen Leitung und die vielen anderen ehrenamtlichen Helfern zu unterstützen. Meistens war ich im sogenannten Futterdienst eingeteilt und kümmerte mich um die Futterzubereitung und Fütterung der Katzen.

Und eines Tages saß er dann da, im Zwinger des Hundehauses: ein kleiner nicht kastrierter Rüde, fünf Kilogramm schwer, alt, krank und ungepflegt. Ein Bologneser, normalerweise mit weißem Fell. Er hatte schwarze Knopfaugen. Der Hund war schwer verletzt einfach von seinem Besitzer an einer Autobahn Raststätte ausgesetzt worden. Der Pfleger, der ihn entgegengenommen hatte, hieß Josef, und da alle Tiere von uns einen Namen bekommen und gerade niemand eine bessere Idee hatte, war es fortan so, dass der kleine Bologneser Josef hieß.

Er wurde auf ungefähr zehn Jahre geschätzt und nach einer Notoperation und dem späteren Ziehen mehrerer Zähne wartete er auf ein neues Zuhause, in dem er hoffentlich noch ein paar schöne Jahre erleben durfte.

Seit dem Tag unserer ersten Begegnung ging mir Josef nicht mehr aus dem Kopf. Von nun an ging ich nicht nur ein- oder zweimal die Woche ins Tierheim, um mich um die Katzen zu kümmern, sondern täglich, um mich ganz intensiv um Josef kümmern zu können. Ich ging mit ihm spazieren, versuchte, sein Fell zu entwirren, und gab ihm immer seine Abendmahlzeit.

Meine Gedanken, ob am Tag oder mitten in der Nacht, befassten sich nur noch mit diesem kleinen Kerl. Meine Erfahrung mit Hunden war jedoch gleich null. Da Josef allerdings schon älter war, wäre es nicht so eine riesengroße Verantwortung wie bei einem ganz jungen Hund, dachte ich. Ich könnte testen, ob ich mit dem Verhalten eines Hundes zurechtkäme, im Vergleich zu meinem bisher von Katzen geprägten Leben. Außerdem war ich bis zu diesem Zeitpunkt auch nicht so der große Spaziergänger vor dem Herrn, und schon gar nicht bei Wind und Wetter. Meiner Gedanken drehten sich natürlich auch darum, ob ich den Hund überhaupt bekommen würde. Ich war sechs Stunden am Tag beruflich unterwegs. Die Tierheimleitung gab aber glücklicherweise ihre Zustimmung, da meine Abwesenheit noch im vertretbaren Rahmen wäre. Außerdem war es notwendig, dass der Hund problemlos mit im Auto fahren würde.

Also stellte ich Josef erst mal meinem Freund vor. Sein Kommentar: „So was Krankes und Dreckiges willst du dir mit nach Hause nehmen?“

Zu dem Zeitpunkt war ich aber längst schon so weit, alles erdenklich Mögliche zu tun, damit ich Josef zu mir holen konnte.

Wir legten dann eine Decke auf den Rücksitz und unternahmen eine erste Probefahrt an den Rhein. Josef war ruhig im Auto und alles lief glatt. Er war mir gegenüber auch schon sehr anhänglich und mein Herz quoll immer mehr über. Nach einem kurzen Test mit ihm im Katzenhaus – keine Reaktion seinerseits – war an einem Samstag schließlich der große Tag gekommen. Ich holte den kleinen Josef ab und nahm ihn mit zu mir nach Hause.

Dort waren meine zwei sieben Jahre alten Katzengeschwister, die, außer vom Balkon aus, noch nie einen Hund gesehen hatten. Als Josef zur Tür reinkam, jagte er den Kater erst mal durchs Wohnzimmer. Der verschwand sogleich im Schlafzimmer. Meine Katze, sowieso in allem gelassener, ließ das ganze Spektakel von einer höheren Position aus auf sich wirken. Ich sagte dann zu Josef: „Josef, wenn das mit uns klappen soll, sind die Katzen für dich tabu! Die waren zuerst da!“ Denn eines war für mich klar, hätte es zwischen den Tieren lang anhaltend Stress gegeben, hätte Josef leider schweren Herzens wieder aus müssen.

Vorsorglich hatte ich ein Gitter besorgt, das ich zwischen die zwei Zimmer stellte. So hatten die Katzen zunächst im Schlafzimmer und vor allem im Bad, dort befindet sich auch die Katzentoilette, eine hundefreie Zone. Aber was soll ich sagen. Der Hund stand am Gitter, der Kater kam nicht mehr aus dem Schlafzimmer raus, gar nicht. Eine Nacht habe ich mir das angetan, ständig über das Gitter kletternd, dann habe ich den Kater aus dem Zimmer geholt, die Tür geschlossen und das Gitter entfernt. Nach einer weiteren fast schlaflosen Nacht spazierte alle drei, mit Abstand, nebeneinander her. Sie liebten sich nicht, aber sie toleriert sich gegenseitig, mehr brauchte es ja auch nicht. Das Katzenfutter wurde fortan auf der Anrichte platziert, sonst wäre es stets von Josef gefressen gewesen.

Josef wurde beim Hundefriseur seines alten Fells entledigt, bekam ein Mäntelchen, immerhin war es November. Wir waren auch mehrmals beim Tierarzt, der Hund hatte Probleme mit den Ohren, mit der Haut und Wunden an den Lefzen. Wie viele weiße Hunde war er Allergiker auf eigentlich alle Sorten von Futter.

Nach einer sehr langen Phase, mit vielen Varianten, stabilisierte sich sein Gesamtzustand durch spezielles Hybroallergenik-Futter sehr gut. Diese Diät musste allerdings streng eingehalten werden, was bei zwei kleinen schwarzen Knopfaugen oft sehr anstrengend war.

Alles hätte so schön sein können. Auch die Spaziergänge machten richtig Freude. Wo ich mit dem Hund auftauchte, hatte ich sofort Kontakt zu anderen Menschen, die ihn alle total süß und goldig fanden. Nur stellt sich schon zu Beginn des Zusammenlebens heraus, dass Josef nicht alleine zu Hause bleiben konnte. Auch verschiedene Übungen und viel Training fruchteten nicht. Der Hund hatte echte Trennungsängste. Also musste ich mich um eine Tagesmutter für ihn kümmern. Das klappte dann auch ein paar Jahre gut, später war er in einer Hundetagesstätte untergebracht. So vergingen fünf, zwar anstrengende, aber vor allem erfüllte Jahre. Trotz seines dann schon sehr fortgeschrittenen Alters war Josef immer noch fit und unser aller Sonnenschein.

Dann aber, bei einem spätabendlichen Spaziergang, passiert es. Es war Winter, Josef hatte sein Mäntelchen an. Plötzlich sah ich einen dunklen Schatten an mir vorbeihuschen. Josef wurde von einem großen Hund von hinten geschnappt und wie ein Kissen durch die Luft gewirbelt. Ich stürzte mich sofort auf den Hund, eine Hand fest ins Nackenfell, mit der anderen in sein Maul und ihn angebrüllt, damit er von Josef abließ. Mein Josef hatte sich im nahe gelegenen Gebüsch verkrochen, während ich immer noch den fremden Hund festhielt, weil der sich sofort wieder auf Josef stürzen wollte. Nach einer gefühlten Ewigkeit kam endlich jemand die Straße hoch. Es war der Besitzer des Deutsch Kurzhaar Jagdhundes. Ich ließ mich nicht auf lange Diskussionen ein, fragte nur nach dessen Adresse. Dann sammelte ich meinen blutenden Josef ein und fuhr mit ihm zur Tierklinik, in der Josef über Nacht bleiben musste. Am nächsten Tag konnte ich ihn abholen und er wurde von unserem Haustierarzt weiter behandelt. Der ganze hintere

Teil seines Körpers war verbissen worden – alles war ein riesiger Bluterguss. Der Hund und ich standen unter Schock.

Leider hat sich Josef nicht mehr davon erholt und ich habe ihn schweren Herzens vier Tage später von meinem Tierarzt erlösen lassen. Er ist jetzt für immer in meinem Herzen und hat nun seinen Platz in einer Urne bei mir zu Hause, dort, wo er hingehört.

Und dann kam Willi ...

Nachwort

Liebe Leser,

ich hoffe, ich konnte Sie mitnehmen in die Welt des treuesten Freundes des Menschen. Vielleicht habe ich sogar erreicht, Erinnerungen wieder aufleben zu lassen von längst in den Hintergrund gerückten schönen, lustigen oder auch traurigen Erlebnissen mit Ihrem Begleiter auf vier Pfoten. ...

Mein Dank geht an Frau Martina Meier von Papierfresserchens MTM-Verlag für die tolle Zusammenarbeit. Danke auch an meine Frau Viola, die mich immer wieder darin bestärkt, an meinen Zielen und Träumen festzuhalten. Aber mein allergrößter Dank geht an unsere Hunde. Ohne euch würde es diese Geschichten und dieses Buch erst überhaupt nicht geben. Denn ihr alle seid die Hauptdarsteller und somit für mich die wahren Helden ...

Erzählen Sie mir Ihre Hundegeschichte. Auch für Lob und Kritik können Sie gerne direkt mit mir Kontakt aufnehmen. Schreiben Sie mir unter: udoingenbrand@web.de

Ich freue mich darauf, von Ihnen zu hören ...

Ihr Udo Ingenbrand

Der Herausgeber

Udo Ingenbrand, Jahrgang 1970, lebt mit seiner Familie und seinen zwei Vierbeinern in Mainz. Seine Liebe zu Hunden begann schon vor mehr als 20 Jahren. Seitdem trifft man ihn in ständiger Begleitung von seinen beiden Labradoren Gladys und Lotte. In Bad Kreuznach, seinem Heimatort, in dem er aufgewachsen ist, war er über mehrere Jahre ehrenamtlich als Hundetrainer beim *Verein der Hundefreunde* tätig. Er stampfte dort den Kurs *Hundetraining mit Pfiff* aus dem Boden, der auch die Grundlage seines ersten Erziehungsratgebers war. Mit dem Umzug nach Mainz gab er zwar sein Ehrenamt auf, aber seine Hunde bestimmen nach wie vor seinen Alltag, in den er, wann auch immer es ihm möglich ist, seine Hunde integriert. Auf Grundlage seiner ehrenamtlichen Arbeit setzte er seine Idee, ein Buch zu schreiben, um. Im Sommer 2015 erschien sein erster Titel über Hundeerziehung. Inspiriert durch seine beiden Hündinnen schreibt er für das Bookazin *Wuff* und ist auch als Autor für das Magazin *Hundewelt* tätig.

Buchtipp

Christina Grünig
Malu und der Luftballon - Wenn der eigene Hund stirbt

ISBN: 978-3-96074-585-3, Taschenbuch, 40 Seiten, farbig illustriert

Der geliebte Hund, der beste Freund, der echte Partner, der Seelentröster ist plötzlich nicht mehr da. Sein Körbchen ist leer. Alle trauern,
Mama, Papa und vor allem die Kinder, welche eine intensive Bindung
zu ihrem geliebten Tier aufgebaut haben.
Wie erklärt man Kindern diesen Verlust auf einfühlsame Weise? Wie
beantwortet man all ihre Fragen und wie begegnet man ihren Ängsten.

Dieses Bilderbuch erzählt von Labrador Malu, welcher die schönsten
Dinge mit seinem Menschenfreund, einem kleinen Jungen, erlebt,
bis er schließlich alt wird und ... plötzlich im Himmel ist. Durch die
Metapher des Luftballons bietet das Buch die Chance, den Verlust des
geliebten Hundes kindgerecht gemeinsam als Familie zu verarbeiten.
Aktivseiten bieten die Möglichkeit, ein ganz persönliches Erinnerungs-
buch zu kreieren.